情不知所起，一往而深。
尋著心之所向，乘著拂曉清風，
流往那剎那即永恆之境。

情不知所起，一往而深。
尋著心之所向，乘著拂曉清風，
流往那刹那即永恆之境。

親愛的
小熊先生
Dear 著
Kopako

Contents

親愛的，
小熊先生

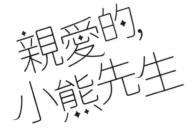

楔子

十月的清晨帶有些許涼意，天空彷彿還籠罩著一層灰色面紗，人行道上有著步伐輕快飛揚的學生，也有著行色匆匆的上班族，他們來自不同的起點，去往不同的終點，只在過程中短暫交會，沒有誰會在意誰。

男人身著藍色格子襯衫和淺色牛仔褲，腳踩著後腳跟墊高的帆布鞋，將自己融進人群裡，任憑微涼的秋風拂面，嗅著空氣中的桂花餘韻，彷彿大馬路上再如何紛擾喧囂，都無法打破這鬧中取靜的平衡。

他在一處以白色和綠色為主色，所建構出來的鄉村風店面停下，從半開的鐵門望去，能看到一堆小熊玩偶，以及一個正忙著將店內的玩偶搬至店外兩側長椅上擺放的嬌小人影。這是一間沒有招牌的店，但男人知道這是一家有溫度、有名字的小店：

「Dear Bear」

「慶恩，快來幫忙，今天要去育幼院辦活動哦！」那人一回頭，就看到駐足在店門口的人影，立刻展開一抹看到救星的笑容，朝著男人揮手。

林慶恩回以一抹淺笑，緩步走近。

「雨溏阿姨，妳不是說要先去廠商那裡一趟？」林慶恩從溫雨溏手上接過幾隻小熊，小心翼翼地擺放在長椅上。這些是他們店裡的寶貝，每一隻都是。

「Dear Bear」是溫雨溏開的一間玩偶修補店，也有人稱呼它爲「玩偶醫院」。溫雨溏是玩偶修補師，亦叫玩偶醫生，專門修補玩偶身上的損傷，還有提供幫忙玩偶洗淨、烘乾等服務，而店內只有一個員工，就是林慶恩。

他們兩人都對小熊玩偶情有獨鍾，因而店裡的玩偶種類以熊玩偶居多；當然也會有客人帶著其他種類的絨毛玩偶來求救，好比說：牛、狗、猩猩，或知名迪士尼系列的相關娃娃。

這些他們都來者不拒，盡心盡力地修補每一隻送來的玩偶。因爲他們知道，每一隻玩偶都是陪伴主人很久的夥伴，陪著主人度過生活中的喜怒哀樂，即使又髒又舊，也仍是主人們心中的無價之寶。

當然也會有一些主人會將家中的玩偶隨意丟棄，如果溫雨溏碰巧遇到，就會將它們撿回來清洗乾淨，並將玩偶身上的破口縫補好，隨後捐贈給育幼院當孩子們的玩具，或是留在店裡當擺飾。

「廠商說晚一點才有空，我就想說先過來開店，否則還要準備去育幼院辦活動的玩偶，我怕你一個人忙不過來。」溫雨溏伸伸懶腰，滿意地看著林慶恩擺放的玩偶。

年過四十的她依舊保養得宜，個子雖不高，但一身卡其色的合身套裝將她的身材修飾得完美無虞，一頭棕色的波浪捲髮高高束起，這是她進入工作狀態的模樣，也是林慶恩覺得她最有魅力的樣子。

仔細想想，林慶恩發現他的雨溏阿姨好像都沒變，似乎永遠都是初次見面的模樣，帶給他的只有滿滿的溫暖和笑容。

「又不是第一次辦了，我一個人可以的。」林慶恩動作迅速地拉起半開的鐵門，並將玻璃門上的門牌翻到「OPEN」那面，正式開始新的一天。

「好，那你需要幫忙就叫我，我先上樓整理要給廠商的單據。」溫雨溏拍拍林慶恩的肩，便大步走上二樓。

二樓主要是堆放材料器具的工具室，角落有張辦公桌，溫雨溏時常在那裡處理店裡較繁瑣的事務。相較之下，林慶恩還是喜歡待在一樓，面對待清洗或待縫補的玩偶們，比面對那些燒腦的發票帳目來得輕鬆多了。

叮鈴鈴——

聽見風鈴的清脆聲響，正拿著抹布擦拭桌椅的林慶恩自然地開口：「歡迎光臨。」

「小姐，請問開始營業了嗎？」

林慶恩從牆面的壓克力板倒影看見來人是一位坐著輪椅的長髮女人，還好當初設計店面時，細心的溫雨溏早就想到了這一點，特別留意在動線設計上讓行動不便的客人可以自由出入及轉彎，所以林慶恩並不急著去幫忙。

記得溫雨溏曾說過，有些身心障礙者並不是一出生就與輪椅為伍，他們需要幫忙的時候就會開口，不必用過度關愛的目光去對待，這樣反而會讓人有壓力。

林慶恩特別能理解這一點。

「開始了。」林慶恩放下手中的抹布，用放置在櫃檯旁的酒精噴了下雙手消毒，緊接著轉身順手將連接著櫃檯對面的椅子挪走，好騰出空間讓輪椅停放。

長髮女人一看見林慶恩，明顯愣了一下，「抱歉，我看你的背影以為你是女生……雖然你漂亮得不輸給女生，不過你有喉結，應該是男生？」

「沒關係，很多人都這麼說過。」林慶恩逕自走進櫃檯裡，指著對面的空間，語氣平靜地說，「這邊請坐。」

長髮女人這才移動著輪椅到櫃檯前。這櫃檯顯然也經過設計，有著高低差的桌面，讓她的輪椅直接取代了方才椅子的位置，並無任何不便與違和感。

林慶恩待對方坐定，也拉出了櫃檯內的椅子坐下，與對方面對面，「請問需要什麼服務嗎？」

「我喜歡這家店。」長髮女人漾出淺淺笑意，毫不吝嗇地給予讚美。

林慶恩坦然接受，微笑說：「謝謝。」

「你是店長嗎？」女人又問。

「不是，我只是員工。」林慶恩拿了一張桌上的名片遞到女人面前，「這是我們的名片，上頭還有IG、LINE和粉專，有任何想諮詢的服務都可以隨時聯繫我們。」

「Dear Bear，好溫暖的店名。林慶恩，你的名字也很好聽呢！」女人拿起名片端詳一陣後，才將在腿上的提袋放到桌上，「是這樣的，我這幾隻熊玩偶之前本來都固定到洗衣店送洗，但是洗衣店的專業畢竟不是清洗玩偶，我發現上次洗完後，其中有兩隻熊的手部接縫處有傷痕，想問問能不能修補？」

林慶恩打開提袋，將裡頭的熊拿出來逐一檢查。總共有三隻小熊，每隻小熊都穿了衣服，看起來也保養得很好，絨毛的部分沒有打結的問題，其中兩隻小熊手部的確有明顯的撕裂痕跡。

「這個可以修補，但需要一點時間，請問您急著要嗎？」林慶恩拿起其中一隻小熊，簡單地跟長髮女人解釋他會怎麼處理和縫合。

「我不急。剛才看到名片上有寫你們也提供清洗玩偶的服務，等你修補好，可以順便將這三隻一起清洗完，再叫我過來一起領回嗎？」長髮女人指著名片上的清洗服務，客氣地問著。

「當然可以，如果沒有指定時間的話，最快會在一個禮拜後通知您。這張顧客資料表再麻煩您填寫，至少需要留下聯絡方式。」林慶恩將一張A4大小的表格和一支原子筆放在長髮女人的面前，而後將小熊收回袋內。

長髮女人邊留下個人資料邊問：「那付款方式是先付還是後付？」

「我們一般都是後付，等客人檢查玩偶沒問題再付清即可。」林慶恩將提袋放到待處理的區塊，用便條紙寫上顧客編號貼在表面。

長髮女人將填寫完的表格交給林慶恩，「好，那就麻煩你了。」

林慶恩看了一眼表格，這個長髮女子名叫韓若瑩，不只留了電話，連地址也留了，那就不怕找不到人。

「嗯，小熊的毛色看起來都還很健康，平常應該就很注重保養，韓小姐您是個很好的主人。」林慶恩點頭，拿起一旁的客戶資料本將這張資料表歸檔。

「這並不是我的熊，是我先生的。」韓若瑩又補充了一句，「事實上，我一點兒也不喜歡這些熊，只是因爲我先生喜歡，我才會將這些熊送去定期清潔。」

見林慶恩聞言後雙手微頓，韓若瑩僅露出一抹苦笑，「他很珍惜這些熊，但我知道他珍惜的並不是這些玩偶，而是埋藏在心底的那個人。」

林慶恩緩慢地將資料本放回原位，看著韓若瑩微紅的眼眶，問了聲：「要不要喝杯桔子茶？桔子果醬我們店長自己熬煮的，喝過的客人都說還不錯。」

他們很常遇到這樣的情況，客人們會把他們當作一個情緒宣洩的出口，所以溫雨溏準備了各式各樣的茶類和咖啡，若是有空，她還會坐下來與他們深聊一番。

但林慶恩真的不擅長聊天，他不著痕跡地瞥了眼二樓，認眞思考著要不要打擾溫雨溏。

韓若瑩輕點了下頭，盯著林慶恩專心泡茶的背影，好一會兒才開口：「你的反應跟別人很不一樣，許多人聽到這裡，都會八卦地問我『是誰啊？』『前女友嗎？』，甚至會開始腦補我先生背叛我的情節，義憤塡膺地罵起我先生。你怎麼不問我爲什麼？」

背對著韓若瑩的林慶恩默默嘆了一口氣，「我們店長常說，每一隻熊背後都有屬於它的故事。或許沉重、或許甜蜜、或許喜悅、或許感傷，但那都跟主人有關。我們的工作是修補玩偶身上因時間造成的缺口，並不是人身上的傷口。

「我們能做的只有傾聽客人的心聲和需求，珍視每一隻送來這裡的熊。」林慶恩將一杯熱騰騰的桔子茶放在韓若瑩面前，示意她喝喝看。

韓若瑩端起馬克杯，氤氳白霧攏上她的臉頰，在她仰頭喝茶的瞬間，林慶恩看見她的臉上閃過一行清晰透明的痕跡。

「很天然的味道，真的很好喝。」韓若瑩的聲音帶有明顯的鼻音，「聽起來，你們店長是個很有趣的人呢！跟你聊天很自在，也很開心。」

開心為什麼還要哭呢？林慶恩皺了下眉頭。

恰好忙完下樓，卻躲在樓梯間不想打擾他們的溫雨溏聽到這裡，只能把掌心拍在自己臉上，恨鐵不成鋼地深吸了一口氣。

「慶恩啊，活動要用的玩偶我都整理好了，小杜說他晚點才到，你先過去布置吧！」溫雨溏擠出一抹笑容，從樓梯間走了出來。

她告訴自己不能有情緒，他們家慶恩能開金口跟客人對談已經是很大的進步。雖然他說的那些都是照著她的話背出來的，但真的不能再要求他遞個面紙，或說幾句好聽話安慰客人了。

聽到這句話，林慶恩的眉頭鎖得更深了，「『肚子癢』昨晚不是早早就回來了，今天早上也沒事，為什麼還要晚點到？」

「他最近忙嘛，讓他多睡一會兒也好啦！」溫雨溏乾笑兩聲，挽住林慶恩的手，將他往裡頭拉，轉身的瞬間用著兩人能聽見的音量和最快的語速說，「林慶恩先生，人家在哭你好歹也遞個面紙之類的，結果你卻把那套官方說詞搬出來安慰她，你說你是不是很白目？現在讓你去找杜之揚布置會場你還不去，難道你要繼續聽這位小姐講她跟她先生的事？」

「呃……我有泡茶給她喝啊。」林慶恩頓時明白過來。

「去吧去吧，去找杜之揚吧。」溫雨溏實在不知道怎麼說了，朽木不可雕也。

林慶恩卸下圍裙，提起溫雨溏整理出來的兩大提袋就往外走，「所以『肚子癢』在育幼院了？」

「他已經跟那邊的孩子熟到不行，應該會先過去找他們玩。」溫雨溏轉身抽了兩張面紙給韓若瑩，坐到她面前，一副溫老師要開課的模樣。

林慶恩只好對著韓若瑩點了下頭，快步離開店裡。

育幼院距離「Dear Bear」有一段距離，好在這個城市的大眾交通運輸系統相當健全，坐兩站捷運，下車後再走個五分鐘就到了。

到了育幼院，平常都會有一群小朋友衝上來喊他「慶恩哥哥」，但現在庭院裡空空蕩蕩，這只有一個可能——杜之揚來了。估計正在教室跟他們玩賓果，贏的人還會有禮物。

林慶恩熟門熟路地往教室的方向走去，才剛到走廊，就聽到孩子們不絕於耳的歡笑聲，使他的嘴角不自覺地微微上揚。

「賓果！小熊哥哥，我五條線了！」小男孩的聲音傳出來，林慶恩認出這是貢丸的聲音。

「我我我！我也五條線了！」小女孩稚嫩的嗓音跟著響起，這是書妤，沒想到一向是反指標，最高紀錄連一條線都連不到的書妤居然率先賓果啦？

「我先！我先喊賓果的！」貢丸不甘示弱地吼著。

「才不是，我也有喊，明明就是我先，是你的聲音大，才把我的聲音蓋過去的！」書妤說著說著就哽咽了。林慶恩趕緊加快腳步。

但他卻被後頭傳來的急促步伐和紛雜人聲給打斷，正想回頭時，整個人已經被推擠到一邊，還差點因重心不穩跌倒，幸虧他反應快，即時扶住牆壁。

「就在前面，我兒子今天就在這裡辦活動！」帶頭的是一名白髮蒼蒼，穿著正式卻突兀的棕色西裝，臉上洋溢著驕傲笑容的中年男子。

而他身邊圍繞著五、六個人，有男有女，脖子上幾乎都掛著一台單眼，爭先恐後地前進。

林慶恩看了一會兒眾人的背影，才默默地撿起散落在地上的兩大提袋，繼續前行。只不過他一向平靜無波的黑眸卻掠過一絲擔憂，心裡忽然沉甸甸的，適才感受到的喜悅全都消失無蹤。

「好了好了，不要吵架，小熊哥哥帶了很多禮物，你們兩個都有。」帶著小熊面具，遮住自己半張臉，卻遮不了那頭招搖金髮的杜之揚，站在講台上勸著架，說著便拿出了兩組樂高，分別送給貢丸和書妤。

貢丸歡快地接過樂高，說了聲謝謝就回到自己的位置上，迫不及待地打開外包裝，準備大展身手。但書妤卻悶悶不樂地看著樂高，遲遲沒有接過。

杜之揚蹲下身子，柔聲問她：「怎麼啦？書妤不喜歡嗎？」

「不喜歡。」書妤誠實地搖頭，「我想要熊熊。小熊哥哥，我可以等慶恩哥哥來嗎？」

杜之揚露出一抹燦笑，摸了摸書妤的頭，「當然可以啊，但是慶恩哥哥沒有那麼早來哦！」

「就是這裡！我們家之揚就在這裡啦！」帶頭的中年男子不顧育幼院老師們的勸阻，硬是闖入教室後門，手指著台上的杜之揚，「我兒子吼，就是爲善不欲人知啦！你們看，他臉上還戴著面具，眞的有夠低調！」

接著，就是一陣快門聲響起，儘管老師們一直懇求著別拍，紛紛用身體擋在鏡頭前，但記者們還是捕捉到不少畫面。

杜之揚臉色一沉，站起身來，擋在書妤的前面，不讓她入鏡。他迅速調整自己的情緒，掛上一抹職業笑容，「各位記者大哥大姊們，今天是我個人私下的活動，能不能請大家高抬貴手別再拍了？否則嚇哭了小朋友們，我會被院長列為拒絕往來戶啊！」

高眺的身材、帥氣的外表、幽默的談吐和十足親和力，一向都是杜之揚最受歡迎的原因。他這樣半開玩笑半認眞的態度和話術，果眞讓記者們停了手，但紛紛詢問能不能採訪他？

「這其實也沒什麼好採訪的，勞煩各位專程跑這一趟，眞是辛苦了！以後若是我有相關的工作行程，一定會在第一時間給各位通知，好嗎？」杜之揚耐著性子婉拒，這些記者的筆就是武器，他眞心得罪不起。

「一言爲定哦！之揚，聽說你有參加林零導演新戲的試鏡，不知道有沒有好消息呢？」一個相貌姣好的女記者不甘心地又問。

「這件事之後經紀公司會統一對外說明，有好消息一定會跟大家說！各位請回吧，回家路上注意安全唷！」杜之揚很後悔爲什麼前天清晨睡夢中接到母親打來的電話時，沒等自己清醒再回話。

「哎呀！記者朋友們來都來了，不如幫我們父子和這些孩子拍一張合照吧？也是幫育幼院做宣傳嘛！」中年男子見記者要往外走，趕緊衝上講台，親暱地摟住杜之揚的肩膀。

「育幼院不需要宣傳，這些孩子更不該曝光在鏡頭前，接受社會大眾的目光。」杜之揚冷冷低語，旋即又揚起一貫輕鬆的笑容，更脫下自己臉上的小熊面具，回摟中年男子的肩膀，對著記者們說，「不過若是大家想拍我跟我父親的合照交差，我倒是可以配合。」

一旁的老師們聞言，趕在記者蜂擁而上之前，迅速將小朋友全部帶開。

晚了一步的林慶恩倚著後門門框，淡然地望著在講台上笑得燦爛的杜之揚。那刺目的笑容讓人不忍直視，可他仍沒有移開視線，定定地看著那耀眼如星的男人。

看著他眼底永無止境的悲傷。

第1章　他叫杜之揚

林慶恩第一次看到杜之揚，便留下無比深刻、大概是此生都無法抹滅的印象。

那時他九歲，剛升上小學三年級。在住進溫雨溏家兩年後，樓上開始會不定時地傳來「砰砰砰」的聲音。

溫雨溏住在總共十二層樓高的電梯大樓當中的七樓，她家上方還有五個樓層，以至於她不能肯定聲音就是從她這一戶正上方傳導而下，也就不敢貿然衝到八樓按門鈴抗議。

忍受這樣的噪音三個月後，某次溫雨溏又在半夜被那擾人的噪音吵醒，理智線終於斷裂。她當著林慶恩的面氣得破口大罵，嚇了睡眼惺忪的林慶恩好大一跳。

「小恩寶貝，阿姨不是在罵你，是在罵那個製造噪音的人。眞的是很過分，有夠沒公德心的，都幾點了還在吵！」溫雨溏抱緊神色驚惶的林慶恩，臉上的表情又是憤怒又是自責。

林慶恩搖搖頭，小手指著天花板。

溫雨溏看著天花板的吸頂燈嘆息，「不一定是八樓的啊，要是讓我確定是八樓的，我就衝上去罵人……咦？燈？對耶！我請管理員幫我看看樓上有哪家是開著燈的，不就知道到底是誰了嘛！」

於是溫雨溏立刻打電話給大樓管理員，好巧不巧，她家樓上只有八樓還開著燈。確定噪音來源就是八樓後，她二話不說套上薄外套，也替林慶恩穿上小外套，氣沖沖地拉起他的手就往外走，「走！我們算帳去！」

才剛踏入八樓走廊，溫雨溏就聽見震耳欲聾的叫罵聲，更不斷傳來各種難聽的國罵。溫雨溏腳步一頓，正想叫林慶恩先站在這裡等她，就看見正對著電梯的那戶人家微微開啓了門縫。

探頭出來的是一名婦人，一看到溫雨溏和林慶恩，就對著他們揮手，「快走！你們不要多管閒事，他每次都這樣，喝了酒就發酒瘋，也不知道是在摔東西還是在打人。」

溫雨溏不解地反問：「這樣你們還睡得著？我就住在他家正下方，不制止他這種行爲，大家都不用睡了。」

「怎麼可能睡得著？我們也跟管委會反應過很多次了，但是每次主委來按門鈴的時候，那個男的都說自己起來上廁所，踢倒東西才會發出那些聲音，我們沒有證據也拿他沒辦法呀！」婦人看起來精神不太好，眼睛下方有著厚厚的黑眼圈。

溫雨溏思考了幾秒，鬆開了林慶恩的手，「阿姨，妳能不能幫我顧一下小孩，我去找他談談。」

「顧小孩是沒問題，但是妳眞的要找他嗎？主委來談都沒用了，我是怕他發酒瘋打人，妳怎麼辦？」婦人矛盾地看著溫雨溏，她既期待能改變現狀，但又不希望看到有人受傷。

「不會的，他要打我，我也不會乖乖挨打。這個問題早晚要解決，逃避或坐視不管都不是辦法。」溫雨溏下定決心，甫一旋身沒走幾步，一隻溫暖的小手便緊緊握住她的手。

溫雨溏訝然低頭，對上的是林慶恩那雙清澈圓潤的眼睛。兩人對視了好幾秒，溫雨溏才敗下陣來，嘆了一口氣，牽著林慶恩繼續前行，「眞拿你沒辦法，被嚇到就往回跑，跑去剛剛那個阿姨家知道嗎？」

林慶恩點了下頭，依舊沒有說話。

一大一小走到了走廊盡頭，站在厚重的大門前，咆哮怒吼聲更加明顯，那個男人彷彿就在門後。

溫雨溏深知這是一場硬仗，畢竟她無法跟一個發酒瘋的人講道理，於是她折了折雙手，再扭了扭脖子，暖身好了之後正準備拍門——

喀！大門被猛然拉開，在溫雨溏錯愕的瞬間，一個不知名的東西砸上她的臉，而後滑落在地。

「你不是喜歡？那我就毀了它！怎樣，怎麼不搶了啊？啊！」

男人暴怒的叫囂與皮帶劃破空氣的破風聲同時響起，溫雨溏看了一眼掉在地上、被扯斷了一隻手的棕色小熊布偶，滿腹怒火蹭地一下子竄上腦門！

而林慶恩則是完全原地呆滯，眼神定定地望著倒在他前方、蜷曲著身體、動也不動的男孩。

男孩身上全是鞭痕，臉上有著明顯的巴掌印，鮮血不停地從嘴角流出，沾滿了他的右側臉頰；那雙隨時會闔上的雙眼，眼神渙散，了無生氣，直勾勾地望向前方。

然後林慶恩看到了，男孩的嘴角微微上揚，很細微，細微到像是他的錯覺。

溫雨溏看見眼前的慘狀，放開林慶恩的手，立刻用盡全身力量將男人撞到一邊去，「你他媽的有病是不是！你怎麼下得了手！」

「幹！」男人爆了聲粗口，重心不穩地狠狠摔在地上，「哪裡來的瘋女人，給老子滾！欣妍，范欣妍，還不快扶老子起來！」

溫雨溏這才發現有個臉色蠟黃、毫無朝氣的女人站在沙發邊，一聽到男人的叫喚就匆忙跑過來扶他。

「你會不會太誇張？是有什麼深仇大恨要把孩子打成這樣？」溫雨溏簡直氣炸了，指著兩人就是一頓罵，「而妳居然不制止，還放任他這樣打孩子！」

「我打我的孩子還需要妳同意嗎？孩子犯錯本來就要教，關妳屁事？識相點就快滾！」濃烈的酒氣瀰漫在空氣中，男人的臉頰紅通通的，很顯然不是酒後失控就是借酒裝瘋。

「還教哩？照你這樣打根本就是虐待吧！你怎麼不來給我打打看？要不要我們現在就報警，請警察來評評理？」溫雨溏氣到渾身都在顫抖。

三個月，這樣的噪音持續了將近三個月。溫雨溏只要一想到噪音出現時，就是這個男人對小男孩的施暴，而她卻放任這樣的聲音不管這麼久，心裡就無比難受！

「幹，瘋女人，妳是在說三小！信不信老子打死妳！」男人面露凶光，迎面而來，揚手就往溫雨溏的臉招呼過來。

「還有，我就住在你家正樓下，從你家傳出噪音開始，我每天都有錄音，也可以當作證據交給警方，你有本事就打我，我傾家蕩產也要告死你！」溫雨溏不閃不躲，死死地瞪著男人，對著他放聲大吼。揮來的巴掌夾帶著強勁的風壓，硬生生停在她的耳根處。

「滾！妳給我滾！滾滾滾！」男人額上的青筋不停跳動，咬牙切齒地衝著溫雨溏叫吼，臉上的表情像是想掐死溫雨溏那樣猙獰。

「不用你說我也會走，這孩子我要帶去醫院。」

溫雨溏蹲下來就要抱起小男孩，可是男人卻一把抓住她的手，將她用力拽出門外，「妳沒資格管！」

男人丟下這句，旋即砰的一聲將大門甩上。

溫雨溏失去平衡，狼狽地倒地，根本來不及阻止男人關門。

可她也知道，她能做僅止於此，沒辦法立即改變什麼。若是逼急了那個男人，誰知道他會做出什麼瘋狂的事？她只希望剛才發生的一切能稍微牽制一下那個男人，讓他有所警惕，不要再任意對小男孩施暴。

一直到大門闔上，阻斷了與小男孩的對視，林慶恩才回過神來，趕緊去扶溫雨溏。

「阿姨沒事，你有沒有傷到哪裡？有沒有嚇到？」溫雨溏上下打量著林慶恩，就怕剛才險些失控的火爆場面波及到他。

林慶恩搖頭，隨即指著地上斷了手的小熊玩偶。

溫雨溏嘆了一口氣，撿起小熊玩偶和它那隻斷掉的手，心疼地說：「真可憐，拿玩偶出氣的人簡直就是王八蛋！打小孩的更他媽的不是人！」

溫雨溏完全沒有要克制自己聲量的意思，又對著大門威嚇了幾句，才將玩偶交給林慶恩，自己扶著牆走。她的腳應該是扭到了，痛得直抽氣。

「走，我們回家。」

走沒幾步，她發現林慶恩並沒跟上，而是站在原地愣愣看著手上的玩偶，眼眶裡還有淚水在打轉。

溫雨溏皺了下眉頭，吃力地走回來，認真地看了下小熊玩偶，瞬間明白林慶恩此刻的心情，一股酸澀的情緒亦從她的鼻間蔓延開來，直至心窩……

後來林慶恩才知道，那個男孩叫作杜之揚。

當時的溫雨溏是玩偶公司的業務經理，每天都忙得不可開交，但本於一顆喜歡玩偶的初心，她還是親自抽空將那隻棕色小熊玩偶的手縫補回去。

只是接縫處真的醜到令林慶恩忍不住皺眉。

「哎唷，先撐著用嘛！」溫雨溏不好意思地撓著頭，其實她自己也覺得成果慘不忍睹，「阿姨只會買賣玩偶，又不會縫補，就算我能找到一隻一模一樣的小熊給那個小男孩，他也不會想要吧！」

林慶恩點了點頭。他明白再怎麼新，再怎麼像，也不是原本那一隻小熊。所以他一直都沒有擁有其他小熊，而每天都會接觸到玩偶的溫雨溏，也從沒送過慶恩。

「你放心，阿姨決定要去找專家學習縫補玩偶的技術，等我學好了，一定會再幫這隻小熊重新縫一次！」溫雨溏摟著林慶恩的肩膀，「我已經跟主委打聽過了，那個小男孩叫杜之揚，不只跟你同學校，還是同年級哦！這隻小熊就先放在你這裡，如果你哪天放學遇到他，再還給他，好嗎？」

林慶恩搖頭，小手指天花板。

即使林慶恩沒有開口說過半句話，溫雨溏仍可以秒懂他的想法，「不能直接拿去還啦，如果又遇到那個王八蛋怎麼辦？雖然我們這兩禮拜都沒聽見樓上的聲音，但難保那個王八蛋看到這隻小熊不會抓狂啊！對了，你還給杜之揚的時候，記得寫張紙條跟他說，要把小熊收好，別再讓他的爸爸發現哦！」

王八蛋是溫雨溏對於杜之揚父親的稱呼，林慶恩雖不太明白王八蛋是什麼意思，但隱約知道這是一句罵人的話，而且放在杜之揚父親身上剛剛好。

「拜託啦，我的寶貝小恩，阿姨又要忙公司的業務，還要抽空去學怎麼縫玩偶，眞的沒時間去堵杜之揚。」溫雨溏見林慶恩猶豫的小臉，立刻握住小熊玩偶的雙手，盡可能讓小熊玩偶看起來雙手合十，並且變換聲音逗著林慶恩，「拜託善良的小恩哥哥，我已經兩個禮拜沒看見我的主人了，我好想好想他，你幫幫我好不好嘛！」

小熊玩偶又是拜託，又是趴在林慶恩的大腿上撒嬌的可愛模樣，終於讓林慶恩的嘴角揚起一抹淺淺的笑容。林慶恩將小熊玩偶抱入自己的懷中，笑著點了點頭。

但溫雨溏並沒有錯過林慶恩眼角晶瑩的水光。她由衷希望，這隻小熊玩偶，能帶給林慶恩和杜之揚一絲安慰、一點希望，能治癒這兩個孩子心中的傷口。

從那天起，林慶恩就帶著這隻小熊玩偶上下課，期盼有一天能遇到杜之揚，將小熊還給他。

原本下課時間大部分都坐在自己的位置上畫畫的林慶恩，也開始會藉由到走廊盡頭的飲水機裝水，或是上廁所的機會，快速打量著每一班陌生的面孔，希望能在其中看見杜之揚。只可惜他找了三天了，依舊沒看見那對熟悉的雙眼。

這天，林慶恩決定走到四樓去上廁所，因爲四樓還有三年六班到九班。雖然每層樓走廊兩端盡頭都各有廁所，但如果要先經過三年六班到九班，就必須到走廊另一端上廁所，而且還要再走過四年一班到五班。

要踏入陌生的樓層，讓林慶恩心中很排斥，但他一想到杜之揚可能就在三年六班到九班的其中一班，還是硬著頭皮邁出步伐，並且告訴自己如果這次再沒有找到，就把小熊玩偶還給雨溏阿姨。

林慶恩走得不快，一雙清澈的大眼不停掃視著教室內的每個人，經過了六班、七班，甚至八班也沒有找到，林慶恩幾乎快要放棄時，卻在剛踏進九班走廊，看見了坐在窗邊的熟悉人影！

「吼唷！誰啊？踩到我的腳了！」女孩生氣且尖銳的聲音鑽進林慶恩耳裡，嚇得他趕緊回神。只見眼前的女孩綁著公主頭，劉海上夾著一個閃亮的水鑽髮夾，乍看之下就像個小公主，如果女孩的表情別這麼凶的話，就更完美了。

「原來是慶恩啊！你下課時間不是都在教室裡面畫畫嗎？怎麼會跑上來四樓？」出聲的是小公主身邊的短髮女孩。林慶恩認識這個女孩，兩個人不僅同班，而且曾經還是最好的朋友，她叫作柯宥菁。

「什麼？宥菁，他就是妳說的那個害死自己爸爸的男生？」小公主突然提高聲量，吸引了正在走廊上聊天的同學們注意。

「噓！嘉婕學姊，妳不要那麼大聲啦！」柯宥菁拉住小公主，將食指放在嘴唇上，緊張兮兮地說，「慶恩他不是故意害死自己爸爸的，他也很自責，所以他後來才會難過得都不說話了。」

小公主氣呼呼地點著柯宥菁的額頭，「他都不理妳，不跟妳講話了，妳還幫他找藉口噢？我不管，他剛剛踩到我，妳看，我的白色鞋子都踩髒了，他要跟我道歉！」

「唉！嘉婕學姊，慶恩走路不方便，不是故意踩到妳的腳！妳就原諒他吧。」柯宥菁拉著小公主的衣袖，不斷地替林慶恩求情。

「走路不方便又怎樣？難道跛腳的人踩到別人都不用道歉嗎？」小公主嘟起小嘴，氣呼呼地對著林慶恩吼，「欸！林慶恩，你聽到了沒有？快點跟我道歉，不然我就告訴老師，叫你媽媽來學校！」

「不可以啦！慶恩他沒有媽媽，他媽媽帶著他的弟弟離開他了呀！」柯宥菁臉上漾起止不住的笑意，拖著小公主就要離開，「算了吧，走啦，我們不是還要去福利社嗎？」

林慶恩默默地看著她們一搭一唱，其實心裡相當難受，不是因爲柯宥菁揭了他的傷疤後還裝無辜，而是想到了他的爸爸。

柯宥菁並沒有說錯，的確是他害死了他的爸爸，而他也因此沒有了媽媽。

「妳別拉我，我就是要他道歉，最討厭這種裝可憐的人了！明明就是男生，卻長得那麼像女生，好噁心！」小公主抽出被柯宥菁抓住的手，一氣之下就要推林慶恩。

就在她的手要碰上林慶恩的肩膀時，卻被人擋了下來，無法再前進半分。

「妳們很吵，整條走廊都是妳們的聲音。是妳故意去給他踩的吧？」杜之揚冷著一張臉，甩開了小公主的手。

「杜之揚！你亂說什麼，我怎麼可能故意給林慶恩踩？就算我故意站在他面前，難道他都不會閃開嗎？」小公主氣到雙頰都漲紅了，聲音更是尖銳到刺耳的地步。

「這條走廊是妳家的嗎？」杜之揚實在懶得跟她廢話，「借過，我要去廁所。」

「杜之揚！」

「嘉婕學姊，算了啦，我們趕快去福利社吧！」柯宥菁的耳根子紅紅的，低頭不敢看杜之揚，硬把小公主拖走，可林慶恩發現她的語調變了，溫柔得讓人直起雞皮疙瘩。

「對不起。」在兩人擦過林慶恩的肩膀時，林慶恩開口了，細微卻有力度的聲音，清楚地傳入眾人的耳中。

不管如何，林慶恩覺得自己踩到小公主是事實，他應該要說聲對不起。

小公主並不領情，冷哼了一聲，依舊踩著憤怒的步伐走了。

而杜之揚什麼也沒多說，雙手插進口袋裡，筆直地往走廊盡頭而去。

林慶恩根本來不及叫住他，也不確定杜之揚是否認得自己，畢竟那晚他被打得那麼悽慘，說不定根本不認識自己吧？

最後林慶恩只能呆呆地看著杜之揚離去的背影。

因爲這段小插曲，林慶恩找到了杜之揚。

從那次之後，林慶恩常常會在校園裡偶然看見杜之揚的身影，不過他身邊都跟著一個胖胖的男生，而兩人總是在眼神短暫交會中又分開，誰也沒叫住誰。

說也奇怪，兩人住在同一個社區，可是林慶恩從來沒有在社區內遇過杜之揚，一次也沒有。而且樓上再也沒有傳來惱人的噪音，林慶恩還曾經納悶地想著，杜之揚會不會是搬走了？

這樣的情況，一直維持到放寒假前一天。

那天是結業式，老師照慣例交代學生一些寒假注意事項，指派一堆寒假作業後，中午就放學了。

從學校走回溫雨溏住的社區大樓只要八分鐘，大約三條街的距離。但林慶恩要去買寒假作業需要用到的水彩，特地走了另外一條會經過文具店的遠路。

在他買完水彩走出了文具店沒多久，遠遠便看見了一抹揹著書包的背影。那個男孩的雙手依舊習慣插進口袋裡，此時，他的身邊沒有另外一個胖胖的男生。

是杜之揚。

林慶恩心中一喜，趕緊加快腳步跟上，還好他一直都把小熊玩偶帶在身上，今天應該可以把它還給杜之揚了吧！

可是林慶恩走不快，他的腳痛得讓他額上冷汗涔涔，但他還是盡可能快走，否則下次不知道什麼時候才能再遇到落單的杜之揚。

林慶恩大概只走了一條街的距離，膝蓋傳來的疼痛感迫使他的腳步緩了下來，最後只能停步，彎身撐著膝蓋休息。

他有些懊惱，這下子杜之揚肯定都快要走回家了，接下來又是寒假，根本不可能在學校遇到，那玩偶到底什麼時候才能還他啊？

約莫一分鐘後，林慶恩的腳好了一點，打算繼續前行時，一抬起頭便看到應該早已走遠的杜之揚就站在街口，動也不動地看著他。

兩人就這麼看著對方好幾秒，杜之揚才又轉身繼續往前走。不知道是不是林慶恩的錯覺，他覺得杜之揚的速度變慢了，兩人之間的距離逐漸縮短，不一會兒，林慶恩已經來到了他的身後。

「其實你只要叫我，我就會停下來了。」杜之揚的語氣沒有那天阻止顧嘉婕那樣冰冷，但仍舊很平淡，就跟他的表情一樣，「腳還痛嗎？」

林慶恩搖了搖頭。

「對不起，之前每天都吵到你還有那個阿姨睡覺；也謝謝你們，不然我那一天應該會死掉。」杜之揚輕鬆自若地提起那晚的狼狽，彷彿那是發生在別人身上的事。

林慶恩沒有回答，只是盯著杜之揚手臂看。他想知道那個男人還有再對杜之揚動手嗎？那些嚇人的鞭痕好了嗎？

杜之揚瞥了一眼林慶恩，下一秒便坦然地將長袖外套掀起，露出古銅色的手臂，「他現在不用皮帶打我，改用捏的，比較沒有聲音，而且不會在這種看得見的地方留下痕跡。」

林慶恩皺了下眉頭，他不明白打人怎麼不留痕跡，但他肯定杜之揚一定還有被打，或許這些瘀青和結痂的傷口會轉移到他的肚子或是後背。

「只要他沒有打死我，總有一天我會離開這裡，會到一個沒有他們的地方生活。」杜之揚將袖子拉下，再次將手插進口袋，直視前方的眼神與那晚截然不同。

那是一種在點點星火即將燃成灰燼時，綻放出的火紅光芒，微弱卻不容忽視。

林慶恩將手提袋打開，拿出縫補好的棕色小熊，遞給杜之揚。

杜之揚停下腳步，愣愣地看著那隻小熊，好一陣子才開口：「謝謝你們把它的手縫回去，它是我很重要很重要的朋友。但是……如果我帶回去，那個男人一定會再弄壞它，你可以……先幫我保管嗎？」

林慶恩神情恍惚地看著手中的小熊，喃喃地說出這段時間以來的第二句話：「它叫……什麼名字？」

「小熊先生。」杜之揚摸了摸小熊先生的頭，難得露出了一抹淺笑，「這是我爸送我的熊，也是我跟我爸一起取的名字。」

當時林慶恩覺得很奇怪，杜之揚說起他爸爸和小熊先生的語氣是那麼溫暖，但之前又怎麼會用「那個男人」稱呼他的爸爸呢？而他爸爸應該是很疼愛他才會送給他小熊先生，爲什麼又要傷害小熊先生，還把他打得那麼慘？

但他並沒有多問，就這麼點頭替杜之揚保管了小熊先生。

好一段時間後，林慶恩才從杜之揚口中得知，原來那個男人指的是他媽媽的再婚對象，而他爸爸也已經去世了。

從此以後，他的生活中不只多了小熊先生，還多了杜之揚。

林慶恩依舊會帶著小熊先生上下課，並養成了繞遠路的習慣，只要遇見了杜之揚，他就會拿出小熊先生讓他看，希望小熊先生能給他打氣。

而杜之揚知道林慶恩不喜歡說話，也不會強迫他，很多時候兩人都是靜靜地並肩而行，穿梭過每一條熟悉的街頭巷弄，一起走過四季和日夜。

還記得他們剛升上小學五年級不久，在某天放學的回家路上，杜之揚敏銳地察覺林慶恩情緒低落，便從後操控著小熊先生的手，試圖逗林慶恩開心，因爲這麼久以來，林慶恩只願意開口對著小熊先生說話。

「小恩哥哥，我的主人說不開心的時候就要吃糖果，你要不要吃糖果？」

林慶恩想了想，一張小臉認眞地點頭，「好，你有糖果嗎？」

杜之揚操控著小熊先生搖頭，「我沒有呀！」

「那你怎麼會問我要不要吃糖果？」林慶恩偏頭，不解地問。

杜之揚用小熊先生短短的手指向自己，「我主人有錢，我們現在就去買糖果好不好？」

旋即，杜之揚伸出手掌巴了一下小熊先生的頭，假裝氣呼呼地說，「喂！這是我辛苦存下來的錢耶！你有問過我嗎？」

小熊先生雙手抱頭，委屈巴巴地哭訴，「小恩哥哥，他打我！」

林慶恩彷彿是被杜之揚一人分飾兩角的演出逗樂了，唇角微勾，趕緊將小熊先生抱過來，溫柔地摸著它的頭，輕聲開口，「不可以打小熊先生。」

「還不是因爲它……等等，你是在跟我說話嗎？」杜之揚瞪圓了雙眼，一臉不敢置信。

林慶恩看著杜之揚呆愣的模樣，笑彎了眼，「難不成它會自己打自己嗎？」

「當然不會，不是，這不是重點。」杜之揚拍了一下自己的腦門，難掩興奮地問，「你、你願意跟我說話了？」

「我不是已經跟你說過話了嗎？」林慶恩悄然紅了耳根。

其實他一直都很想跟杜之揚說話，尤其是看見杜之揚的手臂又增添不顯眼的傷痕時，他都會想開口關心杜之揚。

只不過許久沒有與人對談的他，好似已經喪失了說話的能力，每每話都到了唇邊，卻怎麼都說不出口，漸漸地，兩人之間的溝通橋樑就變成小熊先生了。

林慶恩會用小熊先生安慰時常被家暴的杜之揚，而杜之揚則會用小熊先生跟他說話，神奇的是，看著跟小白熊長得一樣的小熊先生，林慶恩就會說話，願意回答小熊先生的任何問題，哪怕他知道是杜之揚在控制著小熊先生。

一直到剛剛，好像打開了一個開關似的，他才終於順利地將心中的話說出來。

杜之揚伸手比了一個二，「但這是你開口跟我說的第二句話！」

「嚴格來說這是第四句了。」林慶恩跟著比了一個五，「這句是第五句，不過你不用再數了，以後還會有很多句。」

「好！以後不管你有什麼高興的、不高興的事情，都可以跟我說。」杜之揚猛點頭，笑得合不攏嘴。

林慶恩噙著微笑，語氣眞誠地說，「杜之揚，謝謝你。」

「我才要謝謝你。」杜之揚的雙頰浮現兩片淡淡的緋紅，大膽地拉起林慶恩的手腕邁步向前，「走囉！我們去買糖果！」

時間過得飛快，這天是他們的畢業典禮，杜之揚以優異的成績得到市長獎，代表畢業生上台致詞。

那個男人帶著他母親前來觀禮，兩人一番精心打扮；那個男人更在眾多家長面前高談闊論他的教育經，直說杜之揚會有今日，全靠他嚴格的教導。

以至於杜之揚在拿了畢業證書後就直接離開禮堂，因爲那樣的嘴臉看了實在讓人倒胃口；而林慶恩亦在領到證書後離場，走去他們時常停留的便利商店，找到了杜之揚。

林慶恩在他隔壁的位置坐下，將小熊先生拿出來放在杜之揚面前。

杜之揚略爲訝異地拿起小熊先生端詳，「這是雨溏阿姨做的？」

今天的小熊先生身上穿了一件紅色滾邊的黑色針織小背心，合身又精緻，剛好將小熊先生手部的縫補痕跡遮住。

「嗯，你喜歡嗎？」林慶恩撫摸著小熊先生的頭。

杜之揚將小熊先生的身體轉過去，用手輕壓小熊先生的頭，笑著說：「很喜歡，幫我謝謝雨溏阿姨。」

「我們要搬家了。」林慶恩持續順著小熊先生的毛，又是捏捏它的腳，又是揉揉它的手，舉止間有著淡淡的不捨，「雨溏阿姨的公司派她去台北新開的分公司幫忙，以後我不能幫你再保管小熊先生了。」

這大概是這些年來，杜之揚聽過林慶恩說過最多話的一次，但他卻無法開心。

「什麼時候？」杜之揚平靜地問。

「明天。」林慶恩摩娑著小熊先生的毛衣，而後將手收回，「行李都整理好了。」

杜之揚看著小熊先生，好一會兒才說：「離開之後，你一定要過得比在這裡開心。」

接著，杜之揚將小熊先生交到林慶恩手上，「小熊先生還是給你保管。」

林慶恩的瞳孔微微緊縮，不解地看向杜之揚。

「我會去找你和小熊先生。」杜之揚臉上浮起淺笑，旋即轉頭望著落地窗外的世界，「在這之前，小熊先生跟著你比較安全。」

「萬一你找不到我呢？」林慶恩並沒有將目光從杜之揚的臉上移開，手緊緊地包覆著小熊先生的手。

杜之揚扭頭對著他咧開一抹眞心的燦笑，「那我會努力讓自己出現在你面前，到時候，你就可以像三年級那樣找到我。」

當時的林慶恩並不明白杜之揚說的是什麼意思，甚至認爲杜之揚會這麼說只是爲了讓他繼續保管小熊先生。

而後，林慶恩就這麼與杜之揚分別了很多很多年。

人生地不熟的北部，沒有人知道林慶恩的過去，在溫雨溏的鼓勵之下，他盡可能地開口說話，也結識了幾個好同學，甚至有好幾個女孩跟他告白。

他時常在夜深人靜時，抱著小熊先生，想起杜之揚，想著那個打開自己心房的男孩，想著他們一起走過的街道巷弄，想著他用小熊先生逗自己開心的畫面。

林慶恩將心裡某個部分留給他。

他想，那個部分應該叫作知己。

好不容易將記者們送走，老師們趕緊安撫受驚嚇的小朋友，用食物或可愛玩偶轉移他們的注意力，這次的活動只好提前宣布結束。

對此，林慶恩表示不在意，不管是玩偶，還是杜之揚帶來的那些粉絲捐贈的玩具，最主要的目的都是要送給小朋友。如果要陪小朋友玩，隨時都可以過來，不差這一次。

而杜之揚面對眼前這個對他討好賣笑的「父親」，則是完全斂下笑意，不發一語地走到林慶恩身邊，陪他整理玩偶和玩具。

「之揚啊！怎麼不跟爸爸說你今天來育幼院做公益活動？這樣爸爸可以提前準備，也不用來得這麼趕呀！」那個男人立刻跟了過來，語氣溫和得讓林慶恩渾身都不對勁。

那個男人鞭打杜之揚的凶狠還深刻烙印在林慶恩的記憶中，和現在的模樣相比簡直判若兩人。

「你還不是知道了？」杜之揚微勾嘴角反諷，「還能聯絡這麼多記者，看起來一點也不匆忙啊。」

那個男人不知道是裝傻還是真聽不懂，嘿嘿地笑了一聲，「我本來想找更多記者，可惜時間不夠，不然這樣的話……」

「可以了，你回去吧。」杜之揚打斷了男人的話，他實在是煩躁地不想再跟這個男人講任何一句話。他知道男人留下來的目的，便拿出皮夾掏了五千塊放在桌上，「這些錢夠你來回的車程了，慢走不送。」

男人非但不惱，還立刻將五千收入懷中，「之揚，是這樣的，你媽最近老說她頭暈，我想說買些鐵劑給她補充，但是……」

「這已經是全部了。」杜之揚將皮夾裡僅剩的三千塊也拿出來，「不要就還我。」

「要要要！」男人瞬間抽走杜之揚手上的紙鈔，臉上浮現貪婪的笑容，還用口水沾了下指頭，一張張數著手上的千元大鈔，「一、二、三……八，雖然少了一些，但我那邊還可以貼補一點，那我現在就趕快回去買鐵劑給你媽吃！」

林慶恩目送著男人樂呵呵地離去，接著淡淡地問：「晚上吃咖哩飯好嗎？」

「都可以。你也看到了，我半毛錢都沒了。」杜之揚嘆了一口氣，旋即摟住林慶恩的肩膀，勾起一抹痞笑，「今晚全靠你友情贊助啦！」

「快點收拾，還要去菜市場買菜。」林慶恩白了杜之揚一眼，這個人永遠都是這樣，轉眼就雲淡風輕。

從男孩變成男人，杜之揚不僅長相變了、身高變了、說話的方式變了，笑容的弧度也變了。但林慶恩知道他始終是當年那個杜之揚，只是把自己藏到別人看不見的地方。

孩子們的禮品分發告一段落後，兩人便離開育幼院來到了家中附近的黃昏市場。

杜之揚喜歡逛傳統市場勝於生鮮超市，他覺得在這裡不用全副武裝，認得他的人也不多，還可以像小學那樣和林慶恩並肩而行。

市場裡的蔬果肉類相對新鮮，阿伯阿嬸也很親切，常常都會額外放送，蔥薑蒜根本不需要花錢買，這就是杜之揚最喜歡的人情味！

「先生先生！」突然有人從後面拍了杜之揚的肩膀，「請問你……你是小熊嗎？就是演《愛你，始終如一》的那個男配角？」

小熊是杜之揚演出的第一齣偶像劇裡面的綽號，因為那齣戲實在太火紅，也讓杜之揚的知名度大開。從那之後，很多粉絲看到他都會直接稱呼他在戲裡面的綽號，反而很少叫出他的名字。

「不是耶！」杜之揚咧開笑容，摸了摸自己的臉，煞是認真地反問，「怎麼最近老是有人把我認作他，妳不覺得我比他帥嗎？」

「蛤？」那名穿著高中制服的女學生登時愣住，旋即漲紅了臉，頻頻低頭道歉，「抱歉抱歉，我認錯人了！」

餘音未落，女學生一溜煙就跑走了，杜之揚嘴角的笑意正要加深，卻感受到身邊射來的冷刀子，立刻斂下笑容，提起手上兩袋食材，「別這樣嘛！我要是承認，以後就不能跟你一起逛菜市場了，那誰來幫你提這些東西？」

「理由眞多，我自己也能提。」林慶恩瞥了他一眼，便提著剛買的馬鈴薯，逕自往出口走去。

杜之揚趕緊追上，「欸！我來提啦！我跟你說，你不要常提重物……」

小時候兩人並肩而行，時常都是沉默不語，哪像現在杜之揚動不動就叨叨絮絮地說個不停，還好這幾年來林慶恩已經適應了杜之揚的改變。其實不只是他，他自己也變了不是嗎？

他已習慣開口說話，更會嘴上不饒人地損杜之揚。

但是林慶恩知道不管杜之揚怎麼改變，他始終是那個杜之揚，那個會放慢步伐等他的男孩，即使自己現在走路看起來已經與正常人無異。

「喂！林慶恩，我講了那麼多，你有沒有在聽啊？」兩人快要返回住處時，杜之揚見林慶恩半句話也不回，忍不住反問。

「有啦，我都替你口渴了，你的粉絲知道你這麼聒噪嗎？」林慶恩沒好氣地答。

「什麼聒噪？那是因爲對象是你，換作是別人，我一句話……」杜之揚的眼角餘光倏地瞥見街口站了一個熟悉的身影，不由得側首望去，「凱恩？」

聞言，林慶恩的腳步猛然停頓，而那位站在街口滑手機的男孩立刻將手機收進口袋，快步朝他們跑來，「哥、之揚哥，我等你們好久了，腳有夠痠的啦！下次打一把備份鑰匙給我咩，這樣我就可以直接進屋等了！」

「這不是我的房子，我無權給你鑰匙，而且也沒人拜託你等，不想等，你可以回去。」林慶恩面無表情地看著眼前染了一頭桃紅色頭髮的弟弟，語氣沒有一點起伏。

林凱恩嘴角的笑容僵住，下一秒，卻又滿不在乎地笑著，「哥，你別這麼無情嘛，我也是太久沒看見你和之揚哥，想你們了，所以才過來看看啊！」

「你這個臭小子，消失了半年才來，好意思說想我們！」杜之揚直接伸手勾住林凱恩的脖子，而後對著林慶恩說，「走吧，先進屋去，這些食材提久了也蠻重的。」

林凱恩立刻從杜之揚手中接過提袋，「我來我來，你們都不知道，我專門提東西的，媽每次出門買一堆生活用品，什麼油啦、鮮奶啦，都是我提……欸哥，真的啦，家裡都是我在做體力活耶！」

林慶恩沒聽完就繼續往大門走，他相信林凱恩說的都是真的，但是他們的「家」並不是同一個。這裡才是他的家。

「好好好，那這袋也給你提，我先去幫你頂著門啊。」杜之揚順勢將另一個提袋也給林凱恩後，趕緊跟上林慶恩，驚慌地叫著，「慶恩，先別關，我今天趕著出門沒帶鑰匙！」

差一點，真的只差一點點，林慶恩就要將大門闔上了。杜之揚相信此刻的林慶恩絕對做得出將他們關在門外這種事。

進屋後，林慶恩換上室內拖鞋就走進廚房開始準備晚餐，完全沒有要理林凱恩的意思，反倒是杜之揚跟林凱恩頗談得來，兩人一直在客廳聊天，不常有爽朗的笑聲傳進廚房。

「哈哈哈！之揚哥你也喜歡三上悠亞啊？我超喜歡她的，那個叫聲實在是……嘖嘖，根本極品！」

「那當然，她超正！」

「還有她的水蛇腰也沒有絲毫贅肉，那個屁股實在有夠翹，我帶來的這些片子裡面剛好有不少三上悠亞的，你可以慢慢看嘿！」

聽到這兩人一來一往的對話，林慶恩沒來由地加快速度備料，將煮咖哩需要的材料都放進壓力鍋、蓋上鍋蓋後，他打算離開廚房，上樓回自己的房間。

孰料，樓梯都還沒走幾步，就被眼尖的林凱恩攔截下來。

「哥，你忙完啦？我正想跟你商量媽要住院開刀……咦？哥，你怎麼好像變矮了？還有走路也一跛一跛的，你扭到腳囉？」

林慶恩停下腳步，轉過身來盯著坐在沙發上，如此陌生卻無法視若無睹的弟弟，淡淡地問：「她怎麼了？」

「她？你說媽喔？她就膝關節退化啊，說要去裝人工關節，否則站著都痛，更別說幫我顧小孩。」一提到媽媽，林凱恩的表情就顯得有些不耐煩，更忍不住開始抱怨起來，「拜託，說到這個我就有氣，是有那麼痛嗎？叫她幫我帶個小孩就哀哀叫，搞得我跟我老婆要輪流請假帶小孩。而且你們知道裝人工關節有多貴嗎？二十萬欸！我要去哪裡生二十萬啊？養小孩不用錢是不是，爲什麼偏偏在我最需要用錢的時候去開刀？」

林慶恩猛地暗暗握緊雙拳。那些舊黃又破碎的回憶，如同寒流夜裡無孔不入的冷風，毫不留情地刺進他心中那道看不見傷痕的疤。

「林凱恩，你媽照顧你長大，在你看來或許是義務是責任，但世界上多的是那些拋棄孩子的媽媽，所以你應該要感謝她始終陪在你身邊，照顧你到現在。你媽並沒有義務和責任要照顧你的孩子，事實上，你媽今天裝人工關節的這筆錢其實早就有，只不過三年前拿出來幫你娶老婆了，不多不少正好是二十萬，不是嗎？」杜之揚突然開口就一番諷刺，雖然臉上仍保持著笑容，但林凱恩感受不到任何溫度。

三年前，林凱恩才二十歲，就搞大了一個小學妹的肚子。尷尬的是那個小學妹才十五歲，對方家長氣得要告他，當時林凱恩還一把鼻涕一把淚的來求林慶恩幫忙，林慶恩只好將身上僅剩的六萬現金給他，時至今日，杜之揚對那場鬧劇都還記憶猶新呢！

後來聽林凱恩說他媽拿出這些年來的二十萬積蓄，兩人就帶著二十六萬去跟女方提親，再加上小學妹上演非林凱恩不嫁的戲碼，對方家長才百般不願地將女兒嫁給他。

如今這個傢伙居然跑來這裡說這些鬼話，實在讓人可氣又可笑。

似是感受到周遭無形中流露出來的怒氣，林凱恩趕緊道歉賠笑，「抱歉抱歉，我也是擔心媽啦！最近事情太多，剛剛才沒有控制好嘴巴。哥、之揚哥，你們別生氣，我知道我說錯話了。」

林慶恩沒有回應，只是默默地轉過去，繼續走上樓梯。每一步都痛，卻比不上那顆隱隱作痛的心，「我會匯十萬塊進你的戶頭，剩下的你自己想辦法，別告訴她是我的錢，我能做的也只有這樣。」

除了錢，他還能做什麼？

「謝謝哥！謝謝你願意幫媽！哥，我今天主要是來看看你過得好不好，如果找不到女朋友，我老婆有認識的朋友可以介紹給你！還有，最近日夜溫差大，你要多穿一點衣服哦！腳扭傷的地方要記得去看醫生，不然會越來越嚴重的！」林凱恩心情愉悅地對著林慶恩的背影大喊，本來預期只能要到五萬，沒想到哥一出手就是十萬，大大減輕他的負擔呀！

「這裡的隔音不好，我怕鄰居待會兒就來按門鈴抗議，你快點回去吧！」杜之揚實在聽不下去，直接下了逐客令。

「好好好，之揚哥，今天謝謝你啊，改天我來看哥的時候，再帶更多片子來孝敬你嘿！祝你的演藝事業再創高峰，走啦，大門我會關，掰～～」

看著林凱恩蹦蹦跳跳離開的樣子，杜之揚皺起眉頭，再望向樓梯時，已經沒有了林慶恩的身影。

鼻息間聞到的是從廚房傳來的咖哩香氣，杜之揚突然有了一種體悟——或許，他跟林慶恩是全世界最懂彼此、也是最相像的兩個人。

他們看過對方最狼狽卻也最真實的模樣，他們了解對方心中的那個自己。知己兩個字都還不足以形容兩人之間的羈絆，在茫茫人海中，有這麼一個懂得自己的人，是一件值得無比欣慰和珍惜的事情。

然而，若是可以選擇，杜之揚知道自己寧願他們的生命中沒有彼此出現……這樣林慶恩就可能還是從前那個開朗快樂、笑容可掬的陽光男孩。

第2章　他叫林慶恩

死後的世界是什麼樣子？還可以看他最愛的卡通嗎？還能吃他最喜歡的咖哩飯嗎？還能喝到他最喜歡的果汁牛奶嗎？還能再抱著小熊先生睡覺嗎？

杜之揚不知道，但他覺得死掉就不會再感覺到痛了吧！

耳邊傳來各種髒話和三字經，以及皮帶揮動的破風聲，還有打在肌肉和骨頭上的結實聲響，只不過杜之揚已經不會再哭泣求饒，彷彿挨打的人不是自己，而是從他這個角度看過去，坐在沙發上時不時偷瞥著他、正瑟瑟發抖的媽媽。

她臉上的表情很豐富，有驚有懼，卻沒有捨不得。她明明看見他了。她每一次都是這樣看著他的。只是每一次都忽視了他無聲的求救。

死後應該能見到爸爸吧？爸爸身上是不是已經沒有那些醜陋的傷疤了？爸爸臉上是不是還掛著他熟悉的溫暖笑容？爸爸一定會再一次摸著他的頭，像以前一樣跟他說一聲：「小揚，你好棒！」

幻想再見到爸爸的美好，杜之揚鼻青臉腫的臉上不自覺勾起了一抹淺笑，將懷中的小熊先生抱得更緊一些，他忽然明白了「賣火柴的小女孩」的心情。

第一次讀到這個童話故事，他覺得那個小女孩是超級無敵大傻瓜，人都要死掉了怎麼可能還笑得出來？

現在，他懂了。原來那是一種自由。即將到來的死亡，就像火柴點燃那稍縱即逝的光芒，驅散了所有黑暗，也照亮了記憶深處的盼望。

杜之揚看著懷裡的小熊先生，眼裡閃過一絲遲疑。如果他死了，小熊先生會被丟掉吧？說不定還會被這個男人解體。

驀地，他想起了另一個男孩的臉。

那是在一個很黑很暗的夜晚，好似全世界的燈火都熄滅了，那一方天地僅剩下男孩背後漫天的灼熱，跳躍的火光打在他髒兮兮的臉上，竟沒有任何生氣。

他像是死掉了一般，如果不是因爲看見淚水不斷從他眼眶湧出，杜之揚肯定會這麼想。

當時剛上小學一年級的他什麼都不懂，以爲那個男孩是因爲手上的白色小熊變成了黑漆漆的黑熊，才會哭得那麼傷心。要不是當時媽媽緊緊牽著自己的手，他就要跑去那男孩面前叫他別哭，跟他說自己也有一隻一模一樣的咖啡色小熊可以送他。

如今，兩年過去了，他明白了那時周遭大人們說的那些話語，和那個男孩的眼淚代表了什麼。

「幹！你笑三小？別以爲我不敢打死你！」杜之揚的笑容令男人更加怒火中燒，特別是看見他緊緊地抱著那隻該死的熊！

男人的大手一把抓住小熊的頭，開始搶起杜之揚懷中的小熊先生。杜之揚臉上的笑意瞬間盡失。他眞的不懂爲什麼這個男人可以這麼可惡？骯髒、噁心都不足以形容他對這個男人的恨。

爲什麼連他僅剩的寶貝都要摧毀？爲什麼就是不放過他？

杜之揚死命地抱住小熊先生，連人帶熊被拖到大門口還不肯放，可是他怎麼敵得過成年男人的蠻力？當小熊先生被抽離他懷抱、被那個男人拔斷手的剎那，他的腦海裡再次浮現那個男孩空洞的眼神。

原來那就叫作失去希望。

他當時應該要把小熊先生送給那個男孩的。雖然小熊先生取代不了原來的白熊，但至少能給他一點點安慰吧？

杜之揚睜大著沉重的眼皮，眼睜睜看普男人打開大門、將小熊先生狠丟出去，所有的不甘和悔恨，卻在矇矓之間瞥見門外那一雙看似平靜卻震驚的眼睛時，驟然消失無蹤。

是幻覺嗎？不重要，能在生命的盡頭再看這個男孩一眼，眞好。

杜之揚嘴角微微浮起，就這麼看著這個男孩，竟有些捨不得闔上雙眼。

如果他還有力氣講話，他一定要告訴這個男孩：「不是你的錯。」

如果他還有力氣抱起小熊先生，他一定要把小熊先生送給這個男孩。

如果他還有力氣……

男孩的模樣越來越不清楚，耳邊傳來年輕女人憤怒、顫抖的嗓音，罵著什麼他聽得模模糊糊，好像是在罵那個男人吧，因爲那個男人也不甘示弱地飆罵了好多髒話。

漸漸地，怒吼全變成了嗡嗡聲，他的眼前終究歸於黑暗。

那晚過後，他的世界變了。

那個男人看他的眼神依舊像是要將他生吞活剝般駭人，杜之揚好幾次覺得男人下一秒就會像之前醉酒一樣衝上來暴打自己一頓。

可是沒有。那個男人不再拿皮帶抽打他，也不再將他推倒在地、惡狠狠地用腳踹他，頂多只會用手捏他，然後嘴上罵著免不了的髒話。雖然男人的力道沒有輕到哪裡去，但比起之前已經好太多了。

過了一陣子，杜之揚察覺那個男人並不是突然良心發現，而是害怕發出過大的聲響，甚至不敢再胡亂摔東西，像是忌憚著什麼。

驀地，杜之揚聯想到那個晚上，那個男人應該是害怕那天晚上跟男孩一起出現的年輕女人吧？想起年輕女人，杜之揚的腦海裡就會不自覺浮現男孩的臉，還有小熊先生的手被扯斷的那一幕。

不知道小熊先生是不是在他們那裡？他曾經去大樓的垃圾室找過，還問過打掃的阿姨，就是沒有小熊先生的蹤影。

正當杜之揚趁著下課時間趴在桌上想著這件事時，一個尖細的女聲突然傳進他的耳裡。這麼多嘈雜的噪音，唯獨那個名字能引起他的注意，只因那個女生話語裡的三個字：林慶恩。

他知道那個男孩叫林慶恩。彷彿在他有記憶以來，就知道了這個名字。

第一次見到林慶恩是在小學一年級開學典禮上。他們這一屆的新生都被聚集在禮堂，以班級區分；林慶恩是一年四班，他是一年九班，他們九班恰巧就坐在四班的左後方。

典禮開始前，很多家長都陪在兒女身邊，捨不得回到二樓的看台上。杜之揚的媽媽也陪在他身邊，他爸爸晚上要値夜班，所以不能來參加他的開學典禮，不過他沒有感到很失望，因爲今天一早起床時，他發現身邊多了一隻棕色小熊，是爸爸送他的開學禮物！

「媽咪，那個男生走路怪怪的。」杜之揚的右前方，也就是一年四班的座位裡，有個綁著馬尾的女孩，指著一個穿著黃色運動服的漂亮男孩大聲地說。

馬尾女孩的媽媽臉上明顯掠過一抹尷尬神色，先是斥責了女兒亂說話，而後又抬頭看向牽著男孩小手的女人，語帶抱歉地說：「這位媽媽，不好意思，我女兒說話不經大腦，請不要見怪，她沒有惡意。」

「我哪有亂說話，他走路眞的怪怪的啊！」馬尾女孩大感委屈，嘟起小嘴揚聲又說了兩句。這下子，附近大人小孩的目光全都集中到這邊來了。

奇怪的是，那個穿著黃色運動服的男孩臉上並沒有任何不悅和自卑，反而綻放一抹燦笑，「對，因爲會痛，所以我都踮著腳尖走路，可是我有在復健哦，很快就能跟大家一樣了！」

男孩身邊的女人欣慰地看著他，接著對大家說：「我們家慶恩因爲早產，導致腳部有些損傷，不過他很積極也很努力復健，還請大家多多包容慶恩，他跟其他小孩沒有什麼不同。」男孩的媽媽話一說完，好幾位家長同時對女人點頭示意，也對名叫慶恩的開朗男孩也投以憐愛的目光。

忽地，一個長得胖胖的，臉上還有一些雀斑的女孩走到林慶恩身邊，牽起他另一隻手，「慶恩你好，我叫柯宥菁，我的座位旁邊沒人，你要跟我一起坐嗎？」

「好呀。」林慶恩笑瞇瞇地點頭，旋即抬頭跟自己的媽媽說，「媽咪，我要先去坐好囉。」

當時的林慶恩之所以讓杜之揚印象深刻，並不只是因爲那張長得比女生還要可愛的臉，更多的是那抹自信而純眞的笑容，宛如劃破黑夜的第一道曙光，微弱卻充滿希望。

之後，每一次在校園裡相遇，杜之揚總是能輕易捕捉到林慶恩的身影。他的身邊老是圍著一群女孩和男孩，之所以顯眼，並不是因爲他走路有缺陷，也不是那張好看的臉蛋，而是因爲他的臉上永遠有著出自眞心的微笑，吸引著大家靠近。

那時候的他，對杜之揚來說就是一個活脫脫的小王子，出眾又遙遠。

多年後的今天，聽著此時柯宥菁那些尖酸刻薄的言語，令杜之揚格外不是滋味。誰能想到當時第一個對林慶恩釋出善意、變成林慶恩好朋友的柯宥菁，竟會在大庭廣眾之下拿林慶恩的缺陷以及他最不想面對的過去殘忍地傷害他？

要去幫林慶恩嗎？他有資格站在林慶恩身邊嗎？杜之揚心中很煎熬，但一聽到小公主咄咄逼人要林慶恩開口道歉的鬼話，杜之揚想也沒想地就衝了出去，等他自己反應過來時，已經抓住了小公主要推林慶恩的手。

將那兩個討人厭的女孩攆走之後，杜之揚沒打算多停留，因為他不知道要跟林慶恩說什麼。或許他該跟林慶恩說聲謝謝，謝謝他跟長髮女人那天晚上救了他；也或許他該問林慶恩有沒有看見小熊先生。

又或許，他最該說的是「對不起」，那句壓在他心中最沉重的抱歉。

但他沒有勇氣開口，也不知道怎麼開口，以至於後來在校園裡遇見了對方，他也只是默默地關注著，沒有靠近。

可就在結業式那天，他在每天放學的路上，看見了林慶恩走進文具店。

他知道林慶恩平常都是走捷徑，而他走的這條卻是從學校到那個男人家最遠的路。杜之揚絲毫不介意多繞幾條叉路、多經過幾個路口、只要能晚一分鐘到那個男人家，他就能感受多一分鐘的自在。

他站在玻璃門前看了好一陣子，看見林慶恩挑選水彩時，小臉上浮現的困惑和猶豫，不自覺地笑了；彷彿這個林慶恩又回到初見時的那個小王子，臉上有了除了平靜之外的情緒。

杜之揚見林慶恩準備結帳，便不再逗留，轉身就往前走。但走沒多久，他突然聽見後方傳來急促的腳步聲，他知道腳步聲的主人就是林慶恩。林慶恩似乎想追上他，可是杜之揚卻下意識地加快速度。他還沒準備好面對林慶恩。

走過了一條街後，腳步聲卻漸緩了下來，最後沒了聲音，這是最好拉開距離的機會，杜之揚應該要繼續前進，但他卻不由自主猛然轉身，看著不遠處那個彎身喘氣的男孩，直到男孩發現了自己放慢了速度。

杜之揚心裡很清楚，今天過後，兩人不會再是陌生人；也明白從今以後他面對這個男孩時，會被心裡滿滿的愧疚感折磨著，但他就是再也忍不住了。他想要陪在男孩身邊，甚至奢望能再次看見男孩自信的笑顏。

後來，他更決定將小熊先生託付給林慶恩保管，哪怕只能帶給他一點安慰，杜之揚都願意去做。林慶恩很少會開口回應他，但只要林慶恩願意說話，杜之揚就會開心好一段時間，每天看到那個男人的噁心感也會因此沖散一些。

這樣互相陪伴的日子一直持續到國小畢業，林慶恩說要跟著雨溏阿姨搬到北部去生活為止。

這是繼爸爸去世之後，杜之揚第二次嘗到離別的滋味。他全身上下充斥著酸澀，如同喝了一口檸檬汁，整個嘴裡都蔓延著酸味，卻說不出最酸的是哪一個部分。

可是他卻不得不笑著說再見，並且讓小熊先生繼續陪伴著林慶恩，希望他到新的環境不會感到害怕和孤單，就算從此他們不再相見，至少小熊先生陪著林慶恩，能讓杜之揚感到一絲絲安慰。

告別林慶恩後，國中的生活因學業變得更加忙碌充實，但杜之揚心裡卻總覺得空蕩蕩的。他只有一個目標，相信自己總有一天能成功，擺脫那個男人和母親的束縛，完成他對林慶恩的承諾。

可是現在的他，距離「成功」這兩個字非常遙遠，除了努力讀書之外，杜之揚不知道自己還能做些什麼。一直到國二時，有一位已躍升為知名導演的學長返校演講，並且公布自己接下來要導的一齣戲想在母校徵選幾個要角那一天。

這個訊息非但讓全校同學為之轟動，更引起了杜之揚的興趣。如果……我能夠出現在電視裡，是不是就能讓林慶恩看見？

藉由這個契機，他踏上了演藝之路。時至今日，雖說無法徹底擺脫那個男人，但變成了那個男人要看自己的臉色過活，這樣的轉變也讓杜之揚覺得滿足了。

不知不覺間，杜之揚也透過演技將真實的自己完美包裝。他在大眾面前維持著一個陽光樂觀的形象，這也是他心中最渴望成為的模樣。很多時候，他甚至騙過了自己。只是與林慶恩幾年前重逢後，他發現這些偽裝在林慶恩面前，往往不攻自破。

林慶恩那一雙平靜的眸子始終看得見他內心的黑暗，而他也看得穿林慶恩平靜面容下的憂傷。

因爲……他們都一樣。

林凱恩走後沒多久，溫雨溏就回來了，看到飯桌上那一鍋咖哩飯，視線就落在杜之揚身上，「你心情不好？那個老王八又惹你了？」

溫雨溏說的自然是杜之揚繼父。杜之揚不由得苦笑一聲，摸了摸自己的下巴，「這妳也看得出來？我去年才得年度最佳男配角耶，演技有那麼差嗎？」

「誰管你看起來心情好不好，只是慶恩又不吃咖哩，這幾年只有你心情不好的時候，他才會主動煮咖哩飯。」溫雨溏放下包包，洗完手之後就跑去開冰箱，「吶，你看，還有果汁牛奶，看來你心情眞的很差。」

三個人同住在屋簷下也有五年了，怎麼可能不明白彼此的小習慣呢？

「說吧！那個老王八又幹嘛了？」溫雨溏從冰箱裡面拿出一罐冰涼的啤酒，灌下一大口後，舒服地嘆口氣。

「沒幹嘛啊，就帶著一群記者來育幼院刷存在感，雖然他那是正常發揮，我也習慣了他的厚臉皮，但當下還是挺不爽的。我看我快要被院長列爲拒絕往來戶了吧！」

杜之揚無奈地聳聳肩，旋即瞥了一眼默默吃著白飯的林慶恩，順手夾了一個蝦球放進他的碗裡，「你不吃咖哩又不配菜，光吃白飯多沒味道。」

「怎麼回事？連慶恩都心情不好？」溫雨溏放下啤酒，瞬間蹙眉看向杜之揚，「你欺負他了？」

「冤枉，我怎麼敢？」杜之揚嘴角抽搐，溫雨溏比林慶恩的親媽還像親媽，誰敢欺負林慶恩，溫雨溏絕對跟他拚命，這黑鍋他可不揹。他果斷地招出罪魁禍首，「是林凱恩，他下午來過。」

聞言，溫雨溏的眉頭皺得更深了，「他來幹嘛？」

「他說他媽媽要裝人工關節，需要二十萬，我會匯給他十萬，剩下的他自己想辦法。」林慶恩接話的語氣裡聽不出起伏，卻更讓兩人感到格外心疼。

照理說，溫雨溏應該會將林凱恩那臭小子痛罵一頓，可是她面色複雜地沉默了好一陣子，而後才開口：「我手頭還有一些現金……」

「雨溏阿姨，妳爲我付出太多了，現在我已經有足夠的能力去面對，就讓我自己處理吧。」林慶恩打斷了溫雨溏的話，他不可能讓溫雨溏出錢。

「可是那十萬塊也是你這些年辛辛苦苦存下來要開刀的錢啊！」溫雨溏又氣又急地吼了一聲。

當年她撫養林慶恩時，林慶恩的身心狀態極差，也不願意再繼續做復健，寧願忍受著別人打量的目光，也不要造成溫雨溏的負擔；因爲復健是一條漫長的路，不僅需要金錢和時間，還需要有人在身旁陪著。林慶恩知道溫雨溏工作繁忙，於是便自己放棄了這條復健之路。

為了走路時右腳不會那麼痛，林慶恩常常會不自覺踮著腳尖走路，導致諸多不便，也要不停重複解釋原因，所以長大後的他索性穿起腳後跟增高的帆布鞋，讓自己走起路看來與常人無異。可是隨著年紀的增長，以及長時間穿跟鞋走路的傷害，使得林慶恩腳痛的程度越來越嚴重；醫生建議唯一的辦法就只有動手術，因為這時候做復健已經太晚，也沒有意義了。

固執倔強的林慶恩拒絕了溫雨溏和杜之揚的金援，堅持要靠自己存到這筆不菲的手術費，只是每當林凱恩出現要錢，林慶恩總會把錢拿出來給他，這讓溫雨溏怎麼能不火大。

「你每個月不是也有固定匯錢給林凱恩，難道他都花光光，一毛錢也沒存下來嗎？」溫雨溏真的很捨不得林慶恩，眼眶已紅了一圈，「他不知道這是你要動手術的錢嗎？你都給他了，那你自己怎麼辦？」

「他怎麼可能知道？他連他哥哥的腳是怎麼一回事都不知道。」杜之揚的眼裡掠過一絲怒意。老實說林凱恩下午開口問林慶恩的腳是不是扭到的時候，杜之揚就很想把他轟出去了。

他實在很想問問林凱恩，對他來說「哥哥」究竟代表著什麼？是血脈相連的珍貴手足，還是只在需要幫忙時可以利用的對象？

「只要存到錢，我的腳隨時都可以動手術，她……的情況已經不能拖了，這是我欠她的。」語畢，林慶恩放下碗筷，起身想回自己的房間，不想再繼續這個話題。

至今林慶恩都還記得那張臉上掛的溫暖笑靨，但他也記得那張臉上出現過的厭惡和冰冷，來自於最愛他也最恨他的媽媽。

那天晚上，林慶恩早早就上床睡覺，但即使強迫自己閉上雙眼，仍舊沒有一絲睡意，反而是那些封存在腦海深處的記憶卻如噩夢侵襲，一幕幕翻湧而出，一發不可收拾。驀地，林慶恩睜開雙眼，盯著昏黃的天花板，眼裡閃爍著水霧。他抱起睡在隔壁枕頭的小熊先生，緊緊地摟著，恍若世界之大，他就只剩下它了。

林慶恩緊閉雙眼，眼淚無聲落下，嘴裡則不斷輕聲呢喃著：「對不起，對不起，對不起……」

時間不知過去了多久，門外突然傳出窸窸窣窣的聲音，引起了林慶恩的注意。

溫雨溏的房間在三樓，二樓就只有住他和杜之揚，老房子隔音不佳，因此這樣的狀況也不是第一次了。以往杜之揚講電話講得很激動的時候，林慶恩在自己的房間裡也會聽到一些模糊的雜音。

那往往都是杜之揚在跟他母親或那個男人通電話時才會發生。該不會……那個男人又打電話來要錢了吧？

林慶恩抹了抹臉，趕緊起身，一打開房門就看見對面的房門大開，聲音正是從裡面傳出來的。可是……那聲音怎麼聽著聽著有點奇怪，不像是在吵架啊！

「嗯……啊……」

林慶恩皺緊眉頭，快步踏進杜之揚的房裡，卻發現杜之揚坐在電腦桌前，正翹著二郎腿，饒有興致地看著眼前二十四吋的大螢幕，而螢幕裡頭竟是一對赤裸著身體的男女，彼此交纏在一起！

「杜之揚！這個時間你不睡覺在幹嘛啦！」林慶恩紅著臉大吼，虧他以爲杜之揚在跟那個男人吵架，結果居然是在……

「看A片啊，就是這個時間才要看。下午林凱恩拿來的，女主角身材超好，我最近要拍床戲，正好可以揣摩一下。你要不要也看看？我看完再換你看，還是你拿把椅子過來，我們一起看？」杜之揚按下暫停鍵，看著林慶恩羞惱的模樣，臉上不自覺揚起一抹壞笑。

「不用！我沒你這種癖好。」林慶恩平復了情緒，冷冷地哼了一聲。

「這怎麼會是癖好哩？這是正常的生理需求！啊，我覺得你應該要趕快去找個女朋友，才能體會這種飛上雲端的美妙！」杜之揚樂呵呵地笑說，氣得林慶恩拿起一旁的枕頭就砸過去。

「你管你自己就好，別扯到我身上。」林慶恩眼中充滿怒氣，這個男人是把他當作什麼了？開玩笑也要有底線吧！

「呦！反應這麼大，該不會……」杜之揚垂下眼眸，嘴角勾起一抹弧度，輕聲地開口，「還沒忘記他吧？」

林慶恩的瞳孔驟然緊縮，心微微地顫動著，一道面朝著陽光的背影彷彿在他的眼前一閃而過。

「哎唷！你們這是怎麼了？怎麼在吵架啊？」在三樓的溫雨溏一聽到動靜就立刻下樓查看，甫一走進杜之揚的房裡，便察覺兩人之間的氣氛不對勁，完全不像是平常的小吵小鬧。

「沒事。」林慶恩收回目光，面如冰霜，旋身就走回自己的房裡。

林慶恩剛闔上房門，溫雨溏就瞪向杜之揚，沒好氣地咬牙問：「你是怎樣，一定要這樣惹他？」

不過，溫雨溏還眞是佩服杜之揚的功力，能夠三兩句就勾起林慶恩怒火的人，除了杜之揚外，還眞找不到第二個人。

說到底，那也是因爲太了解對方。

「你不覺得他生氣的模樣比較好看嗎？至少比下午那副行屍走肉的模樣好多了。」

杜之揚聳肩，轉身就將喇叭轉到最小聲，並且關了機。

溫雨溏默默地看著杜之揚的動作，心中湧起一陣疼痛，瞬間明白杜之揚是故意放A片引起林慶恩的注意，再刻意激怒他，讓他發洩憋在心中的怒火。

明明是關心，爲什麼不直說呢？這兩個孩子簡直讓她的心都揪成一團了。

溫雨溏搖頭，嘆了一口氣，「我去看看慶恩，你早點休息吧。」

而林慶恩坐在床沿，耳裡全是杜之揚方才那不經意的問句——

「該不會還沒忘記他吧？」

他怎麼會忘記？他從沒想要忘記任何人。嚴格來說，是他記得每一個曾經給予他溫暖的人。如果不是用力地記著，他對這個世界早就沒有任何期待了。

忽地，一陣敲門聲響起，「小恩，我可以進來嗎？」

不待林慶恩回應，溫雨溏便走了進來，逕自將書桌椅挪到林慶恩面前坐下，看了一眼坐在床上的小熊先生，「好久沒給小熊先生換衣服了，看在它這些年不分晝夜地陪在我們小恩寶貝身邊、沒有功勞也有苦勞的份上，過幾天有空，我再幫它縫一套新衣服吧！」

林慶恩抱起小熊先生，操控小熊先生對著溫雨溏點點頭，「那一套可能不夠哦！」

「好好的熊，學隻獅子幹嘛？」溫雨溏伸出食指輕點著小熊先生的頭，佯裝生氣地問。林慶恩疑惑地看著溫雨溏，「獅子？」

「獅子大開口啊！」溫雨溏正經八百地回答，卻讓林慶恩忍不住噗哧一笑，「終於笑了吧！其實之揚他只是想讓你抒發情緒而已。」

「我知道，我聽到聲音的時候，原本以爲『肚子癢』在電話中跟那個男人吵架，才會走去他房裡，誰知道他居然在看那種片，還拿我開玩笑。」林慶恩當然知道杜之揚是故意來招惹他的，但是他所說的話實在很難讓人不生氣。

「你是氣他拿你開玩笑，還是氣他提起那個人？」溫雨溏握著林慶恩的手，認眞地看著他，「小恩，你還放不下嗎？」

林慶恩不明白何謂放不下，這麼多年來，他不會因爲那個人吃不下飯，或者睡不著覺，甚至連想起他的次數用一雙手都數得出來。

可是，他卻始終記得那個人說的每一句話、每一個細微的表情，還有他們一起相處過的時光，就連因他而波動的心跳都是那麼的深刻。

這是否就叫作放不下？

那天夜裡，回憶有如關不緊的水龍頭，緩緩流淌過林慶恩的心底，那沉甸甸的過去載浮載沉地飄流在思緒的洪流裡，始終鮮明。

第3章　他叫顧嘉楠

小一上學期，林慶恩的媽媽張佩琳，帶著他和剛出生未滿一歲的林凱恩，住進了溫雨溏家。

張佩琳以照顧小兒子爲由，跟林凱恩同住一間房間，林慶恩只好跟溫雨溏睡一間，但林慶恩知道那只是媽媽的藉口，其實媽媽是不想看到自己。

就算知道眞相，林慶恩也只能默默承受媽媽的冷眼和忽視，因爲這是他應得的。

這一切溫雨溏都看在眼裡。

某日夜裡，她終於找到機會跟張佩琳談起這件事，但張佩琳哭著告訴溫雨溏，她也不想這樣對待林慶恩，可是她就是忍不住！她就是忍不住恨她的兒子！

「恨？佩琳，妳知道妳在說什麼嗎？妳知道『恨』這個字有多重嗎？慶恩只是個孩子啊，他承受不了的！」溫雨溏的語氣非常嚴肅，她有些不能接受從一個媽媽嘴裡聽到這麼殘忍的字眼。

「我知道，就是因爲知道，我才會這麼痛苦！」張佩琳掩面痛哭，情緒激動地吼著，「妳以爲我願意對自己的孩子這樣嗎？可是我接受不了啊，他害死了我的丈夫！妳不是我，妳怎麼懂得我內心的煎熬？妳知不知道我快瘋了，快被那個孩子逼瘋了！」

「佩琳，那是意外。妳這樣說對慶恩不公平，他不是故意的！」溫雨溏搖著張佩琳的肩膀，眼裡也有淚水在打轉。

她懂！她怎麼會不懂？林慶恩的爸爸林亮偉也是她的好朋友啊！她看到林慶恩也會想起林亮偉，但比起恨，她內心充斥更多的是心痛。

一個本該無憂無慮開懷大笑的孩子，一夕之間沒有了笑容、沒有了情緒，那一雙明亮的大眼裡除了平靜之外，只剩下小心翼翼和惶惶不安。偏偏他不哭也不說，悶不吭聲地接受這一切針對他的冰冷和嫌惡。

只因爲，他也恨著他自己，他對自己的恨，一點兒也不輸給他的媽媽。

「他不是故意的，可是他爸爸還是因爲他死了啊！」張佩琳衝著溫雨溏尖叫，彷彿要將積壓在心中的不甘全都宣洩而出。

「難道今天死的人是慶恩，妳就會比較開心嗎？」溫雨溏鬆開了張佩琳，臉頰已掛著兩行清澈的淚痕，「佩琳，那是個意外，也可以說是林亮偉的命，但逝者已矣，妳若這樣繼續下去，在妳瘋掉之前，我覺得慶恩會先被妳逼死。」

溫雨溏這番話說得很重，重到讓張佩琳身子微頓，一時間停止了哭泣。但溫雨溏並沒有打算安慰她，反而轉身離開房間，她在逼張佩琳面對和接受林亮偉離世的事實。

如果張佩琳要一直像隻刺蝟一樣把每個關心她的人刺得渾身是傷，那麼她失去的將不只是林亮偉，而是每個愛她的人，甚至到了最後，連她自己也會陷入悲傷和自怨自艾的泥沼裡，無法自拔。

可當溫雨溏一走出張佩琳的房裡，卻瞥見了瑟縮在走廊牆角的小身影，此時他也抬頭睜著一雙黑白分明的大眼望著她。

「慶、慶恩，你不是睡了嗎？」溫雨溏瞪圓了雙眼，林慶恩的眼神依舊淡然，可是溫雨溏卻從這眼神裡感受到不同於尋常的氣息。

剛才的對話應該都被林慶恩聽見了，可是這孩子卻沒有哭鬧、亦沒有表現出困惑或難過的樣子，這種感覺有點像是……像是接受。接受媽媽對他的恨意。

這樣的坦然讓溫雨溏不安極了。她怕林慶恩就這樣將自己定罪，假如他認定了自己就是害死爸爸的凶手，那麼他將一生背負著這個罪名，直到生命的盡頭。

溫雨溏趕緊跑過去抱住他，將他緊緊地抱進懷裡，彷彿他下一秒就會消失一樣，

「慶恩，你聽阿姨說，不是這樣的，那是意外，不是你的錯，真的不是你的錯。你再給你媽咪一段時間，她過一段時間就會好的，你不要放在心上好不好？」

說到最後，溫雨溏嗚咽地哭了，哭聲中帶有一絲乞求，但懷裡的林慶恩依然不言不語。無論她抱得有多緊，林慶恩也不掙扎。溫雨溏心中知道不管她怎麼呼喚，那個快樂天眞的孩子已經回不來了。

林慶恩的下巴靠著溫雨溏的肩膀，他感覺得到雨溏阿姨顫抖的身體，他也覺得好想哭，可是卻流不出眼淚。原來，當心裡失去那一點點僅剩的希望時，就什麼都沒有了。

此時，房裡又走出一個人，他抬頭對上那一雙熟悉的眼睛，那是他媽媽。

那一雙眼睛裡變換著很多種情緒，驚訝、憤怒、掙扎等等，但就是沒了曾經的溫暖。

不會好的，不管是媽媽還是他，都不會好了。

從那一夜起，林慶恩沒再開口說過任何話，更沒有再叫過媽媽。也是從那一夜起，林慶恩能夠敏銳地讀出別人藏在眼裡的情緒，除了他自己的。

之後的每一天，從學校回來後，他都不會直接回家。他會待在社區的公設裡，直到溫雨溏下班回來，再跟他一起回家。

對此，溫雨溏心中更是極度不捨，勸林慶恩回家等她，若是媽媽沒給他好臉色，那就窩在房間裡等到她回來。可是林慶恩拒絕了，他將注音符號寫在紙上，告訴溫雨溏，他不想再惹媽媽哭。

無奈之下，溫雨溏只能由著林慶恩，再私下囑託警衛大哥幫她多多照看這個孩子。

林慶恩最常待的地方是在靠近閱覽室側門附近。那裡有一條露天走道，可以連通主建築物的後方，轉角是視覺死角，從側門望去看不見那個角落，可是林慶恩卻可以一眼就看見進出側門的人，也能一眼就看見常從側門進出的溫雨溏。

不過這個露天的角落有很多缺點，除了風吹日曬雨淋外，就是晚上沒有燈光。因此林慶恩要趕在太陽下山前將功課寫完，否則他就看不見字了。

好在低年級的功課並不多，寫完功課之後的等待時間，他就會開始畫畫，畫到太陽下山爲止，不過紙上只會出現一個圖案。

每一個圖案都是熊。從一開始的歪七扭八，到後來竟能讓每一隻熊都長得一模一樣。他畫的是爸爸送他的小白熊。那隻熊不見了，他怕自己哪天就忘記它的模樣，只能用畫的將小白熊畫在紙上，然後刻印在心底。

當最後一絲夕陽即將沉入天際，他停下了鉛筆，小小的指頭反覆撫摸著紙上的小熊，想起了當年爸爸將小熊送給他的笑臉，想起了當年他們大手牽小手，乘著微涼的晚風抱著小熊回家的畫面。

忽地，一枚五十元的硬幣滾到了自己的腳邊，旋即有個腳步聲追逐而來，在林慶恩面前停下。那是一個大哥哥，身上穿著附近那所國中的校服，肩上背著一個很大的袋子。大哥哥看起來好像被他嚇到了，應該是沒想到這裡會有人。

林慶恩將五十元撿起來，再將小手伸到大哥哥面前。

大男孩似乎終於反應了過來，他並沒有接過五十元，反而是卸下肩上的大袋子，慌慌張張地從裡面翻找，終於讓他找到了一包面紙。他趕緊從中抽出一張面紙，接著在林慶恩既震驚又呆滯的表情下，擦起他的小臉。

「怎麼躲在這裡哭？」大男孩勾嘴一笑，語氣溫柔，「其實哭也沒什麼好丟臉的，哭出來也好，總比憋在心裡好。」

這時，林慶恩才發現原來自己在不知不覺中哭了。他好想爸爸，也好想小白熊。聽了這個大哥哥說的話，他的眼淚竟不受控制地不停流下，眼前糊成一片，連大哥哥的五官都看不清了。但是在他的腦海裡，爸爸的笑容卻還是那麼清晰，就連他看到爸爸的最後一眼，爸爸依舊對他笑著。

林慶恩不知道自己哭了多久？哭出聲音沒有？但他感覺得到大哥哥一直在他身

邊，直到天空徹底暗下。

「小弟弟，我得回家了，你也住在這裡吧？要不要送你回家？」大男孩見林慶恩的情緒似乎逐漸緩和了下來，於是出聲詢問。

林慶恩搖了搖頭，並沒有說任何一句話，這讓大男孩的臉上浮現一抹疑惑：這個小弟弟會不會是不能說話？否則他剛剛哭得那麼激動，怎麼會一點聲音也沒有？

大男孩沒有多問，畢竟才剛認識，問這個問題似乎不太禮貌，「那我先回家了，你也早點回去，否則家人會擔心。」

林慶恩目送大男孩離去，久久無法回神。直到緊握的手心傳來異樣的觸感，他攤開手掌，才發現掌心靜躺著一枚五十元硬幣。

或許那位大男孩時常由側門進出，只是林慶恩從沒注意過。但自從那日過後，他的眼裡除了溫雨溏，又多了一個大男孩的身影。

他時常跟初次見面一樣，穿著國中校服、揹著那個大袋子，大部分都會在黃昏時分回來；林慶恩想把那枚五十元硬幣還給大男孩，卻總是在猶豫不決的瞬間，大男孩就迅速進了門、消失在他的視線中。

每一次，林慶恩都看著那扇闔上的側門發呆。他常常在心裡下定決心：明天就等在這扇門前，一定就來得及叫住大哥哥。

只是他也知道，這個「明天」恐怕很難來臨。因爲現在的他其實並不想面對溫雨溏以外的人，即使是那位渾身充滿著溫暖氣息的大男孩。

從此這個小小的目標，變成了他平凡生活中的一點寄託，似乎面對同學的冷眼以及媽媽冷漠的態度，都不再那麼難受了。他每天都爲了能夠早日站到大男孩面前努力練習。

隨著時間的流逝，在寒假來臨的前夕，他的世界卻再次被顛覆。

「妳說妳要帶著凱恩搬回娘家？」溫雨溏不敢置信地看著坐在她正對面的張佩琳。

「雨溏，這樣下去大家都痛苦，我帶著凱恩走，拜託妳替我撫養慶恩吧。我會定時匯錢給妳，就當作是他的生活費。」張佩琳低著頭，放下收拾中的碗筷，最後一句說得小聲卻堅定。

坐在溫雨溏身邊的林慶恩並沒有停止吃飯，他一口接著一口地扒著白飯，食之無味。

「靠！我有差妳那一點錢嗎？爲什麼妳就是不肯面對，不肯原諒，不肯放下？妳把凱恩帶走、留下慶恩，妳知道這代表什麼嗎？」溫雨溏雙目通紅，情緒激動地爆了粗口。

這代表著遺棄，代表一個媽媽不要自己的小孩了！

「妳不是我，妳不能體會我的痛苦。」張佩琳轉頭看了林慶恩，這是丈夫林亮偉離世後，她第一次對著林慶恩笑，只是臉上早已掛滿淚水，「只要我走，這個孩子就不用爲了躲我，獨自在外頭被風吹、被太陽曬、被雨淋……慶恩，是媽咪不好，媽咪無法原諒你，更無法原諒我自己。所以，你乖乖地聽雨溏阿姨的話，好好生活下去。」

林慶恩拿著筷子的手一頓，他忍住了看向媽媽的衝動，卻也沒了扒飯的力氣。

溫雨溏深深地看著張佩琳，一肚子想說的話在看到張佩琳那張涕淚縱橫的臉，卻怎麼都說不出口，最後只能嘆一口氣，「什麼時候走？」

「後天，車票我已經訂好了。」張佩琳抹了抹自己的臉，語氣誠懇，「雨溏，謝謝妳這半年來的照顧，我知道妳可能是看在亮偉的面子上，但我眞的很感謝妳。若不是妳伸出援手，我們也沒有能遮風避雨的地方，以後這個孩子……就拜託妳了。」

「不用謝，我不是爲了妳才照顧慶恩。」溫雨溏眼眶通紅，咬了咬牙，牽起林慶恩的手就走回房間。

話雖說得不留情面，可到了後天，溫雨溏仍是在百忙之中向公司請了假回來送行。

那天正逢冷氣團來襲，天色昏暗，寒風刺骨，還飄著小雨，使得離別的氣氛格外悲涼。溫雨溏心想還好今天林慶恩要上學，否則他若是在現場，就算面上不顯，心裡肯定很難受。

或許這也是張佩琳選在今天離開的原因吧。可是，沒能當面告別，真的是對慶恩最好的選擇嗎？會不會這樣反而是另一種殘忍？

「妳何必專程請假呢？我自己搭計程車去車站就行了，妳快回去上班吧！」張佩琳緊緊抱著懷中尚在沉睡的林凱恩，就怕他吹到風會感冒。

「請都請了，妳看看妳抱著一個嬰兒，要怎麼提兩個行李箱？」溫雨溏從駕駛座上下來，在自己的掌心哈出一口熱氣，搓了搓凍僵的手掌，便動手將行李搬到後車箱去。

「雨溏，謝謝妳。」張佩琳一開口，溫熱的氣息碰上冰冷的空氣，立刻凝成一團白霧，遠遠看去竟使得她的臉孔有些模糊。

「上車吧。」溫雨溏將行李箱搬上車後，立刻打開後座車門，略為猶豫地問，「妳真的不等慶恩回來嗎？小一都只讀半天就放學了，再等一下下他就……」

張佩琳緩緩地搖頭，一步步靠近車門，「我怕看到他會捨不得走。但留在他身邊，我無時無刻都會想到那晚的事。不管妳信或不信，我對他的愛並不少於恨，好幾次，我看到他縮在那個角落，冷到發抖卻不敢在妳回來之前回家，我的心就如刀割一樣。雨溏，我也無比痛恨這樣的自己，但我的心生病了，而時間是唯一的解藥。」

溫雨溏怔了怔，這是半年來張佩琳第一次告訴她眞心話，即使這樣的剖白格外讓人心酸。良久，她無奈地說：「但願妳不會後悔今天的選擇，走吧！」

張佩琳並沒有回頭看這棟生活了半年的建築物，目光放在了對巷那個拉起黃色封鎖線的殘破空地。鬆垮垮的封鎖線圍繞在那一大片空地四周，黃紅色交織的封鎖線末端隨著徹骨冷風飄蕩，醒目的顏色除了警示用路人不要靠近，也提醒著張佩琳這塊空地曾經發生過的悲劇。

再見了，林亮偉，再見了，我的摯愛。

張佩琳默默地在心裡告別，而後毅然決然地收回目光上車。

溫雨溏同樣神色複雜地看了眼那如廢墟般的空地，旋即搖頭嘆氣，關上車門，回到駕駛座上發動汽車，朝車站前進。

與此同時，原本的綿綿細雨卻瞬間轉爲磅礴大雨，滂沱的雨勢彷彿想要將整個城市淹沒，就連聳立宏偉的高樓大廈都顯得朦朧，而雨幕中的大樓旁，站著一個渾身溼透的小男孩。他的背後還揹著書包，手上的便當提袋早已落地，迅速浸在水窪裡。

男孩在強勁的雨勢中努力睜大雙眼，倔強地看著越來越模糊的車尾燈，一張蒼白的小臉布滿水痕，小小的身子瑟瑟發抖，許多經過的路人驚疑地看著這個動也不動的小男孩，可是踟躕了一陣子後，多半都會走掉，竟沒有一個人上前關心。

「嘶——嘩——叭叭——」

林慶恩像是失去知覺般麻木地站著，眼睛被雨水打得快要睜不開，耳邊淨是喧嘩的喇叭聲，以及汽機車呼嘯而過的水花，貌似還聽見警衛伯伯的問候，可是他連一點反應的力氣都沒有了。

他沒有留下來吃營養午餐，而是趁老師和同學不注意的時候跑回來。他知道媽媽不會想見到他，也知道他自己不能出現在媽媽面前，他只是想遠遠地看媽媽一眼。但是這樣的天氣，讓站在遠處的他始終看不清媽媽最後的模樣。

好冷，渾身充斥著無法驅除的寒意，這是林慶恩印象中最深刻的寒冬。哪怕是多年後回想起，他依舊會忍不住打著哆嗦。

也是在這樣的冬天，有一個人曾用全身的溫度逐漸暖和了他的身心。

再次遇見那個大男孩，就是在這場大雨裡。他突然出現，用自己的防風外套為林慶恩撐起一小片眞空地帶，在這個小小的圓圈裡隔絕了雨水、寒風和喧囂，只有大男孩臉上和煦的微笑，如太陽般照射著狼狽不堪的小孩。

「咦？是你啊！沒想到我都已經很不喜歡帶雨傘了，居然還有人比我更討厭呀？這件外套撐不了太久，我們還是先進去吧！」旋即，風衣外套精準地落在林慶恩身上，將瘦小的他從頭到小腿包住，僅露出一雙溼透的布鞋，然後一雙略大的雙手扶著他的肩，踏著沉穩的步伐，帶領著他走進大樓裡。

大男孩不知道他住在哪一棟哪一戶，只能先將他帶到一樓的閱覽室。幸好這時閱覽室裡並沒有人，不會有人對這兩個渾身溼透的孩子投以指責或不善的目光。

大男孩將林慶恩帶到書櫃旁的角落，趕緊拉開自己的背包拿出運動毛巾，「來，先把頭髮擦乾，還好今天下雨練習暫停，否則你就沒乾毛巾擦了。」

林慶恩愣愣地看著大男孩手中的毛巾，再抬頭望向大男孩的笑顏，眼神掠過一抹迷茫。

爲什麼這個大哥哥渾身都溼答答的，頭髮還在滴水，卻要將毛巾給自己呢？

似是看出了林慶恩的疑惑，大男孩逕自將毛巾罩在他的頭上，輕輕地擦拭著他的頭髮，「我等一下就回家了，你先擦乾吧，不然很容易感冒的。對了，我是顧嘉楠，你叫什麼名字？」

林慶恩垂下眼簾，沒有回答。顧嘉楠也不再追問，並不期望林慶恩會回答，畢竟從上次交談的經驗來看，他認爲林慶恩不能說話的可能性頗大。

待林慶恩的頭髮不再滴水後，就將毛巾掛在他脖子上，「這條毛巾給你，你全身都溼透了，趕快回家洗個熱水澡吧，我就先回家了。還有，我剛剛注意到你的腳是不是扭傷了，記得要去看醫生哦！」

當天晚上，從學校跑回來並且站在大雨中淋雨的事情，還是被溫雨溏知道了。溫雨溏說她是被大樓的保全伯伯告知的，這位熱心的保全伯伯平常就有在關注躲在側門角落的林慶恩，自然認得林慶恩的模樣，一看到溫雨溏回來了，就上前去告訴她事情始末。

溫雨溏並沒有因爲林慶恩擅自從學校跑回來生氣，反而心疼地抱住剛洗完澡的林慶恩，哽咽地問：「你會不會氣我送你媽咪走？沒想辦法讓你跟她說聲再見？」

林慶恩在溫雨溏的懷裡搖頭，媽媽是因爲自己才走的，跟雨溏阿姨無關；至於再見，他應該也是說不出口的。

溫雨溏抱著林慶恩好一會兒，才將他拉出懷裡，緊張地問：「對了，保全伯伯說有一個大哥哥脫下他自己的外套給你擋雨，還將你帶到閱覽室，你認識他嗎？」

不怪溫雨溏緊張，之後就只剩下她和林慶恩相依爲命了，她平常工作又經常忙到很晚才回家，當然要問清楚一點。林慶恩現在的狀況根本不可能主動找人攀談，又是怎麼認識那個男生的呢？

林慶恩先是點頭，旋即又搖頭。他並不認識那個大哥哥，可是今天他又知道了大哥哥的名字，這樣到底算不算認識呢？

溫雨溏也被林慶恩的反應搞糊塗了，但她也不急躁，拿起一旁的運動毛巾又問：「這是你第一次看見那個男生嗎？」

林慶恩搖頭，並且將隨身攜帶的五十塊拿出來，攤在溫雨溏面前。

「這個五十塊也是那個男生的？」溫雨溏有些驚訝，還眞不是第一次見面？

林慶恩點頭，指著後方陽台，但溫雨溏馬上就明白林慶恩指的並不是陽台，而是他們這一棟樓的外面，下方正是林慶恩平常會待的露天角落。

「是之前在大樓外面等我下班的時候遇到的？」溫雨溏見林慶恩再次點頭，「知道他叫什麼名字，住在哪一戶嗎？」

總是要將這五十塊和運動毛巾還給人家吧，要是知道是哪一戶的孩子就好辦了，順便打聽看看那個男生品行好不好，如果能讓林慶恩再次敞開心房交朋友，未嘗不是一個新的開始。

聞言，林慶恩跑到書桌前拿了一張紙和一枝筆，端正且認眞地寫下注音符號，再遞給溫雨溏。

「蛤？顧、家、男？這名字取得還眞是好，就是不知道是哪個家和哪個男？」溫雨溏看到紙上的注音符號微笑，是個很溫暖的名字呢！

溫雨溏放下紙張，雙手輕放在林慶恩的肩上，溫柔堅定地說著：「小恩，從今天開始，雨溏阿姨這裡就是你的家，永遠都是。以後放學就直接回家吧，不需要再躲在大樓外面等我下班了。」

溫雨溏的話令林慶恩如死水般的心湖，悄然泛起一小陣漣漪。他終於又有家了，可是家裡已經沒有了爸爸、媽媽、弟弟，還有他最心愛的小白熊。

或許是習慣使然，亦或許是林慶恩潛意識裡不願接受媽媽帶著弟弟離開的事實。小一下學期開學後，他依舊維持上學期的習慣，放學後就躲在大樓外的轉角處，靜靜等待溫雨溏再一起回家。

溫雨溏不忍也說不動這個固執的小男孩，只能拜託新上任的警衛大哥幫忙看顧林慶恩。

好在這個社區的警衛雖然流動率頗高，但每個新來的警衛都很熱心，遇到溫雨溏時，都會主動跟她提起林慶恩的狀況；因此溫雨溏才會知道自從那場大雨之後，那位叫作「顧家男」的大男孩，每天放學後都會專程繞過去找林慶恩，跟他說一會兒的話後才回家。

溫雨溏觀察了一陣子，確定林慶恩沒有危險，心情看起來也蠻平靜的，才逐漸放下心來。雖然林慶恩還是不願意開口說話，至少有個大哥哥陪在他身邊也好。

林慶恩不明白，為什麼從那場大雨之後，大哥哥每天都會來跟自己說話？還笑著說這裡是他們的祕密基地。他並不討厭這位大哥哥，相反地，他覺得跟大哥哥相處很舒服。

大哥哥說他是羽球校隊，不管有沒有寒暑假，每天都要去學校訓練，所以在寒假期間的放學時間也能看見他；大哥哥還說如果心情不好，就痛快地打一場羽球，盡情流汗之後就會好很多。

提起羽球時，大哥哥的眼睛好像會發亮，令人移不開目光。但是林慶恩沒能開口告訴大哥哥，自己大概永遠也無法體會那種感覺，連走路都會痛的人，該怎麼去打羽球呢？

但之後的每一天，林慶恩開始期待每個黃昏時，大哥哥會告訴自己什麼故事呢？林慶恩總是靜靜地聽著，然後默默回想著那些自己也曾經擁有過的生活。

大哥哥說他的爸爸媽媽感情很好，他還有一個妹妹，一家人每天都過得很開心；大哥哥也會說週末的時候，他的爸爸媽媽又帶他們兄妹倆去哪裡玩，吃了什麼好吃的食物，偶爾還會帶零食來跟林慶恩分享。

不過林慶恩一口都沒吃，不管大哥哥給他什麼，他什麼也沒接受過，彷彿對任何事物都提不起興趣。

直到某天，他在大哥哥的羽球袋上看到了一個小熊吊飾。

「你喜歡這個嗎？這個是我媽親手做的，雖然不見的話她可能會生氣，不過要是你喜歡，就送給你吧！」細心的顧嘉楠注意到林慶恩的目光，立刻將小熊吊飾解下來放在林慶恩手中。

林慶恩看著躺在自己手心上的小熊吊飾幾眼後，便將吊飾還給了顧嘉楠。

他不會再擁有第二隻熊，任何一隻熊都無法代替他的小白熊。

「眞的沒關係，我沒有很喜歡玩偶，你喜歡就收著吧！」顧嘉楠不死心，他太想看這個小男孩笑了，明明該是最愛笑的年紀，爲什麼他的臉上從來沒有出現過開心的情緒？

林慶恩堅決地搖頭，下一秒便收拾自己的書包回家了。這是第一次，他比大哥哥早回家。

然而，在那之後沒多久，林慶恩發現大哥哥卻不再開心了，精神狀況也變得很差，開始說一些他聽不懂的話，像是爸爸外遇要跟媽媽離婚，還有媽媽得了憂鬱症每天都鬧自殺。

「那天，爸爸帶著我和妹妹去見那個女人還有她的小孩，希望以後我們能跟他們和平共處。我當場就告訴我爸爸，我不可能叫別的女人媽媽，而且我跟妹妹都要跟著媽媽……你知道嗎？我爸爸居然當著那個女人還有那個小孩的面打了我一巴掌！他從來沒打過我！」

那一天，顧嘉楠哭了，哭得好無助好痛苦，林慶恩想安慰他，卻不知道該怎麼做，只能學著兩人初次見面那樣，從自己的書包裡找出面紙，幫大哥哥擦拭臉上流不停的眼淚。

良久後，顧嘉楠睜著腫脹的雙眼，擠出一抹勉強的苦笑，伸手揉著林慶恩的頭髮，「謝謝你，雖然還不知道你叫什麼名字，不過我會記得你的。」

隔日，林慶恩在他們的祕密基地看見了大哥哥的小熊吊飾，卻再也看不見大哥哥的身影。

幾年後的林慶恩才明白，原來那天大哥哥說的那些話，就叫作告別。

林慶恩張開雙眼時，雙手還抱著小熊先生，窗外正滴滴答答地下著雨，涼爽的秋夜裡，他卻因爲這個突如其來的夢境而冷汗涔涔。

原來那些回憶他從未淡忘，只是刻意不想起。

林慶恩揉了揉眉心，正想下床去樓下倒水喝，就瞥見床頭櫃上擺著他專用的馬克杯，氤氳的熱氣正從杯中蒸騰而出，顯然是剛放在這裡不久。

會這麼做的只有一個人。那個人只要自己做惡夢，就會順便繞過來看看他。但就算看到他被惡夢纏身，也不會像雨溏阿姨那樣直接叫醒他，反而會幫他準備一杯溫開水後就離開。

林慶恩小心翼翼地走上三樓，盡量不發出聲響，就怕吵醒溫雨溏。果然他在三樓的陽台找到了杜之揚的背影，可出乎意料的是，他看見杜之揚修長的指頭上竟夾著一根點燃的香菸。

杜之揚會抽菸？什麼時候學會的？爲什麼他在杜之揚身上從沒有聞到過絲毫菸味？

林慶恩不解地拉開陽台門，心中的疑問還沒問出口，杜之揚便皺了眉，「你怎麼上來了？快進去，你的支氣管不好，不要聞菸味。」

孰料，林慶恩沒有後退，反而上前去搶杜之揚手上的香菸，張嘴就吸了一大口，卻沒有想像中的快活，反而被嗆得不輕，嚇得杜之揚趕緊把菸搶回來熄滅，「林慶恩！你有病啊？叫你不要聞菸味，沒叫你把菸吸進去！」

林慶恩好不容易停止咳嗽，噙著一雙淚眼，抬頭問杜之揚：「這東西眞的能紓解壓力嗎？」

杜之揚聳聳肩，嘴角勾著一抹苦笑，「我也不確定，但不是有人說：哥抽的不是菸，是寂寞嗎？」

「林凱恩孝敬你那麼多片子，你還會寂寞嗎？」就算看出了杜之揚的苦澀，林慶恩還是忍不住損他。

杜之揚嘖嘖了兩聲，這男人還眞不是普通記仇，「別這樣，我只是因爲接演的新戲裡頭需要床戲，所以才觀摩一下人家怎麼演好嗎？把我講得像個慾求不滿的淫魔似的。」

「抽菸也是爲了揣摩新角色？」林慶恩反問，一見到杜之揚瞬間黯淡的目光，便肯定了杜之揚方才應該也是做惡夢導致心情不好，才上來抽菸解悶的，「還是別抽了吧，畢竟空氣是流通的，別危害他人的健康。」

「林慶恩，我開始懷念你不說話的時候了，你到底會不會聊天啊？」杜之揚笑了，他知道這是林慶恩式的關心，「我以爲你會像我經紀人那樣，滿口都是『你是公眾人物，不能做不良示範，要是被狗仔拍到會有多嚴重』之類的來勸我戒菸。」

「公眾人物也是人，不是神，更何況別人的目光，你在乎嗎？」只要能活下來，別人的目光算什麼？「不過我還是希望你戒菸，因爲眞的很臭。」

杜之揚笑了笑，點頭說：「好啊！以後要是我的另一半不能接受菸味，我馬上戒！」

「馬子狗。」林慶恩翻了一個大白眼，轉身就要進屋。

驀地，杜之揚認眞地問：「小恩，需要幫忙嗎？」

林慶恩的腳步微頓，他知道杜之揚指的是林凱恩下午說的那件事。

「不用了，有多少幫多少。你放心，我不可能打腫臉充胖子，搞到自己過不下去。」林慶恩揚起一抹淺笑，他很慶幸還有杜之揚的關心，「還有三個小時多才天亮，你也快去休息吧！」

過幾日，溫雨溏趁林慶恩專心地修補玩偶時，若無其事地走到他的身旁問：「小恩啊，你修補玩偶的技術已經比我厲害了，有沒有想過，把小時候那隻熊做出來？」

聞言，林慶恩愣了愣，沉默了幾秒才笑說：「我有小熊先生就夠啦！而且現在店裡的訂單這麼多，哪有時間啊？」

「不是嘛，小熊先生是小熊先生，雖然長的一樣但是……」溫雨溏還想繼續勸，可是店裡的電話正好響起，林慶恩便趕緊接了起來。

溫雨溏看著林慶恩的背影，心裡湧起一陣陣疼。這些年來，這孩子看似已經跟常人無異，會說、會笑、會鬧，但她很清楚，在林慶恩的心中，那些過去從來就過不去。

林亮偉，換作是你，你會怎麼做？你能不能托夢告訴我，要怎麼做才能讓你的兒子解開心中的結，擺脫那些陰影？

想到這裡，溫雨溏不禁搖頭苦笑，要解開林慶恩的心結，大概要林亮偉活過來才行吧！

「雨溏阿姨，我先把這三隻小熊送到客戶家去，店裡就交給妳哦！」一掛上電話，林慶恩立刻將身下的圍裙卸下，將已經包裝好的小熊裝進紙袋裡。

「咦？爲什麼要專程送過去？」溫雨溏滿頭問號，他們基本上不提供外送服務，除非遇到顧客眞的有特殊狀況，她才會跑一趟，但以往都是她在送啊！啥時變成抗拒陌生人的林慶恩去了？

林慶恩邊穿上外出的藍色格子薄襯衫邊說：「就是上次那位坐在輪椅上的韓小姐，她本來預計今天要來拿，但打電話說她身體不舒服，而且她老公今天就出差回來了，她想拿修補洗淨後的小熊給她老公一個驚喜，所以才問我們能不能幫忙送過去。」

「哦、是她啊！」溫雨溏想起了那位韓小姐就是育幼院辦活動那天，她接手安慰的客人，想到那天韓若瑩說出來的故事，溫雨溏就覺得唏噓不已，「那你快幫她送去吧，其實她也是個可憐人，明明就那麼討厭這三隻小熊，卻……」

「雨溏阿姨，那我先走囉！」沒等溫雨溏分享完韓若瑩的故事，林慶恩拿起紙袋便飛也似地離開。

逃離「Dear Bear」後，林慶恩才逐漸放慢了腳步，他知道他有能力將小白熊做出來，可是他沒有能力面對那些悔恨和孤寂。

雨溏阿姨總說那是場意外，但他的心裡很清楚，那並不是意外。是他的任性和無知才導致爸爸喪命的。

他是個罪人。一個害死爸爸、毀了自己溫暖的家的罪人。

當年媽媽說得沒有錯，她就不應該生下他。

第4章　那場火災

他叫作林慶恩，從他有記憶以來，一直都覺得自己是世界上最幸福的小孩。有愛他的爸爸和媽媽，在幾個月前還迎來了可愛的弟弟，每天家中都笑聲不斷，他的同學們都好羨慕他。

媽媽常常跟他說他的名字是爸爸取的，因爲爸爸覺得他的到來是値得慶祝的恩典，即使他先天性髖關節發育不良，每隔幾天爸爸就要帶他去做復健，但爸爸從不曾喊過累，依然緊緊牽著他的手，走過艱難的每一步。

他好愛他爸爸，只要是爸爸送給他的東西，他都無比珍惜，其中他最喜歡的就是那隻小白熊。

「慶恩寶貝，你是不是還在生爸爸的氣？」林亮偉蹲在兒子面前與他平視，一雙大手捧著他委屈的小臉。

「沒有。」林慶恩悶悶不樂地回答，口是心非的模樣逗樂了在一旁餵奶的張佩琳。

張佩琳接收到老公求救的目光，也開口幫腔：「慶恩，明天爸爸雖然要上班，但是還有媽媽和凱恩陪你過生日呀！你不要生爸爸的氣了，好不好？」

「可是，他之前說過會陪我過生日的！爲什麼又要去上班？」說著說著，林慶恩的眼眶紅了，他眞的好期待爸爸能陪他一起過生日，一起唱生日快樂歌，一起許願吹蠟燭。

「本來不用的，爸爸的假都排好了，但是同事臨時請假，爸爸也是沒辦法，才答應明天去上班。」林亮偉趕緊說，他原本眞的是打算要陪寶貝兒子過生日的！

「那你爲什麼要答應？」豆大的淚珠從林慶恩的眼眶中落下，他就是知道爸爸特地請假要陪他過生日才會這麼期待！

林亮偉揚起一抹淺笑，那一雙大手拿起面紙，溫柔地擦著林慶恩的臉頰，「因爲爸爸覺得消防員是很偉大的工作呀！雖然爸爸可以拒絕，可是萬一眞的發生火災，因爲人手不夠而來不及搶救，爸爸會因此自責一輩子的。」

「當消防員這麼辛苦，只要爸爸去上班，我就一整天都看不到爸爸，爲什麼爸爸不換工作呢？」林慶恩抽抽噎噎地問。別人家的爸爸都是早上上班，晚上就能回家。

「因爲那是爸爸的夢想啊！爸爸小時候曾經遇到一場火災，要不是消防員不放棄，冒著生命危險，找到了被關在房間裡面的我，爸爸早就去天上當小天使囉！從那個時候開始，爸爸就立志要成爲一名消防員，靠自己的雙手去救更多的人。」林亮偉憶起當年那位救他的消防員，臉上仍是滿滿的敬仰。

這個職業雖然很累，面對生死常會有力不從心的時候，甚至容易受到罹難者家屬的遷怒及謾罵，更無法時常陪伴在家人身邊，但他仍然以此爲傲，並且無比熱愛他的工作。

林慶恩發現爸爸的眼神跟平常不一樣，感覺亮亮的，竟讓他停止了哭泣，沒來由地說：「我以後長大也要當消防員。」

聞言，林亮偉怔愣一瞬，旋即笑著點了點頭，「好呀！只要是慶恩寶貝的夢想，爸爸都支持你！那你明天許願時，記得要將其中一個心願留給自己的夢想哦！」

「嗯！那爸爸後天回家要記得送我生日禮物哦！」林慶恩認眞地提醒著，爸爸前一陣子才說過會送他很特別的生日禮物，他一直記著呢！

「不用等到後天，爸爸現在就可以送給你！」林亮偉起身走進房間，沒幾秒就抱著一隻可愛的小白熊出來，放在林慶恩的手上，「慶恩寶貝，爸爸先預祝你生日快樂，以後爸爸去上班的時候，你就把這隻小白熊當作是爸爸，讓它陪你吃飯、睡覺，好不好？」

林慶恩抱著毛茸茸的小白熊，越看越喜歡，興奮地說：「好！我一定會一直抱著它，去哪裡都帶著它，謝謝爸爸！」

林亮偉傾身吻了一下林慶恩的額頭，滿足地說：「那明天就讓小白熊代替爸爸，陪你過生日囉！」

對小白熊愛不釋手的林慶恩，整個晚上都好開心，抱著小白熊寫作業、吃飯、看電視，只差沒抱去洗澡了，晚上更抱著小白熊，獨自睡在自己的房間。

對此，張佩琳感到又好氣又好笑，忍不住向丈夫抱怨：「慶恩那麼喜歡你送的小白熊，都不需要我們當爸媽的陪睡啦！」

「妳幾歲了，還跟一隻小白熊吃醋？」林亮偉笑著從後抱著正在洗奶瓶的妻子，「不需要陪睡，不用跟我們擠一張床，妳就有更多的時間陪我啦！」

「就你不正經！」張佩琳扭動了一下身體，嬌羞地說，「我是怕慶恩太依賴小白熊，不再那麼需要你了，你會覺得失落。」

「我失落，也好過我們的寶貝失落呀！」林亮偉彎腰，將下巴靠在張佩琳的肩膀上，「老婆，謝謝妳，讓我能從事我熱愛的工作。這份工作令我時常不在家，也錯過很多孩子們成長的重要時刻，但妳從不埋怨，還把孩子照顧得這麼好。妳辛苦了，我愛妳。」

「你今天是怎麼了？打翻糖罐了嗎？」張佩琳笑吟吟的，將手擦乾後轉身抱住林亮偉的脖子，踮起腳尖親吻他的嘴角，「我是你的妻子、孩子的媽媽，這些都是我該做的。我這輩子最大的幸運就是嫁給你，生了慶恩和凱恩這兩個寶貝，我覺得好幸福。」

「那麼明天慶恩寶貝的生日，就辛苦妳了。妳要記得幫我跟他說，爸爸很愛他，謝謝他來當爸爸的寶貝。」林亮偉俯身吻著妻子，帶著她朝他們的房間移動，「趁寶貝們都在睡覺，現在我們要將幸福延續下去才行……」

生日當天，張佩琳準備了林慶恩最喜歡的布丁口味大蛋糕，還邀請了他班上的同學和家長，以及夫妻倆的共同好友溫雨溏，一同來幫林慶恩慶生。

林慶恩開心極了，讓小白熊坐在自己身邊代替爸爸，並許下三個願望，大家一起吹蠟燭、吃蛋糕，歡笑聲不斷。

大人們聊著育兒的話題，孩子們便聚在一起玩耍，一直到天色暗了下來，林慶恩的好友們才依依不捨告別，最後剩下溫雨溏留下來幫忙收拾。

「雨溏，不好意思，妳是客人還讓妳幫我洗碗盤。」張佩琳看著溫雨溏在廚房忙碌的背影，很是難爲情地說著。

「妳說這些就傷感情了，都只是舉手之勞而已。妳趕快去幫凱恩洗澡和餵奶吧。」

溫雨溏轉身瞥了眼在沙發上睡著的林慶恩，輕聲地說著，「我待會兒洗完這些碗盤，就把慶恩抱進去你們房間睡。」

張佩琳忍不住對溫雨溏投以感激的目光，也壓低聲量說：「那再麻煩妳把他那隻小白熊放回他自己的房間，凱恩還小，我怕他對絨毛娃娃過敏。」

溫雨溏點頭，邊沖洗碗盤上的泡沫邊說：「好，等安頓完慶恩我就回家了。妳放心，門我會幫妳帶上。」

「這樣好嗎？還是妳今晚就住我家吧？」張佩琳看著陽台外頭已完全暗下的夜幕提議。

「不了，我會認床呢！我家就在妳家對面那棟大樓，隔一條大馬路而已，妳不用擔心啦！」溫雨溏先是指著窗外，又指著浴室催促著，「妳快去吧！再拖下去，兩個寶貝都要醒囉！」

「那就謝謝妳了。」餘音未落，張佩琳便趕緊走進浴室，準備要給凱恩洗澡的物品。

溫雨溏將所有的碗盤洗淨後，還將餐桌椅擦拭過一遍，又按照張佩琳的囑託，分別安頓好林慶恩和小白熊後，才放心地離開。

那晚，林慶恩睡得極熟，夢見了以前爸爸媽媽帶他去動物園玩的畫面，那個時候弟弟還沒出生，他一手牽著爸爸，一手牽著媽媽，就算自己的膝蓋疼痛不已，他也覺得好幸福，希望能就這樣牽著爸媽的手一直走下去……

「慶恩、慶恩！快起床！」媽媽急促的聲音夾帶著大樓警報器的尖銳聲響，傳入他的夢境。他模模糊糊地張開眼睛，可映入眼簾的竟是一片白茫茫的煙霧，接踵而來的是嗆鼻煙味！

「媽媽、媽媽！咳咳咳咳——」林慶恩看不見媽媽害怕極了，拚命地大喊，卻因此吸進了好幾口濃煙，劇烈地咳了起來，

所幸林亮偉是消防員，張佩琳雖沒遇過火災，對火災的基本逃生知識並不陌生，早在她聞到不知道從哪裡飄來的煙味時，就一邊抱起林凱恩，一邊叫醒林慶恩。

但這煙霧蔓延的速度太快了，令她有點措手不及，不過爲母則強，她沒有時間害怕，憑藉著印象，在一片濃煙裡精準地抓住林慶恩的手，沉穩地開口：「慶恩，抓好媽媽的手，媽媽帶著你和弟弟離開，知道嗎？」

林慶恩來不及回答，就被媽媽拽著跑了。

張佩琳一手抱著林凱恩，一手拉著林慶恩，眼睛快要被燻到睜不開，面對這霧茫茫的一片，她只能盡量憋氣，並且壓低重心，摸索周遭的家具辨別方位。

過程中還算順利，張佩琳一打開家中大門，先是聽見對面鄰居慌亂的罵聲，所幸她發現走廊的煙霧還沒那麼濃，還有機會逃生！

「他娘的！怎麼會遇到這種破事？走走走！我們快去按電梯，去頂樓！」張佩琳認出這個粗獷的聲音是住在他們對面的許先生。

許先生已經當爺爺了，只不過他們的孩子們都在外地打拚，只剩他跟行動不便的太太。

張佩琳見許先生推著許太太就要去按電梯，嚇得趕緊阻止，「不能坐電梯！坐電梯太危險了，而且煙會往上竄，應該要往下逃生才對！」

許先生素來都以嗓門大、脾氣差聞名，一聽見張佩琳的說法，爆氣本性立馬顯露無遺，「媽了個逼，我太太這樣不坐電梯要怎麼逃生？妳是不是想跟我搶電梯才騙我！」

眼看著走廊的煙霧越來越濃，張佩琳急得不行，特別渴望此時丈夫就在身邊。林亮偉不只有專業知識，而且整個社區就只有他跟許先生有辦法溝通，兩人可謂是忘年之交。

要是林亮偉今天在家就好了，他們就不會這麼手足無措，林亮偉一定可以在第一時間做出正確的判斷，帶領所有人安全逃生。

「不是這樣的，這個時候應該要用窗戶旁的緩降梯才對，不過我也不會用。這樣吧，我們住三樓，往下走應該很快，我揹許太太，許先生請你幫我抱我的小兒子，就跟在我們後面。」張佩琳有些懊惱，早知道平日裡就應該聽從丈夫的建議，學會使用緩降梯。

聞言，許先生一愣，「妳要揹我太太？妳行嗎？」

「沒時間猶豫了，試試看吧，我的小兒子就交給你了！還有慶恩，抓好許爺爺的衣角，記得跟緊許爺爺，知道嗎？」張佩琳一邊將林凱恩塞進許先生懷中，一邊讓林慶恩的手抓住許先生的衣角，旋即轉身揹起許太太。

「林太太，我知道妳好心，但是揹著我只會影響你們逃命，妳把我放在這裡吧，只要帶我老伴出去就好。」許太太抹著眼淚說。

「死老太婆，妳瞎說什麼！要走一起走！走走走，快走！」許先生深怕張佩琳就這樣把他老伴丟在這裡，趕緊催促著她往下走。

張佩琳知道許先生的想法，但她選擇不說破，見死不救這種事，她也做不出來，只能咬牙揹起許太太，踩穩每一步向下的階梯。

就在他們走到一樓半的時候，林慶恩卻突然想起了他的小白熊！

「小白熊！我的小白熊！」林慶恩哭了出來，他答應爸爸會隨身帶著它的，「媽媽，我的小白熊呢？」

張佩琳無法回頭看林慶恩，只能在前頭氣喘吁吁地安撫著兒子，「小白熊很好，它在你的房間裡，我們之後再一起回來找它，好嗎？」

「不要！小白熊會死掉的！那是爸爸送我的禮物，我要保護好它，我要回去找它！」林慶恩哭著大喊，下一秒就放掉許先生的衣角，轉身往樓上跑去。

他一定要救小白熊！

「慶恩，你回來！林慶恩！」張佩琳嚇得回頭尖叫，但已經看不到林慶恩的身影了，「不行！我要去找他！」

許先生立刻攔住張佩琳，「哎呀！我們先下去吧，都已經走到這裡了，我剛剛有打119了，消防隊應該馬上就會到了！」

「我是他媽媽，不可能丟下他！」張佩琳小心翼翼地將許太太放下，讓她靠著轉角的牆壁，「許先生，我的小兒子就拜託你了，請你們給我一分鐘，我去去就回！如果消防隊趕在我之前找到你們，就請他們先帶你們下去。」

語畢，張佩琳拔腿就往上衝。她的慶恩腿腳不方便，要是被困在火場裡就完了，她必須趕在那之前找到慶恩、帶他離開！

「慶恩？林慶恩？」張佩琳瘋了似地一路喊著林慶恩的名字，但她沒在樓梯間得到回應，再度踏上三樓時，發現許先生和自己家都已經起火燃燒，她立刻跑到自己家門前往內大喊：「慶恩、慶恩！你在裡面嗎？」

旋即，她聽見了林慶恩的求救聲，「媽媽！咳咳咳……媽媽，我在這裡！我找到小白熊了，可是到處都是火，我出不去！」

「慶恩，你別怕！媽媽過去找你！」張佩琳藉由聲音確定了林慶恩的方向後，不管不顧地就要衝進火場裡，卻在跨出第一步的時候被猛地拉了回來，整個人踉蹌地跌進一個堅實的懷抱裡。

她抬頭一看，眼淚馬上落了下來，嗚咽地說：「亮偉……慶恩在裡面！」

「我知道，我們在樓梯間遇到了許先生，凱恩也已經平安了。」林亮偉拍了拍妻子的肩膀，示意她後退，「剩下的就交給我，妳先到緩降梯那邊去，我的同事會指引妳離開。」

「可是……」張佩琳不想走，她想等她的丈夫和兒子。

「佩琳，妳在這裡我會分心的。我答應妳，一定會將我們的寶貝救出去。」時間緊迫，林亮偉用力將張佩琳推到同事身邊，然後便轉身衝進去火場。

也許是因為見到了林亮偉，張佩琳緊繃的神經開始鬆動，不自覺地感到後怕，以至於消防員協助她使用緩降梯垂降至地面時，她的雙腿一軟，便摔在了地上。

「林太太！太好了，妳終於出來了！」遠遠地，許先生一看見張佩琳就抱著林凱恩快步上前，並將林凱恩交到張佩琳手上，「我剛剛有遇到妳先生，妳放心啦，林先生一定會把你們大兒子平安帶出來的！」

張佩琳僵硬地點頭，那一雙緊抱著林凱恩的雙手顫抖不已。她的耳邊充斥著各種聲音，有救護車的鳴笛聲、圍觀民眾此起彼落的討論聲、傷患的哀號聲、消防隊員的指揮聲等等，她多麼希望能在這些嘈雜的聲音裡面，再一次聽見林慶恩叫她「媽媽」。等待的時間每分每秒都是煎熬，也有不少居民跟張佩琳一樣，祈禱著消防員能順利救出被困在火場裡面的家人。

但隨著時間的推移，遲遲等不到家人下落的民眾，情緒竟開始失控。

「消防員到底在幹嘛?!我爸行動不便，就睡在客廳的沙發床上，怎麼可能到現在還沒出來？」

「消防員又不只要救你爸，你這麼會，怎麼不在發現火災的當下就把你爸帶出來？說到底，你還不是只顧著自己逃命！」

「什麼自己逃命？我是先帶我小孩出來，一次只能帶一個，我當然先選擇帶小孩出來啊！」

「哦～～那你的小孩以後也會先選擇帶他的小孩囉！既然你也知道一次只能帶一個，就麻煩你耐心等等，亂罵消防員也幫不上忙。」

「好了，別吵了！丁先生、陳太太，現在不是吵架的時候，與其在這邊吵架，不如想想爲什麼會發生火災？」社區的潘主委趕緊跳出來勸架，「平時滅火器緩降梯那些逃生器具以及社區的電路管線都有定期在檢查，不可能是電線走火啊！」

「媽的，一定是一樓之二那一戶有躁鬱症的燒炭自殺啦！我剛剛聽消防隊的說，起火點就是在那裡啦！」丁先生安靜不到一分鐘，又開始指著一樓之二那戶人家謾罵。

聞言，陳太太雙手叉腰，依舊是戰力十足回嘴：「拜託，你看起來才有躁鬱症吧！你怎麼不說是你從十樓陽台把沒有熄滅的菸蒂丟到一樓之二的花園引起火災？而且人家消防隊是說『疑似』，有說就是在那裡嗎？社會眞的不缺你這種只會出一張嘴製造恐慌的酸民啦！」

然而，就在兩人你一言我一語吵得不可開交之際，張佩琳突然聽見了身邊傳來的一段對話，吸引了她的注意力。

「阿漢！發生什麼事了？現在情況怎麼樣？這裡不是阿偉他家的社區嗎？」

「守誠哥？」阿漢認出那位理著平頭、身著貼身素T的精壯男人後，便立刻說，「我們接獲民眾的報案電話，說這個社區遍布濃煙疑似起火，但最近各個分隊人手都不足，我們處理完上一個事件趕過來的時候，火勢已經蔓延了；現在初估裡頭受困的民眾還是不少，隊長十分鐘前已經向鄰近分隊請求支援，但等他們騰出人手趕來應該沒那麼快。」

「阿偉呢？」杜守誠急著問。

阿漢的視線不禁看向張佩琳，發現張佩琳也正盯著他看，等待著他的回答，趕緊收回目光，低聲說：「還在裡面。」

「還在裡面?!」杜守誠忍不住抱頭咒罵了自己一聲，無比懊惱地說，「我就不該請假！如果阿偉今天沒上班，他一定可以在火勢蔓延前就盡可能將人員疏散，也不會到現在還陷在裡面。」

「守誠哥，你別這麼自責，今天的風勢和風向本就會增加滅火的難度，再加上阿偉哥會陷在裡面是因爲……因爲要救他的兒子，否則三樓都已經燒起來了，當下那種火勢，我們是不可能再深入救援的！」阿漢咬牙說著，痛苦之色表露無遺。

「你怎麼現在才說！」杜守誠開始扯阿漢的防火衣，「快！快脫下來，我要進去救我兄弟！」

「守誠哥，你別這樣，剛剛隊長已經下令撤離了，我們現在要做的是將火勢控制在這一棟大樓並且撲滅它。」阿漢抓住杜守誠的手，「守誠哥，你今天休假，快回去休息吧，這邊我們會處理好。」

「我怎麼可能回去休息？我兄弟還在裡面！」杜守誠紅著眼眶，指著大樓門口吼著，「我回去局裡拿裝備，你不准放棄知道嗎？繼續灑水，絕對不可以停下來！」

語畢，杜守誠就要往回走，卻在此時被人喊住，同時傳來的還有孩童的聲音。

「守誠。」

「媽媽！」

杜守誠回首，看見隊長抱著一個渾身黑漆漆的孩童，孩童的雙手還緊緊抱著一隻熊，一步一步地走了過來。隊長先是看了他一眼，旋即便抱著孩童走到站在他們身邊不遠處的一個女人面前。

「弟妹，請節哀。」隊長見張佩琳手上還抱著一個嬰兒，便將林慶恩輕放在地上。

隊長深吸了一口氣才繼續說：「原本已經順利救出孩子，也準備要撤退了，無奈火勢來得猛烈，低樓層幾乎成了一片火海，我只能緊急宣布停止搜救全部撤離，但還是……慢了一步。唯一的逃生出口也即將被燒毀，必須要有人頂住出口，所有人員才有辦法撤出，情急之下，亮偉選擇將孩子交給我，要我帶孩子出來……他要我轉達妳……好好照顧兩個孩子，他愛妳，還有，對不起。」

接著，隊長對著張佩琳深深鞠躬，不知是淚水還是汗水，一滴接著一滴落在地面上，「亮偉是我見過最優秀、最有熱忱的消防員，能當他的隊長是我的榮幸。是我誤判了撤離的時機，才會讓亮偉為了救大家而犧牲，眞的非常抱歉，也眞的非常感謝亮偉捨己救人，才讓弟兄們能夠平安撤出。」

餘音未落，跟在頭後面出來的一眾消防員，忽然全體下跪，整齊劃一並哽咽地喊：「謝謝亮偉哥，請嫂子節哀！」

林慶恩抱著已經被煙燻黑的小白熊瑟瑟發抖，他知道亮偉是爸爸的名字，但其他的話，他一個字都聽不懂。

爸爸呢？爸爸叫他跟著這位叔叔的時候說過，他很快就會出來的呀！要他抱著小白熊等他。起初他不願離開爸爸，爸爸還用力地抱他，要他先出來找媽媽，不然媽媽會很擔心，他才願意跟著這位叔叔出來的啊！

張佩琳抱著懷裡的林凱恩痛哭失聲，爲什麼會這樣？爲什麼她的丈夫出不來？爲什麼他要選擇犧牲？她不想聽到這種感謝和抱歉，她只要她的丈夫完好無缺地站在她面前！

林慶恩見媽媽哭得傷心，趕緊抱住媽咪的小腿，顫聲問：「爸爸呢？」

張佩琳低頭看著一臉驚恐的林慶恩，還有他緊緊抱著的那隻熊，情緒瞬間失控，用力地甩開林慶恩，指著他尖叫怒罵：「爸爸死了！永遠都不會再回來了！都是你都是你……是你害死了我丈夫！」

就住在對面大樓，剛洗完澡便聞訊而來的溫雨溏，正好目睹了這一幕，趕緊衝上前抱住張佩琳，「佩琳！妳冷靜一點，妳這樣會嚇到慶恩的！」

「我的丈夫死了，我要怎麼冷靜？最好笑的是，我的丈夫還是被我的孩子害死的！」張佩琳雙目通紅，又哭又笑，「本來大家都可以出來的，要不是因爲他跑回去找那隻該死的熊被困在火場裡，他爸爸也不會爲了要救他衝進去！」

「佩琳，妳別這樣，慶恩是第一次經歷火災，他不知道火災的嚴重性，而且他還小，他只是想守護爸爸送給他的熊，那對他而言是很重要的寶貝，如果他知道事情會這麼嚴重，他絕對不會回去的！」溫雨溏先將嚎啕大哭的林凱恩抱了過來、交給旁邊的大嬸，而後再搖晃著張佩琳的肩膀，希望能喚醒她的理智。

「可是事實就是他爲了一隻熊害死了他爸爸！妳爲什麼還能替他說話？妳不是我，妳不能體會我現在有多痛！」張佩琳衝到林慶恩面前，搶過他緊抱著的小白熊，用力地撕扯，彷彿要將所有的悲憤都宣洩在它身上。

不一會兒，小白熊便四分五裂，張佩琳還覺得不夠，下一秒便將小白熊砸在地上，用力地踩踏，哭得聲嘶力竭。

林慶恩眼看著小白熊被媽媽解體、踐踏，卻無法做出任何反應。媽媽說的話讓他明白了那些叔叔爲什麼一直哭著喊爸爸的名字，爲什麼爸爸最後會在他耳邊說：「寶貝再見，爸爸愛你，很愛很愛你。」

「佩琳！妳冷靜一點好不好？」溫雨溏的臉上滿是眼淚，緊緊地抱住張佩琳，把她往後拖，「亮偉也是我的好朋友，我也同樣難過，但妳毀了這隻熊能改變什麼嗎？慶恩是你們的寶貝孩子，亮偉不會希望看到妳這樣。而且大家都在看，妳要慶恩以後怎麼辦？」

「那妳要我怎麼面對我丈夫不在的事實？妳要我怎麼面對我兒子害死我丈夫的事實？」張佩琳用力地掙扎，推開溫雨溏的雙手，看著呆滯地流著眼淚的林慶恩放聲大吼，「為什麼死的人不是你！」

「佩琳！」溫雨溏大喊了一聲，蓋過了張佩琳的怒吼，也終止了周圍的閒言碎語。溫雨溏哭著緊抱張佩琳，在她耳邊哽咽地說著：「你是慶恩最愛的媽媽，妳說這樣的話是在判慶恩死刑，妳知道嗎？」

見張佩琳呆站著不發一語，溫雨溏轉身去抱林慶恩，看著林慶恩空洞的眼神，她心中滿是心疼，「這是個意外，火並不是慶恩放的，亮偉又怎麼會是慶恩害死的呢？」

不……就是他害的，媽媽說得沒錯，是他害死了爸爸，如果不是他執意要回去找小白熊，他們早就逃出來了，爸爸也不用衝進來救他……林慶恩心想。

為什麼死的人不是他？

這個問題充斥了林慶恩整個童年，甚至於到現在，他還是會想，他這樣的罪人活著究竟是爲了什麼？

林慶恩心想，是爲了贖罪吧。他到現在還活著的原因。

此時，口袋內的手機響起，林慶恩收回了思緒，他邊查看附近建築物的地址，邊接起電話，「肚子癢？」

「你在哪？我今天提早收工，想說去『Dear Bear』接你和雨溏阿姨下班，路上順便買一隻烤鴨當晚餐，我請客！結果雨溏阿姨說她跟朋友有約，晚點才會回家，要我們先去買烤鴨等她。」杜之揚的語氣相當輕快，心情似乎不錯。

林慶恩忍不住調侃，「吃那麼好？你中樂透哦？」

「比中樂透還開心！」杜之揚大笑了幾聲，「那個男人帶我媽出國去玩了，聽說會去一個禮拜，雖然我覺得一個禮拜太短了，但那兩個人能消失在我的世界裡一個禮拜，太爽了。」

林慶恩唇角微勾，「那是該好好慶祝。這樣吧，我贊助啤酒。」

「一言爲定！」杜之揚立刻應下，「雨溏阿姨說你幫忙將熊送到行動不便的客戶家，在哪？我直接過去載你。」

就在此時，林慶恩終於找到了韓若瑩家，「我等一下把地址傳給你，我剛好到了，先掛囉。」

林慶恩結束通話後，立刻將地址傳給杜之揚，再伸手按下門鈴。

不一會兒，韓若瑩便開了門，將林慶恩請入家門，「慶恩，不好意思還讓你跑一趟。不用脫鞋，你請坐，來杯果汁好嗎？」

「好，謝謝。」林慶恩趁著韓若瑩進廚房忙碌時，不禁打量起整個客廳。不僅僅是因爲這個空間動線設計得相當好，可以讓韓若瑩行動自如，更吸引他注意的是他最喜歡的鄉村風。

嚴格來說，是他母親最喜歡的鄉村風。小時候家裡也是這種風格的設計。那個被燒毀的家。

「我們家是因爲我老公喜歡鄉村風，所以裝潢的時候，我才跟設計師說要用這個風格。」韓若瑩操作著電動輪椅在林慶恩對面坐下，將玻璃瓶裝的果汁遞給他，「不過我自己是喜歡北歐風。」

「謝謝。」林慶恩接過果汁，也不知道該回韓若瑩什麼話才好，便將裝在紙袋裡的三隻熊都拿出來放在她面前，「韓小姐，請檢查看看有沒有什麼問題。」

韓若瑩拿起小熊逐一檢查，確定手部的裂縫已經縫合了，便將小熊放下，再把準備好的費用交給林慶恩，「你們的手眞巧，我完全看不出來是哪兩隻有受過傷，相信我先生看了，也應該會很開心！」

林慶恩打開瓶子喝了一口果汁，並將費用收妥，「謝謝您的讚美，希望下次還有機會替您服務。」

「會的，也謝謝你願意專程幫我送過來。」韓若瑩揚起一抹苦笑，「其實……我好希望能看到這些熊修不好……我常常會想，是不是看不到這些熊，久而久之我先生就會忘記他心中的那個人？這樣是不是很荒唐？」

「不會。」林慶恩斬釘截鐵地說，「就算看不到熊，也不會忘記那個人。」

這麼多年來，即使小白熊不見了，他也從沒忘記過爸爸。

「啊？」韓若瑩先是愣了一下，隨即才搖頭嘆道，「也是，是我太天眞。那個人早已深植人心，熊也只是替代品而已。」

聞言，林慶恩有些懊惱，他發現自己方才似乎多嘴了，現在反而不知道該說什麼。

正值林慶恩覺得尷尬，想著要不要找個藉口離開，門鎖卻傳來喀擦的聲響，下一秒，大門便應聲而開。

「老公？你怎麼會提前回來？」韓若瑩立刻看向大門，驚喜地問，「不是說要後天才回來嗎？」

林慶恩悄悄鬆了一口氣，還好韓小姐的丈夫提前回來了，這樣他就可以順勢撤退了吧？

林慶恩立即起身，「那我就——」

「比賽提前結束，就先回來了。」男人關上大門，轉身看見林慶恩站在沙發前便笑著問，「有客人嗎？」

「對啊！老公你快過來，我介紹給你認識。」韓若瑩向男人招手，待男人靠近，便指著林慶恩，「他是我們家附近一間玩偶醫院『Dear Bear』的員工，今天還特地幫我——」

「慶恩？」

對上男人驚訝不已的目光，林慶恩沒來由地心中一陣酸澀，悄然吸了一口氣，才淺笑著打招呼：「顧老師？好久不見。」

「嘉楠，你們認識？」韓若瑩訝異地問，「你是慶恩的老師？」

林慶恩轉移視線，對著韓若瑩點頭，「嗯，我大學選修過顧老師的羽球課。」

「天啊！這也太巧了吧！」韓若瑩搗嘴驚呼，而後又牽起林慶恩的手，勾起一抹俏皮的笑容，「這樣說來，慶恩你得叫我師母囉！真是太好了，不然每次聽你叫韓小姐總覺得好陌生！」

聞聲，顧嘉楠尷尬地制止韓若瑩，「若瑩，別這樣勉強人家。」

「不勉強。」林慶恩低頭看著坐在輪椅上的韓若瑩，「師母。」

「哈！看到沒有，慶恩一點都不勉強啊！」

韓若瑩挽著林慶恩的手，對著顧嘉楠比出勝利手勢，「慶恩，今晚留下來吃飯吧，家裡還有些菜，我來下廚！」

「不了，我跟朋友還有約。」

餘音未落，林慶恩的手機正好響了起來，他趕緊從口袋裡翻出來，一看到是杜之揚，那顆躁動不安的心瞬間平靜了下來，「我結束了……好……不用啦，我走過去就好……好啦掰掰。」

一掛上電話，林慶恩便對著顧嘉楠和韓若瑩點頭，「老師、師母，我朋友到了，我先走了。」

「是女朋友嗎？還是男朋友？」韓若瑩笑吟吟地打趣問，「你放心啊，師母支持多元成家唷！」

聞聲，林慶恩的腳步微頓，他跟杜之揚？他們是世界上最不可能成為伴侶的人。

「都不是，只是好朋友。」林慶恩堅定地說，邁步走向大門，「老師、師母，再見。」

在大門即將闔上的最後一刻，顧嘉楠忍不住脫口而出：「慶恩，我送你！」

下一瞬，顧嘉楠便衝出家門，追上快步離開的林慶恩，從後拉住他的手腕，柔聲喚道：「慶恩。」

在車水馬龍、人聲鼎沸的馬路邊，這個聲音就跟從前一樣，像極了一道暖泉，輕易就能融化他堅硬如冰的心田。

林慶恩停下腳步，抬起頭來深深地看著站在他面前的顧嘉楠。他沒有仔細去計算有多少日子沒見過顧嘉楠，但一眼就能確定顧嘉楠比從前瘦了一點，儘管臉上依舊掛著一貫的淺笑，但林慶恩已經沒辦法從他的眼神裡看到曾經閃爍過的光芒。

他不知道這些日子以來發生了什麼事，造就了顧嘉楠的轉變，但他也已經失去了關心顧嘉楠的資格。

「顧老師，請問您有什麼事嗎？」林慶恩淡淡地問。

「慶恩，你一定——」一定要這樣叫我顧老師嗎？顧嘉楠終究問不出口，最後只能輕嘆一口氣，苦笑地問，「這五年來，你好嗎？」

「很好，謝謝顧老師關心。」林慶恩毫不猶豫地答。

顧嘉楠感覺到林慶恩的疏離，心裡滿溢著苦澀。他無時無刻都渴望著能再見林慶恩一面，可眞的見到面了，那些深埋心底的話語，卻一句都說不出口。

「若瑩的個性比較直，如果說了什麼，你別往心裡去。」顧嘉楠搖了搖頭，揚起一抹淺笑，自然地伸手揉著林慶恩的頭髮，「看到你好就好，不過你還是太瘦了，要多吃一點，知道嗎？」

林慶恩的心頭猛然一震，他知道自己該躲開，卻不自禁留戀著顧嘉楠掌心的溫度。

「顧老師，好久不見啊！」顧嘉楠的手腕忽地被握住。

杜之揚緩緩地將顧嘉楠的手挪下，強迫顧嘉楠與之握手，而後揚起一抹招牌燦笑，「這麼巧，還記得我嗎？」

顧嘉楠看見杜之揚先是一愣，慢慢回握住杜之揚的手，「當然記得。我有看到新聞，你過得不錯，家庭也非常和睦，恭喜你。」

杜之揚臉上的笑容逐漸消失，「是嗎？家家有本難唸的經，說不定我是個受虐兒呢？」

顧嘉楠不以爲然地一笑，「怎麼會？新聞上寫說你繼父對待你比對待自己的親生兒子更好，你要好好珍惜。」

林慶恩眼看著他們兩人交握的那一隻手臂上開始浮現青筋，耳裡又聽著顧嘉楠說的這些話，不禁皺起眉頭，下意識地拉起杜之揚的手，「走吧，不是說要請吃烤鴨嗎?該不會反悔了吧?」

「怎麼會?答應你的,我一定會做到。」杜之揚鬆開了顧嘉楠的手,任由林慶恩拉著他的手往前。

在兩人與顧嘉楠擦肩而過的瞬間,顧嘉楠輕聲低語:「對不起。」

林慶恩並沒有停下腳步,一味地往前走,直到杜之揚反拉住他的手,「車子停在這裡。」

兩人上車後都不發一語,就連經過烤鴨店都沒停下。良久後,林慶恩才開口:「別理會旁人怎麼說,他不清楚你的過去,不是故意說這些話刺激你。」

「這是在安慰我嗎?你放心,我不會跟他計較的。」杜之揚的嘴角微微上揚,「那你呢?不是說要幫客戶送熊,怎麼遇到他了?」

「他是客戶的先生。」林慶恩閉上雙眼,想整理自己的思緒。

見狀,杜之揚也不再提問,趁著停紅燈的時間注視著窗外的景色。向晚的天幕被紅彤彤的晚霞暈染開來,如一朵朵綻放的橘紅色火焰,美得讓人難以轉開視線。

他想起了那一日也是這樣美麗的黃昏。

然而,至今他才明白,原來那是老天爺送他的最後禮物。

第5章　火災之後

那一天是爸爸和媽媽的結婚紀念日，才剛升上小一不久的杜之揚，還不太清楚結婚紀念日是什麼日子，但是他知道他爸爸因爲這個日子臨時請假，專程帶他和媽媽去吃牛排慶祝。

雖然吃牛排的過程中，媽媽看起來還是不開心，但至少比昨天好多了。

昨天爸爸和媽媽吵架了。原因是媽媽說爸爸不重視她，連結婚紀念日也不陪她過，堅持要爸爸請假，否則就要跟爸爸離婚。

「欣妍，結婚八周年快樂。這是送給妳的禮物，謝謝妳辛苦地持家帶小孩，我愛妳。」杜守誠將一個包裝精美的紙袋推到范欣妍面前，誠心誠意地說著。

范欣妍打開紙袋，裡頭躺著一個名牌包，是她最想要的那個L牌，臉上的不悅一掃而空，立刻綻放一抹笑靨，「謝謝老公，我也愛你。」

「小揚，你也有哦！」杜守誠從另一個紙袋裡拿出一隻棕色小熊，往前遞給坐在他對面的杜之揚，「這隻熊送給你，這是爸爸跟同事合買的，全台灣只有一百組；一組有兩隻，一隻白熊一隻棕熊，你仔細看它的腳底，還有寫編號哦！」

「九……九十九！是第九十九組！」杜之揚仔細地看著棕熊的腳底，終於在右腳的右下角看到了「99」的數字。

「是啊，喜歡嗎？」杜守誠看著兒子手上的棕熊，開始解釋它的由來，「爸爸那天跟同事一起下班，經過這家玩偶店，爸爸的那個同事就突然提起他的初戀很喜歡小熊玩偶，他總想著要親自做一隻小熊送給那個女孩，結果好不容易小熊做出來了，還沒送出去，他們就分開了。」

「爲什麼？」杜之揚偏著頭反問。

「因爲那個女孩的家人把她送出國去念書，女孩不知道自己什麼時候能回來，怕我同事一直等她，就選擇分手了。不過我同事說他時常覺得很可惜，如果那時候他勇敢一點，把小熊送出去，就算兩人的結局還是一樣，至少能留點什麼紀念這段美好的初戀。」

「那他做好的熊呢？」杜之揚又問。

「捐出去了。」杜守誠喝了一口咖啡後，指著杜之揚抱在手中的棕熊繼續說，「他說他當初做的那隻熊跟這隻八成像，所以一看到這組熊，他就想起那段往事。剛好他兒子的生日快要到了，才問我要不要合買。」

杜守誠輕嘆了一口氣，所謂的有緣無分就是這樣吧？「所以小揚啊，爸爸送你這隻小熊，也是希望你以後要勇敢追求自己所愛的人，不管遇到什麼困難都不要輕易放棄，知道嗎？」

「嗯！」杜之揚似懂非懂地點頭，旋即好奇地問著爸爸，「那爸爸的初戀呢？」

「當然是你媽媽呀！」杜守誠看了一眼妻子，發現范欣妍若有所思地盯著桌上的飲料，立刻伸手握住她的手，「老婆，妳別想太多，我的心裡只有妳一個人。」

范欣妍被拉回了思緒，望著杜守誠勾唇淺笑，「嗯，我知道。」

不知道為什麼，杜之揚總覺得媽媽的那抹笑容裡，藏著什麼他看不懂的情緒。

傍晚，他們一家三口選擇散步回家，那一天的夕陽很美，整片天空像是燒起來似的，紅彤彤的十分壯麗，爸爸還承諾以後一定會常常帶他和媽媽出來看夕陽。

可就在天剛暗了下來時，他們遠遠地就看到某一棟建築物冒著黑煙。爸爸鬆開了他的手，將他交給媽媽後，就立刻往那棟建築物快跑去。

媽媽則牽著他的手慢慢地走過去，之後，他看到爸爸激動地喊著要回去拿裝備，還要衝進去救人。

這時候有一位叔叔抱著一個全身黑漆漆的小孩，從那棟著火的建築物走了出來，先是叫住了爸爸，然後把小孩放在地上後，跪在一個阿姨面前。

他認得那個阿姨！她就是開學典禮的時候，那個走路不方便的小男孩的媽媽！緊接著，杜之揚仔細打量著被放在地上的小孩，很快就認出他就是那個小男孩，印象中那個叫作林慶恩的小王子！

不僅如此，他還看到林慶恩懷中躺著一隻髒兮兮的白熊，那隻白熊跟自己的棕熊居然長得一模一樣！

杜之揚都還來不及問林慶恩那隻熊的編號，就聽見林慶恩的媽媽指著他哭吼又痛罵，甚至還搶走他的白熊，轉眼就將白熊撕扯得四分五裂！

杜之揚嚇壞了。他看見林慶恩一直無聲地掉眼淚，但是林慶恩的表情卻沒有任何起伏，這種表情竟讓他感覺好不安，也沒來由地溼了眼眶。

杜之揚不由自主地放開了牽著媽媽的手，他想去找林慶恩，想把手上的棕熊送給他，只要他能再像開學典禮那樣綻放笑容就好。

「小揚！你要去哪？」范欣妍立馬拉住杜之揚，嚴肅地說，「不可以亂跑！前面那棟大樓失火了，非常危險！」

「媽媽，妳放開我！我要去找他！」杜之揚一直央求著媽媽放手，但范欣妍是不可能讓他靠近火場的，一大一小就這樣拉拉扯扯，直到一個男人叫了范欣妍的名字。

「欣妍？」男人西裝筆挺，站在范欣妍面前，又驚又奇地說，「欣妍，眞的是妳！我還以爲我看錯了呢！」

范欣妍愣了一下，好一陣子才開口：「秉元？」

「是啊，是我。欣妍，這些年來妳過得如何？」那個叫秉元的男人牽起范欣妍的另一隻手，低頭看著杜之揚，「這是妳的孩子嗎？」

范欣妍點了點頭，眼眶瞬間泛紅，可是並沒有將手收回來，「我過得很好，你呢？我聽說你也結了婚？」

男人完全將杜之揚當作空氣，下一秒，伸手撫摸著杜欣妍的臉頰，「既然過得很好，爲什麼會哭呢？當年是我辜負了妳，但我也是被我媽逼的。我雖然結了婚，可是我對我太太完全沒有感情，心裡自始至終都放不下妳。」

「現在說這些又有什麼用？我們都各自有家庭了，那段感情也只能是過去。」范欣妍終於推開了男人，牽著杜之揚就要離開。

「欣妍，我媽在我結婚後沒多久就過世了，現在沒有人能再干涉我的人生，我只想好好地彌補妳。」男人追上范欣妍，誠懇地說著，「告訴我妳住在哪裡，讓我能像個老朋友那樣關心妳，好嗎？」

「不好！我不需要你的彌補，我們之間也不該再有交集。」范欣妍強硬地反駁，即使她已經淚流滿面。

「欣妍，妳別這樣，我看了很心疼。」男人再次伸手撫摸范欣妍的臉頰，無比溫柔地說，「我家就住在對面那棟大樓，我的手機號碼也從來沒有換過，只要妳有困難，歡迎隨時來找我，我永遠都在。」

回家一路上，媽媽哭得好傷心，杜之揚也不敢多問，心想著等爸爸回來再跟他說那個怪叔叔的事情。

不過，處在自責情緒中的杜守誠，再次回家卻是一個月後了。

杜守誠一直認爲若不是自己臨時請假，害他的好兄弟林亮偉要幫他代班，導致林亮偉無法在他家社區失火的第一時間坐鎮現場，才使得他喪生火場。

起初的一個禮拜，他用工作麻痺自己，遇到任何事情都跑第一，就連火災也是最深入搜救的那個，絕對不放棄任何希望，彷彿多救一條命，他的愧疚感就會少一些。

可是就在某次火災的搜救裡，他不聽隊長的指令，堅持冒險衝進地下室救出受困的民眾，導致自己逃生不及，最後全身上下三度燒燙傷被送進醫院。

後來，龐大的醫藥費和復健之路幾乎快壓垮了范欣妍，本是全職媽媽的她不得不重新進入職場，還要同時照顧小孩以及照護老公的傷勢。

沉重的經濟壓力全落在范欣妍肩上，無奈之下，她只好白天打零工，晚上去酒店工作。

那是范欣妍此生最痛苦的日子，酒量不好的她，為了賺更多錢，強迫自己喝下一杯又一杯的烈酒，忍受客人在自己身上流連的鹹豬手，還要展現出最甜美的笑容，假裝樂在其中。

最令她羞愧的是，她竟在酒店裡再次與她的初戀顧秉元重逢。

詳細的情況她已經記不清了。她只記得那夜有個建築界的老董一直灌她酒，等她不勝酒力，趕緊藉故要離開的時候，那名老董居然要強迫帶她出場去吃宵夜。她怎麼可能不知道那名老董的目的，但全身癱軟的她毫無反抗能力，只能一直哭求著不要。

此時，跟客戶約在此地應酬的顧秉元正好撞見這一幕，一眼認出濃妝豔抹的莊欣妍，立刻將她從老董的狼爪裡救出來，載著她到附近的河堤吹風醒酒。

「欣妍，我不是說過，妳有任何困難都能來找我，為什麼要把自己搞成這個樣子？」顧秉元心疼地看著坐在副駕駛座默默流淚的范欣妍。

「什麼樣子？骯髒的下賤模樣嗎？」范欣妍冷笑一聲，逕自開啓車門離去，「今天謝謝你，我這就下車。」

顧秉元也馬上下車，追上走路搖搖晃晃的范欣妍，「欣妍！妳明知我不是這個意思！我只是……小心！」

范欣妍的高跟鞋不小心踩到窟窿，腳步一個踉蹌差點跌倒，顧秉元趕緊抱住她，「欣妍，妳別這樣好不好？我沒有看不起妳的意思，我只是捨不得妳被人糟蹋！」

「或許我這輩子就是被人糟蹋的命吧！你媽當初說得沒錯，我就是個賤女人！放手，放開我！」范欣妍的情緒終於潰堤，她不斷地掙扎，但顧秉元卻越抱越緊。

「我不放！既然老天讓我們再相遇，我就不會再放開妳。」語落，顧秉元低頭狠狠地吻上范欣妍的嘴，不管范欣妍如何抵抗，顧秉元就是不肯鬆手。

不知過了多久，范欣妍放棄抵抗了，她自己也不清楚是因爲酒精的作用，還是她內心深處對顧秉元還有感情。

那晚，他們背叛了家庭，拋開了倫理道德，緊緊相依。

「等等載我去藥局吧。」范欣妍躺在顧秉元的臂彎裡，看著車窗外的滿天星斗，平靜地說。

「不需要，若有了正好，我們可以把十年前那個無緣的孩子生回來。」顧秉元緊緊地擁著范欣妍，「欣妍，我會用最快的速度跟我太太離婚，我會娶妳。」

「我剛剛已經跟你說了我的現況，我不能在這個時候離開我先生和孩子。」范欣妍的眼角滑下一滴滾燙的淚，「今天這件事，就當作沒發生過吧。」

她確定她愛顧秉元，可是她對杜守誠和杜之揚有責任。

「我會給妳先生一筆錢，足夠他恢復健康。至於孩子，我也能接受他，妳把他帶過來跟我們一起生活吧，我會把他當作親生兒子那般疼愛的。」顧秉元用手指擦拭著范欣妍的眼淚，「這次說什麼我都不會再放妳走。」

「可是——」

「沒有可是，把酒店的工作辭了，這個周末帶孩子出來跟我見面吧？我也會帶我兩個孩子來見妳，我們一定能共組一個家庭，幸福地生活下去。」顧秉元不容置喙地說著，臉上掛著自信的笑容。

范欣妍抱著他，擔憂地問：「如果你太太不肯離婚呢？如果你的孩子們不喜歡我呢？」

「不會的，我也會給我太太一筆錢，她不離也得離。」顧秉元寵溺地摸著范欣妍光滑的裸背，「孩子那邊妳更不需要擔心，妳這麼好，孩子們一定都會喜歡妳。」

就這樣，范欣妍和顧秉元成了彼此家庭的第三者。范欣妍更在杜之揚毫不知情的情況下，帶著他去見顧秉元和他兩個孩子。

顧秉元的大兒子已經國中了，不像他小二的女兒和杜之揚那樣不懂男女之間的情感，一看見范欣妍就死死地瞪著她，看得范欣妍心虛地低下頭。

「小揚，你還記得叔叔嗎？我們上一次見過面呀！」顧秉元夾起一塊牛肉放進杜之揚的碗裡，溫柔地說，「來，你太瘦了，多吃一點。」

杜之揚皺起眉頭，他當然認得，就是在林慶恩他家那個火災現場遇到的怪叔叔。為什麼媽媽要帶他來找這個怪叔叔吃飯？

「小揚，快跟叔叔說謝謝。」范欣妍瞥了顧秉元的兩個孩子一眼，見那個國中的大兒子依舊對他們母子二人保有敵意，便趕緊又說，「還有快跟哥哥和姊姊打招呼。」

「不需要，我不是他哥哥，我只有一個妹妹。」國中生緊握著拳頭問范欣妍，「妳就是那個破壞我們家庭的第三者吧？我爸就是為了妳才要跟我媽離婚對吧？」

顧秉元猛地拍桌，氣急敗壞地罵道：「嘉楠！你怎麼可以這樣跟阿姨說話？快跟阿姨道歉！」

「我沒錯，我為什麼要道歉？」顧嘉楠指著范欣妍咬牙說，「就算你們離婚，我和妹妹都決定跟媽媽走，絕對不可能叫這個女人媽！」

「媽媽，他為什麼要叫你媽媽？」杜之揚扯著范欣妍的衣角，不解地問。

「因為你媽不要臉破壞別人的家庭！」顧嘉楠幾乎是用盡全身的力氣吼出口，導致周圍的客人紛紛往他們這桌看過來。

啪！顧秉元憤怒地打了顧嘉楠一巴掌。

「道歉！你馬上給我道歉！否則你就去跟著你媽，但我不會再提供一毛錢栽培你，你想要當羽球國手的夢想永遠不可能實現！」顧秉元額上的青筋直冒，態度相當堅決。

挨了這一巴掌，顧嘉楠卻是眞的死了心，含著眼淚哽咽地說：「不栽培就不栽培，我不可能爲了夢想去背叛媽。妹妹，我們走。」

顧嘉楠牽起妹妹的小手，頭也不回地離開了餐廳。

而目睹這一切的杜之揚似乎瞬間明白了什麼，也放下筷子，抬頭看著范欣妍說：「媽媽，帶我回家。」

「小揚，怎麼了？是不是飯菜不合你的胃口？」顧秉元關心地問。

杜之揚沒有回答顧秉元的問題，甚至連看都沒有看他，只專心地注視著范欣妍，再一次強調，「我要回家。」

范欣妍知道兒子的個性，雖然他不會大哭大鬧，但個性卻相當倔強，若是現在不帶他回家，他會選擇自己走回去。

兩人對視了一陣子，范欣妍敗下陣來，輕嘆了一口氣，「好，媽媽帶你回家。」

一路上，杜之揚什麼都沒問，范欣妍也不知道該怎麼跟兒子開口，兩人就這樣沉默地看著窗外的風景。

直到下了計程車，范欣妍下意識地要牽杜之揚的手，杜之揚卻躲開了，「媽媽要跟爸爸離婚，然後跟那個叔叔在一起嗎？」

終於他知道爸爸媽媽吵架時，媽媽時常掛在嘴邊的「離婚」是什麼意思了。

「小揚，你還小，很多事情媽媽不知道該怎麼跟你解釋；但是你不用擔心，媽媽跟爸爸離婚後，那個叔叔會給你爸爸一筆錢，那些錢會治好你爸爸的。」范欣妍蹲下身，輕輕抓著杜之揚的肩膀說。

「妳不愛爸爸了嗎？」杜之揚不解地反問。

「媽媽……」范欣妍的眼眶盈滿了淚水，「從來沒愛過你爸爸。」

那妳為什麼還要跟爸爸結婚？爸爸曾說是因為爸爸和媽媽相愛才會有他的不是嗎？那他為什麼會生出來？

杜之揚想問，但他看著無聲哭泣的媽媽，卻不知道該怎麼問。

那日起，杜之揚只知道他的家不見了。

媽媽跟爸爸說她工作的地方較遠，公司提供了宿舍，所以她開始經常不回家，但杜之揚知道媽媽是去找那個叔叔了。

而爸爸臉上也沒有了笑容，總是在電話中騙媽媽說他有去做復健，但杜之揚知道他一次也沒去，只是把自己關在房間裡偷哭。

這樣的日子持續了多久，杜之揚已經記不得了。他只記得某天晚上，一直悶悶不樂的爸爸突然親自下廚，煮了他最愛吃的咖哩飯，準備了他最愛喝的果汁牛奶，陪他洗澡、寫作業，兩人還一起幫棕熊取名叫「小熊先生」。

「小揚啊，這段時間謝謝你一直陪伴在爸爸身邊。爸爸沒有用，不但沒有好好照顧你，還反過來讓你這樣擔心我。」杜守誠摸了摸杜之揚的腦袋，突然發現兒子長大了不少。

杜之揚猛搖頭，展開一抹燦笑，「我最喜歡跟爸爸在一起了。爸爸，你乖乖去做復健吧，很快就能好起來！」

那時候的杜之揚以爲只要爸爸好起來，媽媽就一定會離開那個叔叔，回到他們身邊。

「來不及了，小揚。爸爸的病做復健也不會好了。」杜守誠不捨地摸著兒子的臉蛋，他多麼想要陪著他的小揚長大呀！

杜之揚拉著爸爸的大手，左看右看，「爸爸的傷口已經好得差不多了，只是皮醜醜而已。爸爸還是爸爸，沒有恢復成以前的樣子也沒關係。」

「小揚，爸爸指的病並不是外表這些燒燙傷，而是指爸爸的這裡。」杜守誠牽起兒子的手，貼在自己的胸膛，「這裡面有不好的癌細胞，而且已經擴散了，是爸爸上次燒燙傷住院時檢查到的，所以爸爸後來才沒有去做復健。因爲就算外表好了，爸爸也活不過半年。」

「活不過半年」這幾個字，彷彿一道驚雷狠狠地劈在杜之揚身上，「爸爸會死掉嗎？」

「會，但是小揚別難過，小熊先生會代替爸爸陪著你，而且爸爸也會一直在天上看著你。」杜守誠抹去自己臉上的眼淚，緊緊抱著兒子，「爸爸過世之後，你要好好聽媽媽和那個叔叔的話，知道嗎？」

「爸爸知道那個叔叔？媽媽告訴你的嗎？」杜之揚窩在杜守誠的懷裡，哽咽地問。

「不是，是爸爸自己發現的。那個叔叔前一陣子來載過你媽媽，剛好被我撞見。其實爸爸知道那個叔叔是你媽媽的初戀，當初你媽媽很愛他，是因爲長輩反對他們才分開。」杜守誠搖了搖頭，從口袋裡拿出一張紙，「小揚，這是離婚協議書，爸爸不知道自己的時間還剩下多少，如果媽媽有回來，你再幫爸爸拿給媽媽好嗎？」

杜之揚接過離婚協議書，悶悶地問：「媽媽跟那個叔叔在一起，爸爸不生氣嗎？」

「怎麼可能不生氣？一開始爸爸很生氣，後來想想又覺得不能陪你媽媽到老，不能爲她遮風擋雨的我，有什麼資格生氣？」杜守誠自嘲地笑了笑，「或許這是老天爺最好的安排，至少我不用擔心她在我走了之後孤苦無依，爸爸選擇祝福她，但願她從此幸福快樂。」

杜守誠的話讓杜之揚感到不安極了。杜之揚埋在杜守誠的懷裡，哭到不能自己，「爸爸，那我呢？你不要離開我好不好？我會乖，我會聽媽媽的話，你不要死掉好不好？」

「傻孩子，爸爸也捨不得離開你，但這就是命啊！」杜守誠輕柔地拍著杜之揚的背，「在生命的盡頭，能多這半年的時間跟你相處，爸爸該知足了。怪只怪爸爸太晚看開，沒有把握剩下的時間好好陪你，小揚，對不起，你能原諒爸爸嗎？」

杜之揚拚命地哭，連話都說不出來，只能用力地點頭，然後緊抱著爸爸，用雙手抓住這僅剩的溫暖。

良久，杜之揚哭累了，在杜守誠的懷裡昏昏欲睡；杜守誠將杜之揚抱回他自己的房間，溫柔地呢喃，「小揚，爸爸祝你有個好夢，再跟爸爸說聲再見好嗎？」

杜之揚睡眼矇矓，忽睡忽醒間望著爸爸平靜的笑顏，彷彿回到以往的時光，以前爸爸要上班前都會進來看看他，並跟他說聲再見。

「爸爸再見。」他也總是會像此刻一樣笑著回爸爸，旋即心滿意足地進入夢鄉。

杜之揚很慶幸，他來得及跟爸爸做這個最後的告別。

爸爸的遺體是媽媽隔天清晨回家發現的。聽媽媽說爸爸最後走得很安詳。或許是眼淚已經在前一天都流光了，杜之揚被媽媽叫醒，得知這個消息後並沒有再哭，只是默默地披麻戴孝，靜靜地陪爸爸走完這最後一程。

爸爸的喪事一辦完，杜之揚連爸爸留下的離婚協議書都還沒交給媽媽，媽媽就帶著他正式住進那個叔叔家。他答應過爸爸會聽媽媽的話，所以沒有表現出排斥或抗拒，唯一的要求就是要抱著小熊先生。

一開始，那個叔叔眞的對他和他媽媽很好，可是最多只能叫他一聲叔叔，若要有更多的互動，他眞的做不到。

那個叔叔也不勉強他，反而加倍對他好，甚至還會跟他的小熊先生問好；不僅如此，那個叔叔也很疼他的媽媽，他每天都能看見媽媽無時無刻掛在臉上的笑容。

他想，爸爸說得沒錯，只要媽媽過得幸福就好。

他想，時間一久，也許他眞的能打從心底地接納叔叔。

可惜的是，他等不到那一天。

約莫一個月後，那個叔叔經商失敗、周轉不靈，只能保有他們住的那間房子，其餘的財產都要全部變賣才夠還清負債。

從此那個叔叔一蹶不振，時有時無地打零工，沒工作的時候就酗酒，更在酒醉之後開始對他媽媽動手動腳，還強迫他目睹他們上床，這讓杜之揚覺得好噁心，有幾次都忍不住吐了一地。

而那個叔叔還變本加厲，開始對他媽媽拳打腳踢、辱罵他已經過世的爸爸，這些都讓杜之揚無法忍耐。某次，他終於在媽媽被打得皮開肉綻、跪地求饒的時候，用力地推開那個叔叔。

但僅僅九歲的他，怎麼會是一個成年男子的對手？那晚他被爆打了一頓，也是從那晚開始，他成了那個代替媽媽的出氣沙包。

那個男人幾乎是每一晚像是例行公事般地毒打他？他也只是個孩子，禁不起這樣的暴力，他哭著喊媽媽、求媽媽救他，可是他媽媽始終只躲在角落瑟瑟發抖。

他不懂，爲什麼媽媽忍心看著他這樣被打？爲什麼不帶著他離開？他不怕吃苦，只要能擺脫這個男人就好。

久而久之，杜之揚就麻痺了，再痛也不會哭，更不會開口求饒，靜靜地等待自己被打死的那天。

他沒想到的是，在他以爲自己即將死掉的時候，能再見到林慶恩一面；更沒想到最後救了他一命的，是一個叫作溫雨溏的阿姨。

經歷了這麼多事情，每一件事都足以讓他一夜之間長大。他終於明白了那晚的火災到底發生了什麼事，爲什麼林慶恩會流露出那樣的表情，爲什麼林慶恩的媽媽會如此失控。

爸爸當時說得沒錯，如果爸爸沒有因爲媽媽臨時請假，大概林慶恩的爸爸也不會死吧？

從小埋在心裡的這份愧疚感深深地折磨著杜之揚，讓他既想靠近林慶恩，卻又害怕林慶恩得知眞相後會討厭他。

好幾次，杜之揚看著林慶恩抱著小熊先生發呆的時候，都差點忍不住告訴林慶恩眞相。可是，他發現跟林慶恩相處越久，他越沒有勇氣面對說出口之後的結果。

這樣的他，是不是很自私？

自私地想留在他身邊，用好友、知己、家人，用任何的理由，只要能留在他身邊。

那一晚，他們沒吃成烤鴨大餐，杜之揚和林慶恩極有默契地不再言語，各自回房休息，就算溫雨溏來敲門也沒回應。

之後各自忙碌，誰也沒提起那天遇到顧嘉楠的事，彷彿那只是平凡生活裡不值一提的某段插曲。

這天，溫雨溏彎腰收拾玩偶準備要關店門的時候，看見店門口突然出現一雙運動鞋，下意識地直起身開口：

「不好意思，我們要打烊了……顧、顧嘉楠?!」

聞聲，正在櫃檯結算金額的林慶恩指尖一頓。

「雨溏阿姨，好久不見了。」顧嘉楠輕輕一笑，視線準確地落在林慶恩身上，「我可以跟慶恩聊聊嗎？」

「啊？」溫雨溏一臉錯愕，現在是什麼情形？為什麼顧嘉楠會突然出現，還知道要來這邊找小恩？

林慶恩頭也不抬地解釋著：「雨溏阿姨，顧老師是韓小姐的丈夫，我上次去送熊的時候，剛好遇到顧老師回家。」

「什麼？你結婚了?!」溫雨溏吃驚地看著顧嘉楠，隨即發現自己的反應似乎過大了些，乾咳了兩聲後繼續問，「那個坐輪椅的韓小姐？」

顧嘉楠點頭，「嗯，謝謝你們那麼照顧若瑩。她說她真的很喜歡這家店。」

「哦！你太客氣了，我們對每個客人都是一視同仁的。」溫雨溏擺了擺手，轉身看了一眼林慶恩，眼裡滿是擔憂，「慶恩，你待會兒不是還要去書局？」如果可以，溫雨溏恨不得代替林慶恩拒絕了，都結了婚還來找他們家慶恩聊什麼啦？

「沒關係，晚點再去也行。」林慶恩將圍裙卸下，給了溫雨溏一個放心的笑容，「雨溏阿姨，我核對完今天的金額了，剩下的就交給妳。」

見溫雨溏點點頭後，林慶恩就帶頭走出了門。

他不知道顧嘉楠要說什麼，但總是要面對的，畢竟五年前他們連再見都來不及說。

兩人並肩走到附近的小公園，林慶恩率先坐在長椅上，抬頭望著顧嘉楠，「坐吧，顧老師。」

「慶恩，以前你從不願意開口叫我一聲老師的。」顧嘉楠自嘲地笑了笑。

「以前是我叛逆不懂事，但你的的確確是我的老師，我也理所應當叫你老師。」

林慶恩聳了聳肩，神色平淡地問，「顧老師，這些年來，你過得好嗎？」

只要他好，他們再次相遇就不是錯誤，對嗎？

「不好。」顧嘉楠想都沒想就答，「我試圖過得好，可是我做不到。」

忽地，韓若瑩說過的話在林慶恩的腦海裡迴響：

「他很珍惜這些熊，但我知道他珍惜的並不是這些玩偶，而是埋藏在心底的那個人。」

林慶恩的心微微地刺痛著，「顧老師，師母很在乎你。」

「我知道。」顧嘉楠面露苦澀，艱難地說著，「我也很在乎她，但我就是沒辦法愛她。」

林慶恩不知道自己還能說什麼？明明就有清涼的秋風拂面，他卻覺得空氣沉悶得令人窒息。

「感情是可以培養的，我相信顧老師一定會是個好丈夫、未來也會是個好爸爸。」林慶恩站起身來，看了一眼手錶，「時間不早了，我還有事，就先走了。」

看著林慶恩走得堅決的背影，顧嘉楠忍不住追上去，從後頭一把抱住了他，「對不起，當年我爽約了。我常常想如果當時我不顧一切地趕過去——」

「不會改變什麼。就算時間再重來一次，你還是會做出一樣的決定，所以不要再去想那些如果。」林慶恩鼻尖酸澀地說，「而且老師上一次已經道過歉了不是嗎？我接受你的道歉，你不要再耿耿於懷了。」

「慶恩，你跟杜之揚在一起了嗎？」顧嘉楠不禁將手臂收攏，語氣早已沒了平日裡的淡然。

林慶恩掙脫了顧嘉楠的擁抱，低下頭悶聲問：「你想聽到什麼回答？」

顧嘉楠沉默了，他最想聽到的回答是他不敢奢望，也給不起的，不是嗎？

林慶恩背對著顧嘉楠等了好一陣子，確定顧嘉楠沒有話要說了，才邁開步伐離開。

「我只希望你能得到幸福。」顧嘉楠的聲音在背後呢喃般說著。

林慶恩聽見了，可是他並沒有轉頭。這種話從一個曾經讓他感到幸福又痛苦的人口中說出來，格外令人難受。

漫無目的地走在街頭，林慶恩不知道之後還會不會遇到顧嘉楠，但該說的都已經說完了，他們兩個也就這樣了吧！

走著走著，當林慶恩回過神來，卻發現自己正站在電視台裡的電梯前，而他記得杜之揚的新片剛好前天開拍了。

「咦？慶恩？眞的是你呀！你是來探班的嗎？」一名戴著黑框眼鏡，一臉憨厚的矮胖男人迅速地從大門口跑了過來。

他叫丁毅，綽號胖丁，是杜之揚的經紀人。兩人更是從小到大的好朋友，林慶恩還記得小時候他剛找到杜之揚，想找機會將小熊先生還給他的時候，胖丁總是跟在旁邊。

「呃……不是。」林慶恩也不知道自己爲什麼會走來這裡，便隨口胡謅一個藉口，「我是來問『肚子癢』今天要不要回家吃飯的。」

「這樣啊，那我們一起上去吧！他今天拍絲貝秀的哦～～」胖丁一臉曖昧地笑起來，二話不說地拉著林慶恩進電梯，直上十樓的攝影棚。

林慶恩不是第一次進攝影棚，之前就曾經幫杜之揚送過食物和物品，對攝影棚並不陌生，只不過他覺得今天棚裡的人手好像不多，不像之前看到的那麼忙碌，燈光也異常昏暗。

「嘿嘿，杜之揚那小子真是艷福不淺，能跟貝拉拍床戲！」胖丁一臉欣羨，「看看這攝影棚，閒雜人等都已經離開，還燈光美氣氛佳，聽說是貝拉主動要求的，說人太多燈太亮她會害羞。」

「那我先走了。」林慶恩自動把自己劃在「閒雜人等」那一類。

「別啊！慶恩，你幫我個忙吧！」胖丁趕緊把手上的紙袋塞進林慶恩手上，「這是我剛才去車上拿的衣服和褲子，之揚他在浴室，上一場戲打翻了一瓶可樂，灑了他全身。我叫他先去洗澡，等等再幫他把衣服送進去。」

林慶恩看著手上的紙袋反問：「你怎麼不送？」

「現在人手不夠，我要去幫忙，衣服再麻煩你啦，反正你也是要找他嘛！」說完，胖丁一溜煙地跑走了。

林慶恩一臉無奈，沒辦法，誰叫自己要撒謊，還好他還記得浴室怎麼走。

一走進休息室，林慶恩便聽見浴室傳來的水聲。他在外頭等了幾分鐘，聽見水聲停止後才敲門。

下一秒，浴室的門瞬間被拉開，「胖丁，我覺得那個貝拉一定是故意把可樂潑在我身上啦！」

隨著氤氳熱氣一起出現在林慶恩眼前的，是杜之揚一絲不掛的身體，精壯的肌肉上還掛著水珠，沿著條條分明的曲線往下匯聚……

林慶恩雙頰一熱，立馬撇頭移開目光，有些惱怒地說：「你怎麼不穿衣服啊！」

他看到了，杜之揚那邊的尺寸實在大得驚人……

「慶恩？怎麼是你？」毫無預警地看到林慶恩，杜之揚也是微微吃驚，但一見到林慶恩臉紅腦羞的模樣，便忍不住想逗逗他，「我衣服髒了怎麼穿？」

「吶！胖丁要我送來的！」林慶恩依舊沒正眼看他，將提著紙袋的右手舉高打直。

「慶恩，你能幫我穿嗎？我昨天拍戲的時候肩膀受傷了，手臂不只使不上力，還舉不起來。」杜之揚可憐兮兮地說著，嘴角卻勾著期待的笑意。

林慶恩二話不說，直接扭頭走人，「那我去叫胖丁。」

「來不及啦，再過十分鐘就要開拍了，我等等還要去梳化耶！」杜之揚叫住林慶恩，語氣一轉笑著問，「慶恩，你該不會是害羞，不敢看我的好身材吧？」

「誰說我不敢？」林慶恩咬牙反駁，轉身強迫自己盯著杜之揚那張欠揍的笑臉，「都是男人，我有什麼好不敢的！」

「那就謝謝你囉！」杜之揚笑瞇瞇地說著。

故意的！杜之揚絕對是故意的！林慶恩眞的覺得自己剛剛實在太衝動了，直接承認自己不敢看也不丟臉啊！

「我爲什麼要幫你換？」林慶恩還在垂死掙扎，「隨便叫個人──」

「今天人手不足嘛！」杜之揚立刻將話接了過去，「唉！想當初你發高燒躺在床上動也不能動的時候，也是我盡心盡力地照顧你，替你擦汗餵你喝水，沒想到現在只是請你幫個小忙，你──」

「好了好了好了，我幫你可以了吧！」林慶恩沒好氣地說。再讓杜之揚這麼憶從前下去，自己都要成爲一個沒血沒淚、忘恩負義的小人了。

林慶恩將衣服從紙袋中拿出來，便要套過杜之揚的頭，但杜之揚將近一百九十公分的身高，是穿了增高鞋的他也勾不到的，「把頭低下來可以嗎？」

「噢！」杜之揚低頭，那一張俊臉忽而靠近林慶恩，距離近到林慶恩下意識退後一步。

「你幹嘛後退，該不會說話不算話，不幫我穿了吧？」

「我是被你嚇到！叫你低頭，你靠那麼近幹嘛？」林慶恩氣得直握拳頭，立刻將領口套進杜之揚的脖子，再小心翼翼地抬起他的手穿過袖口。

全程，杜之揚都這麼近距離地盯著林慶恩。他看見林慶恩強裝鎮定的樣子，也感覺林慶恩溫柔謹慎的手勁，嘴角的笑意沒來由地加深。

「好了，褲子可以自己穿了吧！」林慶恩將杜之揚的內褲和褲子一併拿出來。

「不行啊，拉不起來。」杜之揚一臉無辜地回答。

林慶恩不禁翻了個白眼，他不應該答應胖丁的。不對，是他根本就不應該來這裡！

「抬腳。」林慶恩放棄掙扎，攤開四角褲，蹲下身來盡可能地忽視眼前所見。

聞言，杜之揚相當配合地抬起右腳，只是從他這個角度俯視下去，看見林慶恩那張紅透的臉蛋就在他的重點部位前面，兩人的位置實在引人遐想，竟讓杜之揚起了生理反應。

杜之揚慌張地轉過身，馬上三兩下就穿好內褲，更在林慶恩還呆滯的情況下將褲子也一併穿好了。

杜之揚心中暗吐了一口氣，呼！還好是牛仔褲！

「你……」林慶恩回過神來，看著已經整裝完畢的杜之揚，向來冷靜淡然的脾氣瞬間沸騰，站起身來就搥了杜之揚一拳，「你是故意的！你的手明明就沒事！」

杜之揚抓住林慶恩的手，難得正經八百地說：「別這樣，我這身體練得那麼壯，你的手打痛了，我會心疼的。」

林慶恩愣愣地看著杜之揚，腦袋突然一片空白，可那被杜之揚緊握的手卻下意識地抽回。

杜之揚率先反應過來，鬆開手的同時，眼裡閃過一絲落寞，旋即又揚起一抹燦笑，湊到林慶恩面前，「如何？我這段撩妹台詞，是不是撩得你不要不要的啊？」

原來是台詞。

「不要你個頭，無聊！」語畢，林慶恩轉頭就走。

杜之揚望著那抹單薄的背影，若林慶恩回頭，定能發現杜之揚那抹笑容底下的酸澀和無助。

林慶恩緩緩地走回片場，原以為自己看到杜之揚——這個在世界上最懂他的人——紊亂的思緒可能會清晰一點，但為什麼經過杜之揚這樣一鬧，他卻越來越煩悶了呢？

忽地，林慶恩的手機震動了起來，一看到來電顯示是溫雨溏，便立刻接了起來，「雨溏阿姨。」

「怎麼樣?你還好嗎?顧嘉楠說了什麼?」溫雨溏焦急地連拋了三個問題。

林慶恩不禁失笑,一絲暖意陡然流進心底,「沒什麼,他只是爲了當年的失約跟我道歉。」

「就這樣?他沒說當年失約的理由嗎?他沒解釋爲什麼要娶韓小姐嗎?」溫雨溏反問。

「沒有,理由已經不重要了。」失約就是失約了,林慶恩平靜地說,「而且當然是因爲喜歡才會娶韓小姐啊。」

「不是啊!他明明就喜歡你!」溫雨溏脫口而出,下一秒就後悔了,緊張地解釋著,「小恩,我不是故意要提起,我——」

「雨溏阿姨,我沒事。而且,他從來就沒說過喜歡我不是嗎?」嗯,他從來就沒有說過那兩個字,所以誰也沒有對不起誰。

電話那頭沉默了一陣子後,傳來一聲嘆息,「那你現在在哪?」

「在杜之揚拍戲的片場。」林慶恩見越來越靠近片場,立即降低聲量,「我等等就回去了,他們準備要開拍了,我先掛電話。」

「好,你回來如果有經過書局,幫我買些便條紙回來好嗎?」溫雨溏不知道林慶恩怎麼會突然跑去找杜之揚,不過至少跟杜之揚在一起,她就不必擔心他。

「好。」

林慶恩掛斷電話後，本想直接離開前往書局，但眼尖的胖丁一看見他，立刻又攔住了他，「慶恩，快來看！杜之揚的床戲處女秀要開演了！」

林慶恩不禁皺眉，他剛剛才撞見杜之揚的裸體，實在不想再看他演床戲！

「我不——」

胖丁壓根兒不給林慶恩拒絕的機會，直接拖著他前往角落的最佳觀賞區，直擊第一現場。

已經面對面站定位的杜之揚跟貝拉，在導演一倒數完，即刻用深情款款的眼神看著對方，下一瞬，貝拉伸出白皙修長的雙手摟住杜之揚的脖子，踮起腳尖親吻杜之揚。

杜之揚愣了幾秒，旋即化被動爲主動，抱緊貝拉的纖腰倒向一旁的大床，狂暴的密吻鋪天蓋地席捲而去，慾望星火一點即燃，兩人好似化作兩團熾熱的火焰，要將彼此燃燒殆盡爲止。

胖丁倒抽了一口氣，低低地讚道：「刺激啊！逼眞啊！好像他們眞的是情侶啊！」

不只胖丁這麼想，在場工作人員無一不屏氣凝神，大氣都不敢喘一下，深怕打擾到杜之揚和貝拉的情緒。導演對兩人的表現更是滿意，一鏡到底，喊卡後不吝嗇稱讚兩人，「好啊！氛圍到位，很好！」

只不過，床上的貝拉根本不在乎導演的評價，反而毫不掩飾地瞪了杜之揚一眼，「可以起來了吧！」

「嘖！以爲我很想壓在妳身上嗎？害我還要浪費水資源再去洗一次澡。」杜之揚翻了一個大白眼，側身一個翻滾，從貝拉身上離開。

「哼，你沒說我都忘了要準備鹽水淨身呢！」貝拉冷笑回嘴，果斷地起身。

穿著長版白襯衫的貝拉一起身，臀部處卻出現一抹鮮紅，她本人卻沒發現。

杜之揚看見了，本想不管，但行動還是快過於理智，立刻脫下自己的襯衫，從後迅速地圈上貝拉的腰，再簡單打了個結固定。

「你幹嘛啊?!」貝拉轉身怒斥，眼裡有著濃濃的厭惡。

「妳的生理期來了。衣服千萬不要還給我，丟了最好。」杜之揚也懶得跟她囉嗦，丟下這一句話後就往休息室的方向走去，不洗澡眞的渾身不舒服。

貝拉看著杜之揚離去的背影，眼底有著莫名複雜的情緒，竟一句話都說不出口。

「不覺得他們很配嗎？」胖丁沒來由地說著，「我從沒看過杜之揚跟女生有這麼多互動欸，特別是他們拌嘴的時候，根本就是冤家啊！我還一度以爲他喜歡男生，害怕他愛上我呢！」

「……」林慶恩突然不知道該說什麼。

的確，他也是第一次看到杜之揚跟女粉絲之外的女生這麼熱絡，而且兩人站在一起也是那麼的耀眼。

林慶恩看了一眼手錶，「我先走了。」

「咦？你不等杜之揚嗎？他收工了耶，等等叫他一起載你啊！」胖丁面露疑惑，一起回去不是能省油錢嗎？

「不用了，我還有事，沒有要馬上回家。」林慶恩頭也不回地說著。

好在書局就在電視台附近，林慶恩拿起幾疊便利貼就要去結帳，但在經過圖書區時又不自覺地挪動步伐，習慣性地走到運動類別的區域。

他的指尖滑過羽球類別的書，然後在一本《解鎖羽球入門成就》停下，若有似無地撫過作者的名字——顧嘉楠。

第6章　再遇顧嘉楠

林慶恩摸著作者的名字，愣了幾秒後才從架上抽出那本書，卻恰巧從書縫中撞進一雙深邃的眼眸裡。眸子的主人似乎也嚇了一跳，不過很快地，那雙眸子微彎，彷彿染上淺淺的笑意。

林慶恩只看了一眼，便迅速地移開目光，自顧自地走到櫃檯拿出借書證。

「同學，剛剛抱歉，是不是嚇到你了？」身著輕便的運動服，肩揹著羽球袋的男人忽然出現在林慶恩身邊，臉上掛著大大的笑容說道。

當下，林慶恩有點恍惚，這個男人的笑容和模樣，讓他想起記憶中那個模糊的身影，那個將小熊吊飾留給他，人卻突然消失的「顧家男」。

「同學，你的書好囉！」直到櫃檯的值班工讀生輕喚，林慶恩才回過神來，淡淡地應了一句後，便從工讀生的手上拿回借書證和他要借的那本書。

「你也喜歡羽球嗎？」男人看了林慶恩手上的書一眼，笑吟吟地問。

「還好。」林慶恩的態度依舊平淡，絲毫沒有要理會男人的意思，將書收進包包裡，就大步走向圖書館的出口。

沒想到男人又跟了上來，並對著他說，「你的腳是不是受傷了？如果受傷了就別再穿有跟的鞋子，對你的腳負擔太大。」

林慶恩的腳步微頓，輕皺起眉頭，沒想到這個男人竟一眼看穿他的腳部問題。

但林慶恩本身並不善於跟人打交道，沒有打算理會他。

一走出圖書館，林慶恩的眉頭鎖得更緊了，居然下大雨了，早知道就要聽杜之揚的話，將雨傘放進背包裡。

林慶恩看了下手錶，發現再等下去會趕不上下堂課，於是腳步一跨，就要衝進雨裡。

孰料，一股力量猛地將他拉了回去，整個人也因重心不穩跌進一個寬闊的懷抱裡，下一秒映入眼簾的是一雙濃眉大眼。是那個男人。

男人一臉不敢置信，「你瘋啦？雨下那麼大，不用三秒就會溼耶！」

語音未落，男人一手撐起一把傘，一手摟住林慶恩的肩膀，領著他一起走進雨幕。

林慶恩急著要掙脫，男人卻摟得更緊，噙著笑意說：「也就這麼一次，以後可能也不會有這樣的機會，你就行行好，別讓我良心不安吧？」

聞言，林慶恩停止了掙扎，默默地跟在男人身邊。

男人也不閒著，開始問林慶恩：「你是大一生嗎？」

林慶恩搖頭。

「大二？」男人又問。

林慶恩再一次搖頭。

「大三？」男人不死心地再問。

林慶恩也不厭其煩地再搖一次頭。

男人爽朗地笑了。這個男大生也太妙，非得讓他從大一問到大三，也不乾脆直接跟他說幾年級？

林慶恩莫名其妙地看著他，不懂笑點在哪？

見林慶恩終於看向自己，男人抓準機會問：「那你叫什麼名字？」

林慶恩將視線收回，看著前方，猶豫著要不要回答。

男人見林慶恩再度沉默，索性不問了，仍舊揚著笑意，「你跟我以前認識的一個小男孩好像，一樣不講話、一樣喜歡淋雨。」

誰會喜歡淋雨啊？林慶恩一臉疑惑，他是因爲沒帶雨傘又趕時間，才會想說淋雨跑過去教室，不是喜歡淋雨好嘛。

最後，男人將林慶恩送到他上課的那棟樓，斂下笑意，深深地看著林慶恩，語氣有些遺憾，「他現在應該也跟你差不多年紀吧！」

語畢，男人轉身走進雨裡，雨勢卻在此刻停歇。男人果斷收起雨傘，午後的陽光灑了下來，溼透的柏油路上折射出光芒，令男人的背影格外奪目，使林慶恩久久移不開目光，腦中再次浮現那個大哥哥模糊的輪廓。

其實，他也覺得男人跟大哥哥好像。

體育課是大一的必修課，但林慶恩因爲腳的關係，拖到大四才選了羽球課來上，若不是沒修過不能畢業，林慶恩是眞的不想上體育課。

從小到大，只要體育老師知道他的狀況，都會讓他坐在一旁的大樹下，就算他自己願意去打球或跑操場，老師也不會同意，深怕他的狀況惡化。

但他不喜歡那種老師特別照顧他、同學投以羨慕眼光的感覺。

所以他這次選了羽球課，還特地去圖書館借書來學一些基本姿勢，再加上他現在穿了有跟的增高鞋，不仔細看根本看不出與常人有什麼不同，就是希望能好好地修完這堂課，不要再被過多關注。

這天，林慶恩揹著羽球袋，羽球袋上有著一個小熊吊飾。這是當年那個大哥哥留給他的，不知道爲什麼他一直留著，也將它吊在自己的後來購入的羽球袋上。

眼看著上課時間快到了，整個操場已經人滿爲患，被學生擠得密不透風，林慶恩不由得打了通電話給罪魁禍首，「你在哪？」

電話那頭相當安靜，傳來濃濃的鼻音，「嗯？慶恩？」

「肚子癢，你記得你有選修羽球課嗎？」林慶恩無奈地問。

杜之揚也是拖到大四才修體育課，原因是：拍戲太忙。

「沒啊，沒忘，可是我好想睡喔。」杜之揚眼皮重地睜不開，要他現在起床去上體育課，不如給他一個痛快吧！

「你快來吧，你的粉絲已經快把操場擠爆了。」林慶恩也很納悶，爲什麼杜之揚的粉絲會知道他每堂課的課表啊？

這就是林慶恩極度不想跟杜之揚選修同一堂課的原因，要不是因爲林慶恩只想選羽球課，而杜之揚又厚顏無恥地跟進，也不會有現在這個局面。

「這樣啊，那爲了其他同學能有足夠的空間打球，我今天就勉爲其難地不去了，你幫我跟老師請個假嘿！」杜之揚悶悶地笑著說，剛睡醒的嗓音溫和低沉，相當有磁性。

但林慶恩完全不買單直接拒絕，要是他代替杜之揚向老師請假，那些粉絲還不圍堵他，「不來拉倒，我掛電話了。」

將手機放下的時候，林慶恩還隱約聽見另外一頭的抗議：「喂！你小時候不是這樣的——」

然而，上課鐘響了，也不見操場少了多少人，估計都在等杜之揚吧！

「哇！什麼情況？我的課有這麼熱門嗎？」熟悉的嗓音響起，林慶恩錯愕地瞪著信步走來的男人。

像是呼應今日萬里無雲般的乾淨晴朗，男人的臉上掛著大大的笑容，用著輕鬆的口吻說：「同學們好，原本你們這堂課的趙老師受到國家隊的徵召，帶羽球隊去歐洲比賽了，所以這學期將由我代課。我先自我一下，我叫顧嘉楠，嘉義的嘉，楠梓的楠，請多多指教。」

顧嘉楠的話不僅在這群學生裡引起不小的騷動，更在林慶恩的腦袋裡炸開！他想起了幾天前借的那本《解鎖羽球入門成就》，作者就叫顧嘉楠！而那天遇到的男人正是眼前的顧嘉楠，該不會都是同一個人吧？

可真正引起林慶恩心中震動的是——他是不是就是那位「顧家男」大哥哥？

「老師，你幾歲啊？看起來年紀跟我們差不多耶！」忽然，某同學開口問。

「老師，你好帥，你有女朋友嗎？該不會結婚了吧？」某位女同學更眼冒愛心，

親愛的，
小熊先生

毫不掩飾的表白。

「我二十八歲，目前單身。還有沒有什麼問題?不然我要先點名囉！」顧嘉楠坦然地回答，然後掃視了一圈手舉著杜之揚加油牌的粉絲們，「另外，沒有選修這堂課的同學可以各自回去上課了，以後也不要再來。畢竟這是體育課，不是粉絲見面會對吧?這樣會給選這門課的同學們以及杜之揚同學本人帶來困擾的。」

顧嘉楠這麼直接地下了逐客令，再加上杜之揚也不在現場，他的那些粉絲也不好再多做糾纏，不一會兒，周圍便安靜了下來，連空氣都清新多了。

旋即，顧嘉楠便開始點名，當點到林慶恩的時候，林慶恩舉了手，並且輕飄飄地答了聲「有」。

顧嘉楠又驚又喜的目光落在他身上，卻未多說什麼，只給了他一抹笑容。

「這堂課是羽球課，我一直認爲運動是一件讓人放鬆的事，並不希望用學分來限制各位同學上課，或是給同學太大的壓力。因此這堂課的評分標準是：只要每一堂課都不缺課，便會給滿分，缺一堂便會從滿分開始扣二點五分。所以，成績由你們自己決定，我很歡迎愛打羽球的同好一起切磋。」顧嘉楠這一席話引來一陣歡呼，來上課就能過的學分，根本超甜！

不得不說這樣的評分方式，讓林慶恩的心裡悄然鬆了一口氣，這樣他也不用打羽球，只要來上課就能PASS了。

「我們現在就去體育館吧，以後上課也直接在那邊集合。想學更多羽球技巧的人，隨時都可以來問我，其餘的時間你們可以自己組隊打球，我會適時地給你們建議。」顧嘉楠說完，便率先走在前面，領著眾人前往體育館。

途中，不少女同學圍在顧嘉楠身邊問各式各樣的問題，而顧嘉楠始終掛著笑容解答，雖然是代課老師，但與學生之間意外地相處融洽。

林慶恩走在最後面，若有所思地盯著顧嘉楠的背影，不由得露出迷茫的表情。他會是當年那個大哥哥嗎？

倏地，林慶恩的瞳孔放大，腳步也戛然停止，想起了那天兩人共撐一把傘，顧嘉楠說起他小時候認識一個小男孩，不講話、愛淋雨，該不會說的就是他吧？

「怎麼了？腳痛嗎？」顧嘉楠的聲音忽然在林慶恩的耳邊響起。林慶恩回過神來，才發現顧嘉楠不知道什麼時候站在他身邊，一臉認真地看著自己。

那目光竟隱約有種熟悉的感覺，林慶恩悄然收回思緒，依舊安靜地搖頭。

「老師！你剛剛說的反手拍是這樣握的嗎？」顧嘉楠還想說點什麼，又一群女學生包圍，林慶恩逕自往前走，空出位置給那群女學生。

不管顧嘉楠記不記得自己，林慶恩決定就讓那段過去留在回憶裡，看到顧嘉楠現在好好的，繼續打著他喜歡的羽球就好。

他已經不是當年那個懵懂的小男孩，那時發生在顧嘉楠身上的事情，如今他也完全明白了。現在再相遇，他總不可能問顧嘉楠他們家後來怎麼樣了？或者爲什麼你突然消失？這不是都會讓他想起那段不愉快的過去嗎？

只不過……那個小熊吊飾是否該物歸原主？

林慶恩這難得的心事，很快被同住在一個屋簷下的杜之揚毫不留情地揭穿。

「你在思春？」杜之揚手拿著一罐冰啤酒，在餐桌的對面坐下。

「思你個大頭鬼。」林慶恩翻了一個大白眼，緊握著掌心的小熊吊飾。

「說吧，讓本大神替你消災解惑如何？」杜之揚大口灌下冰啤酒，露出滿足的笑容。

雖然杜之揚表面上看起來非常靠不住，但林慶恩一眼便知他是故意做出這種滿不在乎的模樣，其實他的內心一點都不輕鬆。聽雨溏阿姨說，他的母親前幾天又開口要錢了。

在這種狀態下，杜之揚還能發現他的異樣，並且抽出時間來關心他，這讓林慶恩的心裡淌過一絲暖意。

猶豫了幾秒，林慶恩開口問：「如果有個曾經對你很重要的人，跟你失聯了十幾年，然後突然出現了，你會怎麼做？」

杜之揚用疑惑的眼光掃視著林慶恩及他手中的小熊吊飾，「是這吊飾的主人？」杜之揚在初見這個吊飾時就想問了。他熟知林慶恩的過去，知道除了那隻小白熊外，林慶恩不可能再擁有其他的熊，哪怕是個小吊飾。

「嗯，當年他將這個吊飾留下，就不告而別了……」林慶恩徐徐地說出那段杜之揚沒有參與到的過去。

聽完林慶恩的敘述，杜之揚的面容閃過複雜神色，良久後才問了聲：「你說那個代課老師叫作顧嘉楠？你確定是你小時候遇到的那個大哥哥？」

林慶恩輕輕地點頭，「應該就是了。」

「聽你這麼說，他顯然也沒有忘記你。你真的不跟他說你就是那個小男孩嗎？」杜之揚又問。

「說了不是更尷尬嗎？有個人知道你最不願回首的過去，你會希望那個人再次出現在你的生命裡嗎？」林慶恩不假思索地回答，還一把搶過杜之揚手中的啤酒，灌下一大口。

「要看那個人是誰。」杜之揚深深地看著林慶恩，正色道，「我很慶幸你再次出現在我的生命裡。」

林慶恩微怔，這才意識到他跟杜之揚也是知道彼此不堪過去的那個人，可是他從未想過不願意再見到杜之揚，相反地，他同時也很慶幸，兩人能再次相遇。

然而面對杜之揚如此誠摯的目光，林慶恩竟有些不知所措，不由得低下頭來悶聲說：「那是你，他不見得會這麼想。」

「重點是你怎麼想。」杜之揚將啤酒搶了回來，起身朝樓梯口走去，「要跟他說明身分並將吊飾還給他也好，要裝作陌生人把吊飾留下來做紀念也好，只要你沒有遺憾就好。」

林慶恩不確定該怎麼做才能不留遺憾，但他決定將小熊吊飾從球袋上摘下，顯然選擇了後者。

只是他發現，越是想要忽略顧嘉楠的存在，卻到處都能看見顧嘉楠的身影，並且總是能在那瞬間與他四目相交。

不過林慶恩總會在第一時間轉過身去，不給顧嘉楠開口跟他打招呼的機會。

聖誕節前夕，校園裡到處都充斥著歡樂的氣氛，附近的大專院校更聯合舉辦聖誕傳情活動；學生們利用午休時段聚集在活動中心填寫傳情內容，一時間，校園的其他角落便顯得有些安靜了。

林慶恩坐在圖書館後方的長椅上，拿出御飯糰當午餐，忍不住閉上雙眼，享受著這片刻的寧靜。

忽地，右手邊傳來一些細微的聲響。林慶恩張開眼睛，一張純粹的笑顏躍進視線，讓他有種回到小時候的錯覺。

顧嘉楠揚了揚手中的便當，笑著問：「不介意我坐這裡吧？」

「不妥。」林慶恩淡然回道。

「不錯啊，有進步，至少願意跟我說話了。」顧嘉楠逕自打開便當吃了起來，「哪裡不妥？這裡有人坐？」

林慶恩也說不出來實際上是哪裡不妥，只能胡謅一個藉口，「我是你的學生。」

顧嘉楠輕笑，「學校有規定老師和學生不能一起吃飯嗎？更何況你都多久沒來上課了？」

「是你自己說是營養學分的。」林慶恩絲毫不覺得困窘，理直氣壯地回答。

「是我說的沒錯，可是學生都不來上課，老師會很難過耶！」顧嘉楠目光灼灼地轉頭看著正專心吃御飯糰的林慶恩，「而且還是一個對羽球這麼有興趣的學生。」

見林慶恩的手微頓，顧嘉楠繼續笑著說：「上次在圖書館遇見你，剛好看到你借的書，我想你應該是對羽球有興趣才會借的吧？」

那本書是爲了要讓自己看起來有一些基礎才借的。可是林慶恩心裡明白，在眾多羽球入門的書本裡，他會選擇借那一本書的主要原因，其實是因爲作者的名字。

「那本書是你寫的嗎？」林慶恩脫口問出。

「是啊，算是碩士論文的衍伸吧。」顧嘉楠坦然地點頭，隨即輕笑，「不過現在回頭去看，眞的覺得那個時候的自己好青澀，所以我不看那本書的，那是我的黑歷史之一！」

黑歷史嗎？那小時候那段過去，對顧嘉楠來說是否也是一段黑歷史？

「想什麼呢？」顧嘉楠的拇指滑過林慶恩的唇角，捏起一粒米飯，笑著說，「我會盡量讓課變得有趣一點，後天來上課吧！」

然而後天，當林慶恩出現在體育館的時候，瞬間就後悔這個一時腦熱的決定。

偌大的體育館僅有顧嘉楠一個人，半點不見其他學生的身影。怪不得顧嘉楠會說他傷心，換作是他，應該會把這群學生直接死當了吧！

顧嘉楠一看見揹著球袋、一臉呆滯的林慶恩，驚喜地笑說：「你來啦！平常沒這麼慘的，因爲今天是聖誕節，活動中心舉辦了活動，還邀請了明星參加，我聽說同學們都跑去追星了！」

經顧嘉楠這麼一說，林慶恩想起前幾天杜之揚有提過聖誕節那天他會參加學校的活動，說的應該就是這個了吧？

早知道他就問清楚細節才是，杜之揚鐵粉的毅力實在不容小覷，翹課也沒在怕的！

眼下只剩他跟顧嘉楠，他現在走出去不知道還來不來得及？

像是看穿林慶恩心中所想，顧嘉楠趕緊出聲：「今天來的人有加分，既然來了就留下來吧，你可以坐著休息，或者要我陪你打球都可以。」

林慶恩最後選擇坐下來休息，早知道就帶書來看，否則發呆一節課也是很困難的一件事。

顧嘉楠知道林慶恩不喜歡人打擾，本想給他一點自由的空間，但在他無意間瞥見林慶恩的球袋時，還是忍不住在林慶恩的身邊坐下，「你球袋上的小熊吊飾呢？」

林慶恩一怔，不知道爲什麼顧嘉楠會突然提起那個吊飾。

見林慶恩沉默不語，顧嘉楠猶豫了幾秒後，才斂下笑意緩緩說：「第一次上課的時候，我看見你球袋上有個小熊吊飾。即使只有一眼，我還是認了出來，那是我當年留下來給那個靜靜地聽我說話、而他自己卻一句話都不說的小男孩，希望他能原諒我來不及道別。慶恩，你是不是——」

驀地，林慶恩的手機震動了起來，林慶恩像是抓到救命稻草般連來電顯示都沒看就接起來。可是聽完話筒那端的話語，林慶恩的眉頭卻緊緊皺起，臉色亦瞬間刷白，拿著手機的手微微顫抖。

「怎麼了？」顧嘉楠見林慶恩掛上電話後失神的模樣，緊張地問。

「我、我弟說我、我媽，出車禍了，人、人在加護病房……」林慶恩的嗓音顫抖，那種失去親人的恐懼感如寒霜般遍布他全身，「怎麼辦？」

顧嘉楠搖了搖林慶恩的肩膀，試圖喚回林慶恩的理智，「你先別急，冷靜下來，你弟有說在哪家醫院嗎？」

林慶恩的視線逐漸聚焦，眼裡迅速凝結一層淚光，看著顧嘉楠的目光滿是無助，「有，在外縣市。」

「沒關係，走，我現在載你過去！」顧嘉楠揹起林慶恩的球袋，再將六神無主的林慶恩一把拉起，緊緊牽著他的手快走。

手心中傳來的暖意，漸漸地撫平了林慶恩的徬徨，他望著走在前頭的背影，即使經過了十幾年，依舊有種讓人安心的魔力。

一個多小時後，兩人終於抵達位於Y市的醫院，一到加護病房外，就看見林凱恩抱著頭坐在椅子上。

林慶恩立刻走了過去，「現在怎麼樣了？」

「哥！」林凱恩急急對著林慶恩說，「媽剛開完刀，將腦部的瘀血取出來了，目前還在加護病房觀察中，醫生說大致上已經穩定下來了，這兩天是關鍵期。」

「那就好。」林慶恩終於鬆了一口氣。

「哪裡好了？哥，媽這次車禍的原因是違規紅燈右轉，才會撞上那輛直行車。現在對方要求賠償十萬塊的修車費和精神損失費，我要去哪裡生這麼多錢啊！」林凱恩氣急敗壞地說著，情緒越來越激動，「早就跟她說過要遵守交通規則，可是她每次都說這是鄉下地方，又在家裡外面一段路而已，有時候連安全帽都不戴，現在出事了，不說要賠給人家的，就連這些醫藥費，我都付不出來了！」

林慶恩皺著眉頭，沒有多說什麼。

「你冷靜點，這裡是醫院。」顧嘉楠拍了拍林凱恩的肩膀，事已至此，生氣並沒有用。

林凱恩看了一眼顧嘉楠，忍不住問道：「哥，這位是誰？之揚哥怎麼沒有跟你一起來？」

「他是我的體育老師，你打給我的時候，我正好在上體育課。」林慶恩簡短地帶過，並沒有回答關於杜之揚的問題。

林慶恩知道林凱恩想跟杜之揚借錢，因爲他覺得偶像明星就是有錢，但他並不知道杜之揚家裡的狀況，林慶恩也沒打算讓他知道。

「之揚？也有選這堂課的那個杜之揚？」顧嘉楠看著林慶恩問。

「之揚哥就是那個很紅的偶像啊，他跟我哥住在一起唷！」林凱恩炫耀似地說著，旋即話鋒一轉，又抓著林慶恩問，「哥，你能不能跟之揚哥先借點錢，我手頭上眞的沒有這麼多錢，而且媽的醫藥費——」

林慶恩冷著臉打斷林凱恩，「錢我會想辦法，你不准跟杜之揚說。」

「可是哥——」

「沒有可是，你要是敢跟杜之揚說，以後不管發生什麼事都別來找我了。」林慶恩的態度無比強硬，他知道杜之揚一定會幫忙，正是如此，他才不願意造成杜之揚的困擾。

「好啦，我知道了。」林凱恩看了一眼牆上的時鐘，有些難爲情地說，「哥，再過五分鐘就可以進去看媽了，你要進去嗎？我有點事情需要離開一下，你能不能幫我顧一下她？」

聽到林凱恩的要求，一絲苦澀微不可察地滲進林慶恩心裡，「你去吧，我在這裡等你回來。」

「哥，你進去看一下媽吧。她還沒醒，不會看到你的。」林凱恩央求著，「我今天看到媽動完手術虛弱地躺在那裡，突然明白人生有多無常，既然你都來了，就去看一下她吧？」

林慶恩輕輕吐了一口氣，點頭說：「我知道了，你快去吧！」

那扇門，不是他想，就能走進去的。

林凱恩走後，林慶恩坐在椅子上想了好一陣子，終於在訪客時間剩下十分鐘的時候，決定走進加護病房，而顧嘉楠也穿好隔離衣，跟在他後面進去。

林慶恩心想，只要看一眼就好，確定她沒事了就好。

看見頭上纏著繃帶、臉色蒼白的母親虛弱地躺在病床上，林慶恩的鼻中瞬間湧上酸澀。她跟記憶中的模樣差很多，頭髮白了不少，臉上也佈滿皺紋，膚色也不再白皙。

林慶恩很想問問她這些年是否過得好？但又怎麼可能過得好？

正當林慶恩心中的思緒翻飛時，病床上那緊閉的雙眼卻緩緩睜開，兩道視線陡然相撞，一時間，誰也沒有開口說話。

林慶恩看見那一雙眼眸倏地通紅，裡面閃著複雜的情緒，卻似乎沒了冷漠和厭惡。

林慶恩聽見自己逐漸加快的心跳聲，心裡那個字即將脫口而出時，那雙眼睛卻再度闔上，虛弱的嗓音接著傳出，「你……走。」

果然還是這樣嗎？也是，他這個罪人怎麼會異想天開地認爲她已經原諒他了呢？林慶恩深深吸了一口氣，對著病床上的人一鞠躬後，便頭也不回地轉身就走。

心，像是被徹底掏空，失去了所有的重量，空虛得連痛都感覺不到了。

驀地，一張面紙擦過他的雙頰，林慶恩一側首就看見顧嘉楠正在幫他擦眼淚。

原來他哭了啊？

「怎麼還是跟小時候一樣，喜歡躲起來哭？」顧嘉楠微笑，輕輕地揉著他的頭，「其實你母親她——」

「她沒錯，是我不該打擾。」林慶恩沉靜地說，眼淚卻瞬間潰堤，「只是就算如此，我還是奢望她能原諒我，能再對我笑，能不要再將我當作空氣。因爲那眞的好痛，但我憑什麼說痛？我憑什麼呢？」

十幾年來，這是林慶恩第一次失控。他一直小心翼翼地壓抑著情緒，他知道自己沒有資格任性，他知道所有的冷眼都是他必須去承受的。可是，他眞的覺得自己就快要失去最後一點活著的力氣。

顧嘉楠一伸手，緊緊地抱住林慶恩，沒有任何言語，僅是用行動告訴林慶恩，他在。

那天，顧嘉楠從林慶恩的口中聽見了他的過去，林慶恩強忍住悲傷，盡可能平靜地述說，而顧嘉楠卻忍不住為之心疼，他現在才明白當年那個小男孩為什麼不說話。因為他不知道該用什麼聲音，來面對這個淒涼的世界。他的心裡傷痕累累，卻不允許自己發出任何求救的訊號。

聽完林慶恩的過去，顧嘉楠並沒有安慰他。他知道任何安慰都於事無補，現在的他需要的不是安慰，而是抒發。

良久，顧嘉楠試圖轉移話題，「你知道嗎？小時候我真的以為你是啞巴。那天在圖書館遇到你，我也以為你是啞巴，一直到那天點名的時候，我才知道原來你會講話。」

林慶恩臉上勾起淺笑，「那你知道我會說話後有什麼感覺？」

「聲音很好聽，唱起歌來應該不錯！」顧嘉楠打趣地說。

「你想多了，杜之揚都說我唱歌是世界級的災難。」似是將內心的負面情緒都傾倒出來，林慶恩噗哧一聲笑了出來，此刻的表情生動鮮明多了。

顧嘉楠深深地凝視著林慶恩，一臉專注地說：「重新認識一下，我叫顧嘉楠，你叫什麼名字？」

林慶恩也看著顧嘉楠，時間彷彿回到初次見面的那個黃昏，那時他其實很想回答的，「我叫林慶恩，慶祝的慶，恩典的恩。」

這是他爸爸取的名字。

那天過後，賠償和醫藥費的事情讓林慶恩想了好些天，正打算開口跟溫雨溏借錢時，他接到了林凱恩的電話，說是謝謝顧老師的幫忙，他會慢慢把錢還給顧老師的。

林慶恩這才發現顧嘉楠偷偷拿錢出來幫忙他！於是趁著體育課前夕，氣呼呼地去找了顧嘉楠。

孰料，顧嘉楠竟勾起笑容，湊到林慶恩面前，「有沒有人跟你說過，你生氣的樣子很可愛、很好看？」

林慶恩微愣了半晌，看著近在咫尺那張笑臉，一時間忘了呼吸。

而顧嘉楠見到林慶恩這副呆滯的模樣，心跳也沒來由地加快，那是一種在他身上從未出現過的感覺，生氣勃勃又身不由己。

顧嘉楠下意識地伸出手，緩緩地靠近林慶恩的臉頰。林慶恩猛然後退一大步，明明只是輕輕擦過那溫暖的掌心，卻讓他的臉頰不由自主地發燙了起來。

「我、我會還那十萬塊，給我一點時間。」林慶恩低下頭，不敢再直視顧嘉楠炙熱如灼的目光。

「你要怎麼還？跟杜之揚還是雨溏阿姨借錢？」顧嘉楠反問。

林慶恩一咬牙，誠實地說：「我想……先跟雨溏阿姨借錢還給你，之後打工再慢慢還她。」

「既然都要打工還，那你來當我的小幫手，薪水就從那十萬塊抵扣，如何？」其實顧嘉楠原本沒有打算要林慶恩那麼快還，可是剛剛那一剎那，他有了私心。他想靠近這個男孩，照顧他、守護他……喜歡他。

「可是，十萬塊不是小數目，我剩一學期就要畢業了，當這一學期的小幫手也不夠還啊！」林慶恩知道顧嘉楠這是在幫自己，但他不想這樣，否則他永遠都會覺得虧欠對方。

「誰說只要當一學期的？在你還沒有還完之前，當然要一直當下去呀。」顧嘉楠現在倒希望林慶恩能還得慢一點，這樣就能再和他多相處一點。

林慶恩疑惑地問：「可是，你不是說你只是代課？」

「我在附近的學校也有兼課，放心吧，不會讓你失業的！」顧嘉楠笑著回他。

林慶恩還想掙扎，「可是我不會打羽球，而且我的腳——」

「當小幫手不用一定要會打羽球，主要的工作是幫我借還運動場地，還有運動器材，然後……」顧嘉楠一本正經地說著，彷彿這是一件非常重要的事情，「讓我抬頭就能看到你就好。」

聞言，林慶恩突然覺得有些心悸，趕緊挪開視線，不敢再看顧嘉楠。

不行，他應該要想辦法再去找一份打工，盡快把錢還完，否則他怕時間一久，他就會再次習慣顧嘉楠的存在，再次眷戀他身上的溫暖。

就這樣，林慶恩開始了當小幫手的日子。說是幫手，可是顧嘉楠什麼粗重的活都不讓他做，眞的就只要他借還場地而已。他如果硬要做，顧嘉楠還會扳起臉孔，說要扣他薪水。

這讓林慶恩覺得無奈極了，只是無奈裡頭還夾雜了一絲無法形容的喜悅，或許連他自己也沒有發現嘴角多了一道微彎的弧度。

「你最近跟顧老師走得很近啊！」杜之揚瞥了一眼抱著手機淺笑的林慶恩。

林慶恩立馬將手機放進口袋裡，搖頭否認。「沒有啊，我在他那邊當小幫手打工。」

「嘖嘖，那他爲什麼不來找我，偏偏去找你當小幫手？別告訴我是因爲他知道了你是當年那個小男孩哦？」杜之揚翻了個大白眼，眞當他眼瞎了是嗎？林慶恩那個樣子看起來就是在談戀愛啊！

「因爲——」林慶恩到嘴邊的話戛然而止，要是跟杜之揚講原因，那杜之揚就知道他母親出車禍的事了，到時候杜之揚一定會因爲自己的隱瞞而生氣。

林慶恩突然的沉默讓杜之揚更加確定內心所想，「說不出來了吧！其實，如果你們眞的在交往也不用瞞著我，能看見你臉上終於有笑容，我也很開心。」

「你想太多了。他是我的老師，我們眞的沒有交往。」林慶恩肯定地說，但一想起顧嘉楠的臉，心跳卻莫名地加速。

「就算沒交往，你也不能否認你喜歡他吧？看看你，臉都紅成什麼樣子了。」杜之揚鄙視地看了林慶恩一眼，話鋒一轉，又正經地說，「就算是老師又怎麼樣，你也快畢業了，如果你眞的喜歡顧嘉楠，就跟他在一起吧。」

「你有事嗎？我要回房了，懶得理你！」林慶恩下意識地逃避這個話題。他不敢想，也不願去想這個可能性。

也許是因爲杜之揚捅破了最後那層紗，使得林慶恩接下來的日子裡都不知道該怎麼面對顧嘉楠，甚至害怕跟顧嘉楠獨處。不，其實他害怕的是自己那顆越來越無法掌控的心。

某日，顧嘉楠對著林慶恩的背影喊道：「慶恩，等等你還完場地，我們一起去吃飯吧？」

「不用了，我還有事，先走了！」林慶恩頭也不回，加快腳步離開體育館。

孰料，顧嘉楠追了上來，站在林慶恩面前，直視著他那雙清澈大眼，「林慶恩，你在躲我？」

「沒有。」林慶恩垂下頭來，低聲回答。

「明明就有。」顧嘉楠柔聲問，「是不是我做了什麼事讓你不開心了？」

「不是你，是我自己的問題。」林慶恩鼓起勇氣說，「顧老師，之前我總是把你當作小時候那位大哥哥看待，卻忘記我們之間的師生關係，跟你相處起來太過隨性，希望你別見怪。」

「我不覺得這樣不好，還是你發生了什麼事？」顧嘉楠表情嚴肅地問。爲什麼林慶恩突然要跟他疏遠？

「沒有，我只是覺得既然我們是師生，就應該像師生那樣相處，老師是不會單獨跟某個學生去吃飯的吧？」林慶恩沒有勇氣再面對顧嘉楠的目光，打算繞過他前進，「顧老師，再見。」

但兩人擦身而過的瞬間，顧嘉楠卻突然抓住林慶恩的手腕，語氣無奈地說：「你剩不到兩個禮拜就要畢業了吧？等你畢業我們就不再是師生了，你畢業典禮結束之後能過來體育館一趟嗎？我有些話想跟你說。」

「我——」

「不准拒絕，這段時間也不准再叫我顧老師，否則……」顧嘉楠的嘴角噙著一抹痞笑，像個大男孩般頑皮地說，「扣、你、薪、水！」

聞言，林慶恩抬頭怒視著他，臉上寫滿不悅，「哪有人這樣的！」

「誰叫你剛剛要叫顧老師？」顧嘉楠看著那張生動的小臉，眸色一柔，忍不住低下頭，在林慶恩臉頰快速烙下一吻，隨即才啞著嗓子低聲說，「這是懲罰。」

林慶恩愣愣地看著顧嘉楠，還沒有從方才發生的事回過神來，只覺得自己的臉頰好燙，心臟更是失控狂跳，有一種無法忽視的雀躍縈繞在心頭。

驀地，他的眼前一黑，顧嘉楠竟用手遮住他的視線，嘆了一口氣，「你再用這種眼神看我，我眞的會受不了哦！快去還場地吧！」

後來林慶恩不知道自己是怎麼走出體育館的。他只覺得渾身都輕飄飄的，嘴角更止不住上揚的弧度。

這樣的異狀當然逃不過杜之揚和溫雨溏的眼睛，在兩人的逼問下，林慶恩只好將今天所發生的事全盤托出。

「哇賽！就直接在一起啦，爲什麼還要等到畢業啊？」溫雨溏摀著嘴巴，有一種吾家有兒初長成的感動。

「雨溏阿姨，妳在說什麼啦，他又沒說喜歡我。」林慶恩的雙頰泛紅，顯然有些害羞。

「都親了還不喜歡嗎？我看他約你畢業典禮後體育館見就是要跟你告白吧！」溫

雨溏篤定地說著，還用手肘推了下杜之揚，「之揚，你說是吧？」

「照這樣看起來，機率是百分之兩百。」杜之揚邊說邊懶洋洋地一口口喝著啤酒。

「小恩寶貝，恭喜你了！沒想到繞了一圈，你不但找到了那個『顧家男』，而且轉眼都要修成正果了！」溫雨溏欣慰地說著，看到林慶恩能夠從過去的陰影走出來，她太感動了。

雖然跟她預估的有點出入，原本她一直以爲能讓林慶恩再度感受到愛的人，應該是杜之揚呢！但聽起來這個顧嘉楠對林慶恩也很好，那麼她也就放心了。只是杜之揚……

溫雨溏悄然看了杜之揚一眼。眞不愧是演員，那臉上的笑容簡直無懈可擊，然而那眼裡深處的苦澀，卻怎麼都藏不住，要不是林慶恩此時正沉浸在喜悅中，他一定也能發現。

溫雨溏不禁在心中嘆了一口氣，儘管她再怎麼心疼杜之揚，她也知道愛情是不能勉強的！

「可是我跟他都是男生，你們不會覺得這樣不好，很噁心嗎？」林慶恩小心翼翼地問。其實林慶恩從來就沒有想過自己的性向問題，可是他對同性的顧嘉楠動了心，讓他有點不知所措。

「怎麼會不好？又哪裡噁心了？不管對方是同性還是異性，你喜歡的是對方這個人，而不是性別吧！」杜之揚一本正經地說，「林慶恩，不要再找一堆理由來阻止自己追求幸福的權利，你值得擁有幸福。」

杜之揚這一席話引來林慶恩一陣鼻酸。他可以嗎？他眞的可以擁有幸福嗎？

溫雨溏亦握住林慶恩的手，「是啊，小恩，你就勇敢地去追求吧！我跟之揚都會在你身後支持你，做你最強大的後盾！」

懷抱著這樣忐忑的心情，終於來到了畢業典禮當天。在典禮之後，林慶恩終於鼓起勇氣走到體育館，他想……給自己一個機會，如果顧嘉楠眞的說喜歡他，那麼他也會誠實地告訴顧嘉楠：我也喜歡你。

只是這一等，便是從午後等到了黃昏。直至幽暗的天空吞噬了最後一抹霞彩，天色完全暗了下來，顧嘉楠都沒有出現。

林慶恩沒有勇氣打給顧嘉楠，他不知道該怎麼問他，爲什麼失約？更害怕從他口中聽見答案。

忽地，他的手機響了起來，他看著來電顯示寫著「肚子癢」，嘴角勾著一抹苦笑，將電話掛斷之後就直接關機。

林慶恩不曉得自己究竟在體育館坐了多久，只覺得全身上下像是沒了力氣，也沒有開燈，任由黑暗將自己吞噬。

忽然間，大門傳來一聲叫喊，劃破寂靜：「林慶恩？林慶恩，你在嗎？」是杜之揚的聲音。

杜之揚拿著手電筒照著牆面，想要找到電燈的開關。原本不打算出聲的林慶恩卻突然開口：「別開。」

杜之揚看向聲音的來源，趕緊跑過去，旋即將手電筒關上，靜靜地在林慶恩身邊坐下。

林慶恩那麼晚了還沒回家，又沒接電話，杜之揚原本是想來看看林慶恩還在不在，否則他無法放心。他寧願林慶恩是跟顧嘉楠去約會了，一時忘記時間，也不願看見林慶恩一個人默默地坐在體育館裡。

良久後，林慶恩輕聲開口說：「他沒來。」

杜之揚一句話也沒說，側身抱住了林慶恩，懷中的人靜靜地靠在他的胸膛，但胸口卻逐漸溼潤。他不知道此時的任何安慰會不會又造成林慶恩更大的傷害，畢竟他不是顧嘉楠，無法代表他發言。

「小恩，我們回去找小熊先生吧？」杜之揚一下接著一下，輕柔地拍著林慶恩的背，心中滿是不捨。

三天後，林慶恩開口跟溫雨溏說了他母親車禍的來龍去脈，並且借了十萬塊。接著便以畢業後遇不到顧嘉楠爲由，將十萬塊轉交給林凱恩，請他將錢還給顧嘉楠。之後更將自己的手機號碼換掉，原因倒不是怕顧嘉楠找他，而是怕他自己忍不住去找顧嘉楠。

他想，或許這樣也好，讓一切回歸原點，像顧嘉楠這樣的好人，值得擁有最好的另一半。

而那個人，不該是他。

杜之揚結束工作後，便收到溫雨溏的訊息，裡頭提到顧嘉楠來找林慶恩的事情，使得他不禁深深懊悔方才爲什麼要這樣捉弄林慶恩。那個時候，林慶恩心情應該很差吧。

後來他又從溫雨溏那裡得知林慶恩去了書局，就立刻跑過去，只是一看見站在書架前發呆的林慶恩，便停下了腳步，默默守在林慶恩身後。

他看見了林慶恩面前的那本書。即使這些年來林慶恩什麼都沒說，他知道林慶恩從沒忘記過顧嘉楠。

「你在這裡幹嘛？」

林慶恩的聲音陡然響起，一臉疑惑地看著戴口罩發呆的杜之揚。

杜之揚的眼裡迅速閃過一絲窘迫，趕緊看著眼前的雜誌展示區，隨手指著一本寫眞集，輕佻地笑道：「當然是看這個啊，三上悠亞的耶！啊嘶～～看看這個身材，我都快噴鼻血了！」

「你的粉絲知道你的眞面目會脫粉的。」林慶恩翻了個大白眼，逕自往櫃檯走去。

杜之揚望著林慶恩走遠的背影，悄然鬆了一口氣，隨即喊著：「欸，林慶恩，等等我！」

兩人回到家之後，溫雨溏已經做好飯菜、備好啤酒了。吃飯的過程中，看似自然和樂，但林慶恩總感覺得出來那麼一點小心翼翼的空氣。

終於，在溫雨溏喝醉了，趴在餐桌上睡覺之後，林慶恩放下筷子，低聲說：「其實你們不用這樣，現在的顧嘉楠對我而言只是個老師而已。」

「林慶恩，你的心不痛了嗎？」杜之揚轉頭看著林慶恩平靜的側臉，決定將話攤開來，「其實我感覺得出來，顧嘉楠對你態度跟當年一樣，如果你還喜歡他，就去找他問清楚當年為什麼失約——」

林慶恩制止了杜之揚的話，反問：「問了又能怎麼樣？」

「或許他當初沒來是有原因的。」杜之揚語重心長地說，「林慶恩，我知道過去的事已經過去了，無法改變什麼，那麼這次你就為自己好好地活一次，去爭取屬於你的幸福！」

「你這是要我去破壞人家的家庭？」林慶恩不可思議地問。同樣都是希望他幸福，為什麼杜之揚說出來的話會讓他的心這麼揪痛呢？

「你們之間如果要守著道德這兩個字，是不會有結果的。以前是，現在更是。」杜之揚知道這樣想很缺德，但他不是聖人，只是個很自私的凡人，他唯一所願只有林慶恩能幸福。

林慶恩側身看向杜之揚，一臉茫然，「連我自己都弄不清楚對他的感覺，為什麼你那麼肯定我喜歡他？」

「你不是看不清，你是不想看清。」杜之揚伸手捧住林慶恩的臉，旋即低下頭，靠近他的唇。

林慶恩愣愣地看著杜之揚逐漸貼近的俊臉，猛然想起了他跟貝拉熱吻和滾床單的畫面，下意識地一撇開頭，使得杜之揚的嘴唇僅是擦過自己的臉頰。

杜之揚不禁苦笑，「看看，你不能接受我吻你，但如果是顧嘉楠，你就不會閃開了吧？你還不承認自己喜歡顧嘉楠嗎？」

孰料，林慶恩竟沒來由地一陣惱火，「我又不是你，跟誰接吻都沒關係。下次要吻別人之前，記得先洗洗嘴巴！」

語音未落，林慶恩就頭也不回地上樓，留下滿腦子混沌的杜之揚無辜地對著他的背影喊：「洗嘴巴？嘴巴怎麼洗啊？欸不對，我也不是什麼人都可以接吻的好嗎！」

「那你想親我們家小恩，是什麼意思啊？」溫雨溏忽然從餐桌上抬起頭來，露出一抹姨母笑。

杜之揚一愣，隨即沒好氣地說：「我是為了幫他看清楚自己的內心！嘖，還想說區區幾杯酒怎麼醉得倒妳？果然妳是在裝睡！」

溫雨溏沒回應裝睡這點，繼續追問：「那之前假借倒水的名義，摸黑進小恩房間，趁著人家睡覺時偷親是……？」

「我沒親嘴哦！我那是看他做惡夢，所以才……」杜之揚倏地沉默，舉杯灌下滿嘴的苦澀。

「怎麼？是覺得騙不過我，還是騙不過你自己？」溫雨溏看著一臉落寞的杜之揚輕聲問，「之揚，為什麼不成為那個站在他身邊的人，而要選擇當那個只能注視著他背影的人？」

沉默許久，杜之揚的唇角才勾起一抹似笑非笑的弧度，「正是因爲喜歡，所以我只能選擇陪伴。」

接著，杜之揚苦澀地將自己的過去，以及當年林慶恩家中火災的一切始末，告訴了溫雨溏。這件事放在他心底太久了，久到他一想起就會隱隱無法呼吸。

先不提當年的火災，他的心中始終對林慶恩抱持著一份深深的愧疚。

就憑他是林慶恩最好的朋友這一點，他們之間就不可能了。若是他們成爲了情人，自己卻不是那個可以給林慶恩一輩子幸福的人，那麼林慶恩也沒朋友了。他怎麼捨得讓林慶恩變成孤伶伶的一個人？

當他再一次與林慶恩重逢時，杜之揚就決定了，他再也不要失去林慶恩。哪怕只能站在林慶恩的身後，至少還能看著林慶恩的背影。

只要林慶恩能在他觸手可及的地方，就好。

第7章　再遇杜之揚

那年暑假，杜之揚即將升上大學，但他並沒有一般準大學生的興奮和喜悅，相反地，在忙碌的工作行程轟炸下，因爲要應付家裡那個男人和他的母親，使得他更是蠟燭多頭燒。

杜之揚猛然停在咖啡廳門口前，聽著手機傳出的話語，臉色越發陰沉。因爲他的母親再一次騙了他。

此時此刻，他應該正在簽唱會的現場彩排，爲下午要幫偶像劇歌手站台做準備，那齣偶像劇也是他有出演的，雙方的經紀公司便安排了這個互利的合作。

可是他母親在一個小時前打給他，說有急事找他，請他務必來一趟咖啡廳。雖然杜之揚當場拒絕，但是他母親也不說清楚是什麼事，只說很重要，並且給了他咖啡廳的地址後就沒再多說了。

原本杜之揚不打算理會，卻又無法放得下心，於是便跟胖丁請了兩個小時的假，立刻趕了過來。

殊不知，才剛來到店門口，他的母親就又打來了。她坦承說跟他有約的其實是某個中小企業的千金，因爲那個男人想跟中小企業的老闆有貿易上的合作，又得知該名千金很喜歡杜之揚，便安排了這場變相的相親。

「這樣耍人有趣嗎？妳知道我是怎麼拜託經紀人，他才願意讓我離開兩個小時嗎？」杜之揚一肚子的火氣蹭地衝上腦門，「妳去告訴那個王八蛋，要相親叫他自己去！我的經紀合約裡面寫得一清二楚，我不能擅自接工作，所以現在坐在咖啡廳裡的那位千金，你們自己去想辦法！」

「之揚，你別這樣，你幫幫媽好不好？如果你今天沒跟那位千金見面的話，你叔叔他——」

「他會怎樣？他會打妳是嗎？這不是妳自己選的嗎？」杜之揚握緊拳頭，除了憤怒，更多的是無奈，不管出了什麼事，第一個出賣他的永遠都是他的媽，好不好笑？

「之揚，媽知道錯了。但是那個時候你爸爸過世，靠媽一個人的薪水根本無法養活我們兩個，所以我才會選擇跟你叔叔在一起，我也是爲了你啊！」

聽聽，說的多好聽，他都快要掉眼淚了。

杜之揚冷笑幾聲，「那幾年，我替妳挨的皮肉傷也夠償還妳的恩情了。放心吧，他打不死人的，頂多痛個幾天罷了。」

語落，杜之揚便掛上電話，轉身就要走。可當他一轉身，卻與身後之人撞個正著，胸膛傳來的悶痛令杜之揚早已到了臨界點的情緒瞬間爆發。

「誰啊？跟在別人後面做什麼？」

然而杜之揚一看到被他撞倒在地的人之後，便開始後悔剛才遷怒的行為。

那人的手肘處已經擦傷破皮，那個四腳朝天的姿勢應該是屁股先著地，而且他的眼淚還在眼眶中打轉，看來摔得不輕。

「小姐，妳還好嗎？抱歉，是我沒注意到後面有人。」杜之揚立刻道歉，蹲下身想要將那人扶起來。

孰料，那人只是淡淡地看了他一眼，便撿起掉落在一旁的紙袋，自己站起來，繞過杜之揚往店門口走去。

見狀，杜之揚的火氣又上來了。雖然他撞到人不對在先，但他也道了歉，這女人完全不理他，連句沒關係也不說，也太沒禮貌了吧！

「小姐，我已經跟妳道過歉了，還有什麼不滿妳就直說，用不著這樣不理人吧？其實妳也有錯啊，妳應該跟前面的人保持一點距離，我腦袋後面又沒長眼睛，怎麼知道妳離我這麼近？」

杜之揚一把拉住對方的手臂，臉色實在不怎麼友善。

「我是先生，不是小姐。」林慶恩一張精緻的臉蛋滿是冷漠，他用力將杜之揚的手甩開，「我剛剛會靠你那麼近是因爲你一直擋在店門口，我過不去，正想上前跟你說聲借過，你就轉過來了。」

杜之揚一陣錯愕，沒想到他撞到的人竟是一個男人！而且對方也不是故意靠近自己，想來他剛才似乎站在門口前面有點久，這下子還眞是尷尬了。

正當杜之揚掛上一抹和善的笑容，想好好地跟這個男人將誤會解釋清楚時，耳邊突然傳來女人的嗲嗲嗓音，「小揚，你來啦！不好意思路上耽誤了一點時間，走，我們進去吧！」

語音未落，女人主動地挽著杜之揚的手，嚇得杜之揚立刻收回自己的手，看向忽然出現在自己身邊、臉上濃妝豔抹、身上還充斥著濃厚香水味的女人，「妳哪位啊？」

「我是可兒啊！我爸是艾可企業的董事長呀，叔叔沒跟你提過我嗎？」可兒嬌羞地說著，甚至不太敢直視杜之揚的眼睛，「我會叫你小揚，也是叔叔要我這麼叫的，他說我們都是一家人。」

「喔，不認識。」杜之揚忍不住在心中飆了句國罵。還眞的是相親，那個男人還能不能要點臉？

「你怎麼可以不認識我?!你爸爸當初低聲下氣地來求我爸爸，是我看不過去才給他一個機會耶！我不管，你今天必須要陪我吃飯！」可兒惱羞成怒地要求著，她堂堂一個大小姐，何曾受過這種委屈？

「誰求的誰負責，關我什麼事？還有，先不提我已經有對象了，光妳這種嬌滴滴的個性，我就不可能喜歡妳！」杜之揚打開天窗說亮話，「況且我也是臨時被騙來這裡，妳要是心有不甘想找人算帳，麻煩去找顧秉元。噢，對了，他不是我爸爸，請妳以後不要再搞錯。」

林慶恩皺起眉頭，實在沒興趣旁聽這種狗血劇情，便打算推門而入。

杜之揚察覺到他的動靜，下意識地伸手攔住他，「等等，我還有話——」

「你怎麼可以這樣？」可兒收起憤怒，泫然欲泣地說，「你不喜歡我的脾氣，我改就是了。我是眞的喜歡你，而且報章雜誌根本就沒提過你有對象了，你別爲了氣我就這樣騙人好不好？」

杜之揚眞的是被氣笑了，眞的是生眼睛長眉毛沒看過這麼自戀的人耶！

「借過。」林慶恩語帶不耐地開口。現在到底在演哪一齣？他不過是代替雨溏阿姨來送個貨，怎就讓他遇上這種情況，還被迫要留下來看完？

「我沒有騙妳，因爲我已經有了喜歡的人，所以我永遠都不會對妳有興趣，懂嗎？」杜之揚索性摟著林慶恩的肩，親暱地靠在他耳邊，用僅有兩人能聽見的聲音說，「兄弟，幫個忙，求你了。」

林慶恩本想果斷甩掉杜之揚的手，可是聽到最後那三個字，他遲疑了，那個語氣是眞的在求救。

唉，什麼話都不要說就站在這裡，應該算幫忙了吧？

感覺到林慶恩沒有掙扎的跡象，杜之揚的心情大好，這個人也蠻善良的嘛，至少比眼前這個女人可愛多了！

「不可能！那爲什麼新聞媒體都沒有報？」可兒猛搖頭，她不會相信的！

聽到這裡，林慶恩不由得覺得疑惑，這個身材修長的男人到底是什麼身分？爲什麼會扯到媒體？

「我是公眾人物，不公開是正常的，而且我爲什麼要公開我的寶貝給大家看？」杜之揚理直氣壯地說著，林慶恩卻聽得雞皮疙瘩掉了滿地。

這男人也太會說了吧，該不會是政治人物吧？

「不，不可能，你怎麼可能會喜歡上男人?!」可兒指著林慶恩，氣呼呼地罵，「你是不是爲了要讓我死心，就隨便找一個人來敷衍我？」

咦？這女人看得出來這傢伙是男的啊？杜之揚很驚訝，但他的笑容反而更加燦爛，大方地承認，「我就是喜歡男人。特別是這種長得比女人還要美的男人，說起話來比女人還要溫柔的男人！哎呀！我家寶貝怎麼這麼棒啊，來，親一個！」

語落，杜之揚捧起林慶恩的臉蛋，側身低頭親在自己的拇指上，但從可兒那邊看過來就像兩人眞的在熱吻，這種借位接吻對杜之揚來說根本小菜一碟，要多逼眞有多逼眞。

「可以了吧，會不會太過了？」林慶恩面無表情地看著這張在他面前的俊臉，低聲說。

「怎麼會？對付這種女人就是要讓她完全死心，才是爲她好！」杜之揚嘿嘿地笑。

「我是說你。」林慶恩忍不住翻了個大白眼，這男人自導自演都不覺得尷尬耶！

「嗚嗚嗚……杜之揚，你太過分了！我回去要跟我爹地說，叫他永遠都不要跟你爸爸合作！」可兒跺了一下腳，一把鼻涕一把淚地跑走了。

杜之揚轉過身來對著可兒的背影笑著說：「慢走不送。還有再提醒妳一次，他不是我爸爸。我個人是很贊成你們不要跟他合作，因爲他那個人實在是不怎樣。」

解決完這個麻煩，杜之揚心情好得不得了，看著林慶恩說：「兄弟，謝謝你囉！爲表歉意跟謝意，我請你喝杯咖啡吧！」

可當他一見到林慶恩收起平靜淡然的目光，那一雙清澈的大眼閃爍著太多複雜的情緒，竟讓他一時間有股莫名的熟悉感。

「你叫杜之揚？」林慶恩的語氣中多了那麼一點期待和小心。眼前的他，眞的是小時候那個杜之揚嗎？

「呃，是啊，是藝名也是本名。」杜之揚疑惑地摸摸頭，難道眼前這人現在才認出他是明星？「今天也算是有緣，我們當個朋友吧，不知道你叫什麼名字？」

「你是明星？」林慶恩沒有回答，只是問道，「爲什麼要當明星？」

在林慶恩的認知中，杜之揚不是一個喜歡將自己的一切攤在別人面前的人。他心中最大的願望大概就是擺脫那個男人，一個人活得自由自在，怎麼會想去當明星呢？

「蛤？」這個突如其來的問題讓杜之揚有些反應不過來，怎麼也想不到這個人的思緒會這麼跳，但他還是老實地回答，「最主要的原因是我答應過一個人，要努力出現在他面前。我就想說當明星，他應該就找得到我了吧！」

林慶恩噗哧一聲笑了，笑著笑著，心裡竟湧起一陣柔軟。他眞的沒有想到杜之揚會爲了當初離別時的一個承諾，選擇去當明星。

感動之餘，他又覺得這人好傻，傻到讓人心疼。

「笑什麼？」杜之揚完全不懂笑點在哪裡。

「你有沒有想過，萬一那個人不愛看電視呢？」林慶恩止住笑意，深深地看著杜之揚。原來杜之揚長大後長這個樣子啊！很高、很帥、很有朝氣，但眼底仍舊籠罩著一層悲傷，想來這些年依然受了不少氣。

而且回想剛才那齣狗血劇，應該又是他繼父搞出來的。即使當了明星，他也還是沒能擺脫那個男人嗎？

「怎麼可能不看電視啊？」杜之揚笑了笑，隨後認眞思考這個問題，瞬間頭皮有些發麻，「好像還眞有可能耶……他看起來就不是會看電視的樣子！天啊！那怎麼辦？」看到杜之揚的笑容猛然瓦解，一臉焦急無措的模樣，林慶恩微微揚起嘴角，「那個人是不是叫作林慶恩？」

「對啊！」杜之揚想也不想就回答。下一瞬卻好像意識到什麼，盯著林慶恩反問，「你怎麼會知道？！你該不會——」

「慶恩哥，原來你早就到啦？怎麼不進去呢？」一名穿著卡其色工作圍裙、紮著雙馬尾的女孩從咖啡店裡面走出來，自然地挽起林慶恩的手，「我剛剛還打電話問溫阿姨，她說你出發有一陣子，應該已經到了，我才趕快出來看看。」

林慶恩覺得頭好痛。他很不喜歡來這家咖啡店送貨，就是因爲這家咖啡店老闆的女兒太過主動，如同現在這樣。

其實他感覺得出來這個女孩喜歡自己，也覺得她個性不錯，長相也相當甜美，應該是男人會喜歡的類型。

可是他就是對她沒感覺，甚至有些厭煩她過度親近的行為。

林慶恩不動聲色地抽回手，同時將手上的提袋放到女孩手上，「這是妳的熊，已經洗好了；至於那隻大熊要等下個禮拜一才會好，費用等大熊交貨再一起付清就好。」

「好呀！慶恩哥，謝謝你唷！」女孩揚起笑容，露出小巧的虎牙，特別可愛。

偏偏林慶恩僅是輕點下頭，轉身就要離開。

女孩趕緊伸手拉住林慶恩的襯衫衣角，「慶恩哥，進來喝一杯咖啡再走嘛。」

「不了，我——」

「慶恩哥，其實我、我已經喜歡你很久了！」女孩絞著雙手，吞吞吐吐地說，「能不能請你給我一個機會，讓我們好好認識彼此呢？」

這突如其來的告白讓杜之揚嚇一跳，沒想到林慶恩的女人緣那麼好。他才仔細地將林慶恩打量一遍，以現代人的審美觀來說，林慶恩屬於花美男一類，確實好看。

林慶恩倒是很鎮定，應該說他早就有心理準備，只是微微地皺了眉頭。他不想傷害這個可愛的女孩，但這種事情不直接拒絕，不是更傷人嗎？

林慶恩看著一眼身邊的杜之揚，心想著剛才自己幫忙他演了一齣戲，現在換他幫自己應該不過分吧？

於是，林慶恩牽起杜之揚的手，堅定地告訴女孩：「抱歉，我喜歡的是男人。」

說完，他拉著杜之揚就走，連給女孩反應的時間都沒有。

走了一段路，直到林慶恩放開手，杜之揚才回過神來，忍不住揶揄：「慶恩哥，你走這麼快幹嘛？等等人家嘛～～」

林慶恩停下來，皮笑肉不笑地問：「要我去找可兒回來嗎？」

杜之揚立刻收起笑意，一本正經地說：「其實我覺得你剛才做得很好，既然不可能就不要給希望，我也非常樂意當你的男朋友。」

「好了，你忙你的，我先走了。」林慶恩擺了擺手，實在是聽不下去。

「林慶恩。」

「幹嘛？」林慶恩瞥向杜之揚，發現他竟無比認眞地盯著自己看。恍惚之間，林慶恩彷彿看到了小時候那個堅強而執著的杜之揚。

「你還沒給我聯絡方式，我不想再跟你分開了。」杜之揚發自肺腑地開口。

聞言，林慶恩的心頭微暖，雖然是在這麼意想不到的地方重逢，這個男人表面上似乎變了很多，但他依舊能感覺得到那未曾變過的本心，也很慶幸他們沒有錯過彼此。

林慶恩遞給他「Dear Bear」的名片，「這是雨溏阿姨開的玩偶醫院。我目前跟雨溏阿姨住在一起，也在店裡打工，你隨時都可以來找我們，那我先回去工作了。」

孰料，林慶恩還沒邁開腳步，杜之揚又叫住他，他旋過身來無奈地問：「又怎麼了？你不能一次講完嗎？」

杜之揚諂媚地一笑，「眞的是最後一件事了。就是……我房子的租約到期了，如果你不介意的話，能不能收留我，我會付租金的！」

本來他還在想說工作這麼忙，還要抽時間專程去找房子，實在想到就煩。現在好啦，大家都住在一起多好！

「租約到期你可以再去找啊！」林慶恩皺眉說。

「哪有那麼好找，要去哪找一個不會被我媽和那個男人打擾的地方？我想說，只要我有室友，他們至少不會那麼輕易就來找我。而且我畢竟是公眾人物，室友比房子還難找。」杜之揚突然覺得好無奈，防自己的母親跟防賊似的，到底是他這個兒子失敗，還是他母親的問題？

林慶恩想了想，「你經紀人呢？是男生的話就一起住啊。」

「你要他把女友丟在一邊跑來跟我住，有可能嗎？」杜之揚不是沒想過，但他發現自己似乎也不喜歡有室友。只不過，如果室友是林慶恩，好像就沒有一點勉強的感覺。

「家裡是還有空的房間，但還是要問過雨溏阿姨。」林慶恩知道前幾年溫雨溏就有打算將空房出租，用來補貼店面的開銷，但礙於他們都不太喜歡跟陌生人磨合便就此作罷，那房間也空很久了。

如果對象是杜之揚，或許雨溏阿姨能接受。

就這樣，相隔了多年，他們在陰錯陽差下相遇，終於找到了彼此，並成爲了室友；甚至在即將開學之際，林慶恩才發現原來他們都考上了同一間大學！

「太好了！這次我們不只可以一起放學，還可以一起上學了耶！」杜之揚哈哈大笑。

「拜託別！我才不要跟你一起上下學。」林慶恩想到就頭皮發麻。這段日子相處下來，林慶恩才知道杜之揚有多出名，只要跟他一起走在路上，就算他有戴口罩，那些鐵粉還是認得出來，林慶恩甚至懷疑杜之揚就算化作灰，他們也認得！

偶爾，林慶恩還能從那群粉絲的視線感受到敵意和殺氣，要是他還跟杜之揚一起上下課，眞不敢想像自己寧靜的日子會變成怎樣。

想到這裡，林慶恩立刻從椅子上站起來，逕自往樓梯走去，這個話題太危險，不宜繼續。

「不要這樣嘛！明天記得叫我起床哦！」杜之揚笑嘻嘻地對著林慶恩的背影喊著。

每一天都能看見林慶恩的日子眞是太美好了，杜之揚不自覺地摸著自己的胸口，這心臟彷彿因爲林慶恩而有了跳動的動力和意義。

雖然林慶恩嘴上總是嫌棄他的職業，在兩人被熱情的粉絲包圍時，林慶恩也會毫不猶豫地選擇丟下他，但每次他都會在下個路口看見默默等待自己的林慶恩，不管時間過了多久，林慶恩都沒有離開。

杜之揚還記得某次有位女粉絲特別難纏，無論怎麼配合對方的要求，或是委婉拒絕對方告白，那位女粉絲就是堅決不離開，最後還是一場突如其來的大雨解救了他。

女粉絲走後，杜之揚急匆匆地跑向下個路口，心中想著林慶恩應該會去躲雨，不會傻傻地等他吧？可當他看見瑟縮在民宅採光罩下，渾身近乎全溼的林慶恩，不捨之餘，同時又感覺有一道暖流淌過胸口。

「你怎麼還在這裡？」杜之揚趕緊脫下自己的襯衫，撐在林慶恩的頭頂上。

林慶恩睜著一雙溼漉漉的眼睛，認眞卻理所當然地說，「我怕你找不到我。」

「我已經找到你了。」杜之揚的鼻間微澀，嗓音緊繃，帶有些許顫抖，「我不會再找不到你了。」

林慶恩怔愣一瞬，倏地唇角微勾，「也是，如果你找不到我，那就換我去找你。」

從那個時候起，杜之揚便確定了自己喜歡上了林慶恩。即使後來看到林慶恩與顧嘉楠越走越近，他仍強迫自己笑著接受，就算只能用朋友的名義，守著林慶恩一輩子也沒關係。

只要他幸福就好。

聽完杜之揚描述他的父親跟林父之間的關係，以及當年那場火災的影響，沉默好一陣子，溫雨溏才重重地嘆了一口氣，將杜之揚飛遠的思緒拉了回來。

「小揚啊，誰都不願意看見當年那場火災發生，就算慶恩他爸人就在現場，誰又能保證沒有傷亡呢？你真的不必太苛刻自己，也無須對慶恩心懷愧疚，我相信慶恩也不會怪你的。」溫雨溏試著安慰杜之揚，這孩子老是把責任往自己身上扛，遇到有關林慶恩的事更是如此。

「可是，我心裡過不去，只要想起林慶恩曾經的活潑和自信，我就無法原諒自己。」杜之揚悶聲道。

「唉！你這孩子就是死心眼。」溫雨溏搖了搖頭，勾起一抹苦笑提醒，「別再鼓勵小恩跟顧嘉楠在一起了，喜歡上一個永遠都無法回應自己感情的人，是很辛苦的。」

「就像妳對慶恩爸爸的感情嗎？」杜之揚問。

聞言，溫雨溏震驚地看著杜之揚。

杜之揚聳肩道，「剛就跟妳說了，我爸跟慶恩他爸是好朋友。我爸說，某次他們經過一間玩偶店，正好看見限量版的小熊，一對熊有兩隻，一白一棕。那時慶恩他爸告訴我爸，熊會讓他想起初戀情人，後來慶恩他爸想將那對熊買下來當慶恩的生日禮物，我爸剛好也想給我準備禮物，才會跟慶恩他爸合買，並拿走其中的棕熊，也就是小熊先生。」

「難怪你的小熊先生跟慶恩的小白熊長得一模一樣。」溫雨溏若有所思地點頭，旋即紅著眼眶問，「那你怎麼猜到亮偉的初戀是我？」

「因爲妳對慶恩很好，好到像把他當親生兒子，而且都一把年紀了還不結婚。重點是，妳很喜歡熊。」杜之揚將自己的觀點說出來。這其實不難猜，沒有一個人會無條件地對另外一個人好，雨溏阿姨的條件這麼優秀，至今不婚不戀，他猜想林慶恩占了很大的因素。

不知不覺，溫雨溏已滿面是淚，沉浸在過往的回憶裡。

杜之揚將啤酒遞到溫雨溏面前，俏皮地問，「我有酒，妳有故事嗎？」

忽地，溫雨溏破涕而笑，深呼吸了一口氣才說：「起初，我會照顧慶恩，的確是因爲他是亮偉的孩子。我想亮偉選擇犧牲自己也要保護孩子，應該是希望慶恩能好好地活著，所以我總想著能幫盡量幫；到後來，我是真的很心疼慶恩，也習慣了有慶恩陪伴的生活。

「不過有一點你猜錯了。」溫雨溏咬著下唇，露出一抹痛苦的神色，「我不是爲了慶恩才不結婚的，而是我到現在還是愛著林亮偉，愛到我無法接受除了他以外的男人。」這是溫雨溏藏在內心深處的祕密，或許連已經過世的林亮偉都不知道，其實自己一直愛著他。即使當年她回國後看到林亮偉已經娶妻生子，她依然愛著他，但她選擇將自己的情意深埋起來，用老朋友的身分關心他。

發生火災的那一天，就住在他們對面社區的溫雨溏，其實早就在第一時間趕到，但她只能躲在人群中焦急地等待消息。噩耗傳來的那一剎那，溫雨溏整個人都傻了，甚至連眼淚都掉不出來。那個樂觀開朗的男人就這麼離開了這個世界，而她再也見不到他了。

一直到張佩琳指著林慶恩失控地吼罵，她才反應過來。看到小小年紀的林慶恩像是瞬間明白了什麼，那張失了血色的蒼白小臉失魂落魄的模樣，讓溫雨溏的心狠狠地揪了起來。

爲了一隻熊犧牲一條寶貴的人命，肯定是不值得，但林亮偉要救的並不是熊，而是林慶恩；林慶恩回去拿的也不只是熊，而是爸爸送給他的寶貝。他只是想遵守跟爸爸的承諾而已，這樣的他承受不了這種指責的。

於是，溫雨溏才會忍不住出面制止張佩琳。她能體會張佩琳的心該有多痛，她同樣無法接受林亮偉就這麼離世的事實，但正因如此，她才不希望張佩琳繼續被情緒掌控、說出難以彌補的話。

然而，她並非聖母。她會同意撫養林慶恩，也是有私心的。她想守護林亮偉的兒子，這是她紀念並想念林亮偉的方式。

那晚過後，溫雨溏變得沉默寡言許多，時常一個人坐在店裡發呆。

林慶恩並沒有多問，只是默默地將溫雨溏的工作攬過來做，包含即將在育幼院舉辦的下一場活動。

好在這段時間杜之揚雖然忙碌，但若提早收工回到家時，都會幫忙林慶恩製作活動要用的道具，分攤了林慶恩不少工作。

「你都不好奇雨溏阿姨怎麼會突然這樣嗎？」杜之揚邊剪紙邊若無其事地問。

「那天晚上，我覺得口渴想下來倒水喝，其實聽到了你們的對話。」林慶恩黏貼的動作頓了一下，旋即輕聲說，「是因爲我爸吧。」

杜之揚的心跳漏掉一拍，屏住呼吸試探地問：「你聽到什麼？」

「一開始是聽到你說小熊先生的由來，後來才聽到雨溏阿姨是我爸的初戀。」林慶恩抬頭看著杜之揚，疑惑地反問，「還有什麼是我沒聽到的嗎？」

「沒有！就這樣了！」杜之揚暗自鬆了一口氣，還好林慶恩沒聽到他的自白，趕緊轉移話題，「我只是在想，你會不會因此跟雨溏阿姨產生隔閡？」

「因爲她跟我爸的關係嗎？」林慶恩的唇角勾了勾，「那是屬於他們之間的青春往事，我不會因此覺得不舒服，反而更感謝雨溏阿姨努力照顧我長大。」

林慶恩想著，因年少時的一段情分而將一個孩子帶在身邊，被迫從少女轉換成媽媽的角色，是多麼勇敢的選擇。換作是他，他應該做不到吧！

忽然，家裡的門鈴響了，杜之揚起身去對講機前看監視器畫面，一張俊臉瞬間冷了下來，一聲不吭地走回位置。

「誰啊？」林慶恩皺著下眉頭，會讓杜之揚有這種反應的人並不多。

「按錯門的。」杜之揚隨口回答。

林慶恩自然不相信，正打算起身去查看，手機卻響了起來。他看了一眼來電顯示，了然地說：「你媽在外面？」

「她打給你？」杜之揚的臉徹底垮了下來，「不要接。」

「這樣會吵到雨溏阿姨休息的。」林慶恩指指樓上。若他不接電話，杜之揚的媽媽一直按電鈴也不是辦法。

「算了，你別接，我去開門。」杜之揚不想要他媽養成找不到他就轉而騷擾林慶恩的壞習慣。

杜之揚將門一把拉開，看著堆滿笑容的母親，冷淡地問：「妳來幹嘛？」

杜母范欣妍的笑意微僵，硬著頭皮舉起手上的保溫壺，「之揚，媽想說你好久沒有回家了，我也好一陣子沒看到你，就燉了雞湯來給你喝。」

「就只是這樣，沒有別的目的？」杜之揚直視著他的母親問。

「沒、沒有啊！媽真的就是想來看看你，你看你都瘦了。」范欣妍往前一步，伸出另外一隻手想摸杜之揚的臉。

杜之揚下意識地退開，接著將范欣妍手中的保溫壺接了過來，「雞湯我收了，人也看到了，妳可以回去了。」

「之揚，你難道就這麼不喜歡媽嗎？」范欣妍的語氣帶著濃濃的失落。

「妳說呢？面對一個動不動就想設計我、轉眼就能將我出賣的媽，妳告訴我該怎麼歡迎？」杜之揚嘲諷地笑問，「說吧，妳今天來的目的是什麼？不說我要送客了。」

「我……」范欣妍的臉色一陣青一陣白，想反駁卻不知道自己能否認什麼，最後嘆了一口氣，「我是想來跟你借點錢。」

「是要，不是借。你們從我身上拿走的錢從來沒還過我。」即使杜之揚早就知道他母親的來訪並不單純，但心仍是微微地痛著。他多麼希望他母親眞的如她所說的，只是燉雞湯來探望許久未見的兒子。

「之揚，你一定要這樣講話嗎？我跟你叔叔並不是乞丐，也沒要求你一定要借我們。」范欣妍惱羞成怒地斥道。

「哦！這樣說來，我可以選擇不給，那個男人也不會去跟媒體哭訴，然後散播棄養的消息囉？」看著母親越來越差的臉色，杜之揚也懶得再維持笑臉，「替那個男人說話或者替妳自己找個義正詞嚴的理由，妳的良心就不會痛嗎？妳就沒有一絲心疼過我嗎？」

范欣妍愣了愣，旋即紅了眼眶，「之揚，媽知道我欠你很多，也知道你一直不喜歡你叔叔。可是，這些年你叔叔已經有改變了不是嗎？他開始做起小本生意，也不再對你拳打腳踢，你能不能就別再跟他計較從前的事了？」

一直默默地聽著兩人對話的林慶恩，眉頭緊緊深鎖著。母子不應該是世界上最親密的關係嗎？他眞的懷疑杜之揚到底是不是她的親生兒子，爲什麼一個母親可以爲了自己的男人，不斷地壓榨利用，甚至傷害自己的小孩？

那個男人之所以會做起小本生意，也是因爲從杜之揚那邊要來了不少錢，他才有本錢去做生意；不再對杜之揚拳打腳踢也並非良心發現，除了因爲杜之揚已經長大、會反抗了，更多的因素是對他而言杜之揚是隻金雞母。

杜之揚真的被氣笑了，好在他對他母親並沒有太多期待，「我沒被他打死是我命大，是我老爸在天有靈，妳沒資格要求我怎麼做。」

「我是你媽！這是你對媽媽說話的態度嗎?!」范欣妍氣呼呼地質問。

「媽媽？過去這些年，但凡妳有一點當媽的自覺，我對妳就不會是這樣的態度了。妳今天單獨來了也好，有個東西我早就應該拿給妳了，雖然對妳來說可能一點也不重要。」語畢，杜之揚立刻衝回自己的房間，很快便拿著一張泛黃的紙走回來。

「在妳想出無數個理由和藉口，讓自己可以心安理得地丟棄爸，轉而投入那個男人的懷抱時，爸早就做好犧牲的打算，即使親眼目睹妳出軌！而妳呢？爲了那個男人，爲了妳所謂的愛情，不惜拋夫棄子去破壞別人美滿完整的家庭！」

杜之揚將那張泛黃的離婚協議書放在范欣妍手上，「一樣都是愛一個人，雨溏阿姨的愛是祝福，我爸的愛是成全，而妳的愛，只有自私。」

范欣妍看著陳舊的離婚協議書，頓時淚崩，她激動地喊著：「我沒有！至少我沒有拋棄你！」

「妳沒有嗎？」杜之揚直勾勾地盯著她，那眼神竟讓范欣妍心虛地不敢直視。

最後，杜之揚拿了五萬給他的母親，在他母親走後，他笑著對林慶恩說，他是花錢買寧靜。

那笑容是那麼的勉強和無力，看得林慶恩的心忍不住揪緊了起來。

那日之後，杜之揚開始用工作麻痺自己，再加上溫雨溏始終還沒調適好心情，店裡只剩林慶恩在忙碌了。他不只要準備育幼院的活動道具，還要兼顧店裡送來清洗和修補的玩偶，每天都忙得焦頭爛額。

這天，當林慶恩終於忙一段落，將要捐給育幼院的二手玩偶全部縫補清洗乾淨，並且包裝好，準備要先送去育幼院時，卻接到了韓若瑩的電話。

韓若瑩的語氣相當焦急，「慶恩嗎？師母能不能拜託你現在過來我家一趟？」

「師母，怎麼了？」林慶恩平靜地問。

「我、我、我剛剛一時情緒失控，就拿了剪刀剪下其中一隻熊的頭……我眞的不是故意的，我回過神來，就看見那隻熊的頭被我剪下來了！」韓若瑩哽咽地說，「怎麼辦？嘉楠回來一定會生氣的！」

「師母，您別急，不然您先把那隻熊裝起來，明日等老師出門上班，我再過去跟您拿好嗎？」林慶恩提議，若是他先去韓若瑩家幫她修補那隻熊，肯定來不及將二手玩偶送去育幼院。

「不行！嘉楠每天都會看那三隻熊，少了一隻，他一定會發現的！」韓若瑩吸了吸鼻子，眞的急哭了，「慶恩，拜託你幫幫我好不好？我眞的不能失去嘉楠！」

不過就是一隻熊，有這麼嚴重嗎？林慶恩心裡雖這麼想，但他還是點頭應下，「好，師母等我一下，我馬上出發。」

只要他動作快一點，應該不會碰上顧嘉楠才對。

林慶恩抱著這樣的心情來到韓若瑩家，也迅速打開工具箱，開始縫補斷頭的小熊，但基於愛熊的那一顆心，他眞的覺得韓若瑩拿剪刀把小熊的頭剪掉滿殘忍的。

「你是不是覺得我很可怕？」韓若瑩看著林慶恩越來越凝重的表情問。

林慶恩並沒有回答，他說不出違心之言。

「我自己都覺得很可怕，但我只要看到這些熊就好恨！」韓若瑩緊握著拳頭，全身都在顫抖。

林慶恩皺眉，「師母，請您冷靜點，這只是玩偶，把氣出在玩偶身上沒有用。」

「不然我該把氣出在誰身上？當年要不是爲了替嘉楠送這三隻小熊去學校，我也不會出車禍，不會變成這副德行，不會永遠失去我的雙腳和我熱愛的田徑！」韓若瑩情緒失控地哭喊，「結果呢？在我勉強救回一命的時候才知道，原來他是要拿這三隻熊去跟他喜歡的人表白！那我的犧牲到底算什麼?!」

正拿起小剪刀要將線頭剪掉的林慶恩猛然一頓，小剪刀應聲落地。

「很諷刺、很好笑，對吧？」韓若瑩又哭又笑，表情憔悴，目光悠遠，自顧自地說起以前，「我在十三歲的時候認識他，我們是同班同學。那個時候的他剛轉學過來，人長得高大帥氣，但是眉眼間卻總有一股化不開的憂傷，看起來很不開心，讓我忍不住想接近他……」

當年，顧嘉楠父母離異後，他和妹妹都選擇跟著他的母親，來到人生地不熟的城市。顧嘉楠除了要適應陌生的環境和同學之外，還要照顧離婚後罹患了重度憂鬱症，隨時都有輕生念頭的母親。

他每一天都繃緊了神經在生活，變得沉默寡言，也沒時間融入校園生活，漸漸地成了獨行俠。他覺得這樣也沒有什麼不好，父母分開對他的打擊也很大，只是他沒有時間悲傷。

只有一個人例外，非但沒有把他當成透明人，還每天都來找他說話；即使他總是對她擺著一張冷臉，那個女孩還是笑得很開心，像顆小太陽似的，逐漸照進他內心的那片黑暗。

韓若瑩回想起來，顧嘉楠真正轉變對她的態度，是在她無意間救了他的妹妹顧嘉婕之後。那個時候的顧嘉婕也因為家中因素變得相當叛逆，儼然就是小太妹一枚，男女關係更是複雜，時常搞得顧嘉楠要押著她到處跟人道歉。

身為田徑隊王牌的韓若瑩，往往都是練習得最認眞也最晚離開學校的人。那天，她練習結束經過籃球場時，看見角落圍了一群人，當下就覺得不對勁，看到那群人開始對著中心的位置拳打腳踢，她便吹響隨身攜帶用來防身的哨子，並喊著「老師來了」。

那群學生根本來不及反應，一陣驚慌失措後，便慌不擇路地散開。韓若瑩趕緊上前查探抱頭趴在地上的女孩，並攙扶頭暈的她回家；一直到送她走進家門，看見顧嘉楠也在那屋子裡，韓若瑩才知道原來這裡是顧嘉楠的家，而她隨手幫忙的女孩竟是他的妹妹。那日之後，韓若瑩明顯感覺到顧嘉楠不再拒她於千里之外了。慢慢地，兩人越走越近，她開始了解顧嘉楠的過去，以及現在遇到的困境。

於是，韓若瑩時常會跑來顧嘉楠家陪伴他的母親說說話，會帶好吃的東西和新奇的物品轉移他母親的注意力；而顧嘉婕也因為韓若瑩救過自己，對她始終保有感激和敬重，久而久之，顧嘉婕也被韓若瑩導回了正途。

韓若瑩也發現自己在朝夕相處中喜歡上顧嘉楠這個人，而顧嘉楠身邊較為親近的朋友，也只有她一個異性，所以她自然而然地認為兩人終究會走到一起，甚至連他們周圍的朋友也默認他們兩人是一對的。她便沒有去找顧嘉楠問清楚，究竟把她定位成朋友還是情人？

一直到顧嘉楠去大學代課那陣子，她開始感覺到顧嘉楠的情緒波動跟往常不同，時常看著手機傻笑。有一次更問她喜歡一個人是什麼感覺？那時她才突然領悟顧嘉楠喜歡上別人了，他對自己的態度始終是好朋友而已。

韓若瑩也不是拿得起放不下的人。固然難過，但她還是選擇祝福，她告訴自己情人當不成，如果能當永遠的好朋友，也沒什麼不好。因此當顧嘉楠打電話跟她求救，拜託她送東西到學校時，她二話不說便放下手邊的事，衝去他家幫他拿那個裝著三隻小熊的紙袋趕往學校。

可就在途中，韓若瑩不幸被一輛酒駕的進口車撞得正著，雙腳粉碎性骨折，在醫院搶救了兩天一夜後才轉進加護病房觀察。

得到消息的顧嘉楠在第一時間就前往醫院，一直守在病房外，寸步不敢離開。他不是沒想到跟林慶恩的約定，但韓若瑩是因他而出事，他無法丟下她離開，因此就算手機沒了電，他還是忍著，堅持等到韓若瑩脫離險境。

韓若瑩整整昏迷五天，醒來的時候剛好聽見她爸爸正破口大罵。從她爸爸的罵聲中，她知道自己永遠失去了雙腳，接著又聽見顧嘉楠說他會負責，然後她爸爸又罵罵咧咧了好久才離開。

韓若瑩等了一陣子，確定爸爸眞的離開之後，她才睜開眼睛。沒想到映入眼簾的是顧嘉楠從紙袋中拿出那三隻小熊仔細看著的畫面，那眼神裡有著她從沒看過的溫柔和眷戀。當下，她才恍然大悟，原來她急忙去送的東西，竟是顧嘉楠要送給他心上人的禮物！

韓若瑩心裡好恨，卻不知道自己該恨誰，恨讓她失去雙腳的交通事故？恨顧嘉楠拜託她幫他拿東西？恨那三隻要送給他心上人的小熊？還是要恨即便已經變成這樣了，還是不敢發脾氣，只要能嫁給顧嘉楠的自己？

「這麼多年了，他還是沒有放下他心中的那個人。他娶我不過就是爲了負責罷了，對我好也只是爲了彌補他的愧疚感而已。」韓若瑩凝視著林慶恩手上已經修補好的熊，有氣無力地笑著。

林慶恩一句話也說不出口，他的心好酸，原來當年顧嘉楠失約的眞相竟是這樣。爲了那個約定，還間接導致韓若瑩失去了一雙腿。罪惡感瞬間籠罩著林慶恩，他甚至無法直視韓若瑩的眼睛。

「慶恩，你是嘉楠的學生，嘉楠也只代過那一次大學的課，之後便一直是國中體育老師。你知道嘉楠當年跟誰走得很近嗎？還是他喜歡的人到底是誰嗎？」韓若瑩突然抓住林慶恩的手腕，神情緊張地問。

林慶恩下意識地轉動手腕，想將手收回，但是韓若瑩握得死緊，林慶恩根本掙脫不了。情急之下，林慶恩喊出聲：「您弄痛我了！」

「對不起！」韓若瑩嚇得放開手，彷彿這才回過神來，噙著眼淚哭著說，「這一、兩年我時常像這樣，越來越無法控制自己的脾氣，特別是看到這三隻熊，我就會一直浮現想要毀了它們的念頭。我知道我自己的心生病了，可是，我真的好不起來……」

偌大的客廳迴盪著韓若瑩壓抑的哭聲。許久後，待韓若瑩的哭聲漸歇，林慶恩才開口：「師母，您別太難過了，不管那個人跟老師的過去怎麼樣，您現在是老師的妻子這一點，才是最重要的。這隻小熊我已經縫補好了，沒事的話我就先走了。」

偏巧在此時，大門被人從外面打開，顧嘉楠一看見林慶恩，又驚又喜地說：「慶恩？你怎麼來了？」

「老公，你回來啦！」韓若瑩強迫自己揚起笑容，看著顧嘉楠手上溼答答的雨傘，「外面下雨了？」

「對。」顧嘉楠點了下頭，隨即看向林慶恩淺笑，「慶恩，你肯定又沒帶傘，我送你回去吧？別又淋雨了！」

不，其實這五年來，在杜之揚的提醒下，他早就養成了帶傘的習慣了。就算他眞的忘記，杜之揚還是會在百忙之中依照天氣預報，將傘塞進他的背包裡。

「我有——」

林慶恩都還沒說完，韓若瑩便開口：「慶恩，不如留下來一起吃飯吧！我今天煮了不少菜呢！我們可以邊吃邊等雨停。」

「不用了，我有帶傘，顧老師也不需要送我。」林慶恩搖頭拒絕。

「慶恩，你眞的不能留下來陪我吃頓飯嗎？自從變成這樣之後，我就很少出門，也沒什麼朋友，你能聽我說話，我眞的很開心。這頓飯就當作我今日臨時請你幫忙的謝意，好嗎？」韓若瑩誠懇地說著，林慶恩卻越聽越難受。

最後，林慶恩還是答應了，濃烈的愧疚感讓他無法拒絕韓若瑩的要求。

可從吃第一口飯開始，林慶恩就覺得餐桌上的氣氛壓抑得快讓人窒息。

「這空心菜炒得太鹹了，魚肉卻又太淡了。」韓若瑩自嘲地笑了笑，看著坐在她隔壁的林慶恩，以及坐在她對面的顧嘉楠，「我還眞是個沒用的人。腳沒了，連味覺也有問題。煮飯是我現在唯一能做到的事，沒想到還是煮得亂七八糟，你們別吃了，我來叫外送，這些都倒掉吧！」

「若瑩，妳別這樣說，我覺得很好吃。」顧嘉楠勾唇淺笑，替韓若瑩盛了一碗湯，「或許是口渴影響味覺，妳先喝點湯吧！」

「老公，跟這樣無能的我相處，不累嗎？」韓若瑩眼眶泛淚，將碗接了過來，「如果你想離婚的話，我可以成全你。」

顧嘉楠的眼裡有著深不見底的疲憊，語氣依舊溫和，「說什麼傻話，我答應過岳父要照顧妳一輩子，怎麼可能跟妳離婚？」

「但你愛我嗎？」韓若瑩直視著顧嘉楠的眼睛，語氣中帶有若有似無的控訴。

顧嘉楠下意識地看了林慶恩一眼，發現林慶恩正低頭吃著飯，似乎對他們二人之間的對話充耳不聞。

其實林慶恩都有聽到，但是除了沉默，他不知道自己還能做什麼？

林慶恩突然明白時隔五年再次遇到顧嘉楠，為什麼他的眼裡再也沒有耀眼的光芒。他每一天都是活在這樣的精神折磨底下，無法反抗，只能承受。

顧嘉楠輕嘆了一口氣，伸手握住韓若瑩冰冷的手，「若瑩，我們認識了那麼久，能像家人這樣互相陪伴、互相扶持才是最難能可貴的，不是嗎？」

韓若瑩緊閉雙眼，任淚水滑落。她要的從來就不是家人！

「你從來就沒有愛過我，對嗎？」韓若瑩再次睜開眼，仍是不依不饒地問著。看著顧嘉楠沉默的樣子，不由得提高分貝喊：「為什麼不回答？說實話很難嗎？」

同時，因為控制不了激動的情緒，韓若瑩不小心將捧在手上的碗打翻了，湯碗沿著桌面滾落到地面，碎成無數碎片，熱湯亦四處飛濺。

就坐在隔壁的林慶恩首當其衝被一片碎片割傷腳腕，熱湯也灑了不少在他的褲管上，令他吃痛地皺了一下眉。

韓若瑩發現自己情緒失控傷了林慶恩也很著急，正想關心林慶恩，卻發現有人的反應比她還要更快。

「慶恩！」顧嘉楠騰地站了起來，立刻走到林慶恩身邊蹲下查看他的傷勢，而後抬頭緊張地問，「流血了，要馬上包紮。你被熱湯灑到的部位怎麼樣？燙嗎？還是沒有感覺了？」

面對顧嘉楠的數個問題，林慶恩愣了幾秒，才想到要將腳收回，「我沒事。」

顧嘉楠卻抓緊他的腳踝，嚴肅地說：「怎麼會沒事？被燙傷的地方要馬上沖冷水才行。」

「那我現在馬上回家好了。」林慶恩順勢說，拿起背包就要離開。

「不行！這樣拖太久了，我去找一件短褲，去客房沖洗一下吧！」顧嘉楠攔住林慶恩，態度相當堅決。

韓若瑩疑惑地看著兩人的互動，特別是顧嘉楠的模樣，竟讓她覺得眼前的人好陌生。她似乎已經很久很久沒看過這麼生動的顧嘉楠，不是那個對她的脾氣無條件包容、逆來順受的顧嘉楠。

顧嘉楠會這麼焦急，是因爲林慶恩是他的學生，還是……另有原因？

林慶恩瞥見韓若瑩蹙著眉頭的模樣，反倒更強硬地拒絕顧嘉楠，「顧老師，我已經不是學生了，能夠照顧好自己，您別總是把我當作小孩子。」

「慶恩的個子較小，不如我去找一件我的休閒褲吧？」韓若瑩將心中的疑惑壓下，適時地打斷兩人僵持不下的局面，畢竟林慶恩是因她才受傷，「而且外頭雨勢還這麼大，慶恩，你就先在這裡處理傷口好嗎？否則我會很擔心的。」

一對上韓若瑩期盼的目光，還有看見她坐在輪椅上的模樣，林慶恩便拒絕不了，只能輕點了下頭。

因韓若瑩行動不便的關係，雖說這間屋子裡有加裝電梯，但韓若瑩和顧嘉楠仍是用一樓客廳旁的房間當主臥，客房反而在二樓。

林慶恩清理完傷口後，坐在床頭打量著這個客房。書架上擺放著那三隻小熊，是剛才顧嘉楠帶他過來時一同拿上來的。

房間的主色以黑白爲主，那三隻小熊反倒成爲唯一鮮明的存在，讓人一眼就能注意到，無法忽視。怪不得韓若瑩容不下這三隻小熊，換作是他，大概也會像韓若瑩那般失控吧！

好在顧嘉楠選擇將它們放在客房，若放在主臥，情況可能會更糟。

林慶恩看見床頭櫃上的照片是顧嘉楠與韓若瑩的合照，照片中兩人的臉上皆掛著燦笑，特別是韓若瑩，那活潑有朝氣的模樣是林慶恩從未看過的。

這就是以前的韓若瑩嗎？林慶恩很難將現在的韓若瑩跟照片中這個樂觀開朗的女孩做連結，若不是當年那場意外，韓若瑩的人生應該也不會變成這樣。

而自己，終歸與那場意外脫離不了干係。

林慶恩輕嘆了一口氣，內心無比沉重，彷彿壓著千斤重的石頭。他的腦海裡瞬間浮現杜之揚那張滿不在乎的笑臉，此時此刻，他突然好想見到杜之揚，想把這裡發生的一切都告訴他。

驀地，林慶恩的手機響起，他一見來電顯示便笑了，「收工了？」

「嗯，剛收工。」杜之揚沙啞的嗓音自話筒裡傳出，懶洋洋地說，「我剛打電話回家問雨溏阿姨，她說你還沒回到家，下雨了，你有帶傘嗎？」

「就算我沒帶，你不是都會塞進我的背包裡嗎？」林慶恩笑著反問。

杜之揚亦笑了，「我怕你白目嫌麻煩又拿起來。」

「我已經很久沒這樣了好嗎？你要記多久？」林慶恩翻了個大白眼，那是他學生時代才會做的事。沒辦法，大學的原文書那麼重，背包都重得要命了還要硬塞一把雨傘，當然就會很順手的把傘拿起來啊！

「我知道，但還是問一下比較安心！」杜之揚邊說邊向一旁喊，「老闆娘，我要大辣哦！」

林慶恩聽出杜之揚在家裡附近那間鹹酥雞店買炸物，嘴角的笑意更甚，即使剛剛有吃了一些飯，肚子卻陡然叫了起來，「我要雞皮！」

「知道啦，早就幫你點了。」杜之揚的嘴角勾起一抹淺笑，眼神格外溫柔，只可惜林慶恩看不到，「什麼時候回來？需要去店裡載你嗎？」

「不用，我不在店裡。」林慶恩的眼神一暗。如果可以，他也想馬上離開這裡，可是知道韓若瑩失去雙腳的原因後，他已經無法再像之前那樣置身事外。

杜之揚敏銳地發現林慶恩語氣細微的轉變，「發生什麼事了？你在哪裡？」

林慶恩沒有隱瞞，「我在顧老師家。」

杜之揚先是沉默了數秒，接著才開口：「事情都處理完了嗎？我現在過去載你？」

這就是杜之揚，這個男人從來不會問他為什麼，除非他自己說出口。

但林慶恩不知道的是，杜之揚不是不好奇，也不是要給林慶恩時間自我消化，而是杜之揚最在乎的只有林慶恩的心情而已。

「處理完了，可是我不知道怎麼走。」林慶恩心亂如麻，一時也沒有頭緒。他眞的不知道要怎麼離開這裡，甚至不知道要怎麼面對韓若瑩。接著，林慶恩將今天發生的一切，簡單扼要地告訴了杜之揚，「所以，我現在在他們的客房裡。」

「林慶恩，人不是你撞的，也不是你叫她送東西的，你不要覺得是你的責任。在整件事情上，你不過就是被顧嘉楠喜歡上的人而已；你不能負責，自然也不需要負責。」

杜之揚就事論事地說著，並不是在偏袒林慶恩，「其實我覺得，顧嘉楠也不需要用婚姻來做為補償，娶一個自己不愛的人，反倒是一件折磨對方的事吧？」

就如同他的父母，他母親根本不愛他父親，這樣勉強在一起生活，每天只是不斷地爲各種瑣事爭吵，沒有人幸福和快樂。

「但這是師母想要的。」林慶恩肯定地說。

「你可以去問問她，這五年下來，這樣的日子還是她想要的嗎？」杜之揚嘆了一口氣，語重心長地說，「不管是不是她想要的，都跟你沒有關係。她在這段婚姻中過得不幸福，那也是她跟顧嘉楠之間的問題，你爲什麼要覺得愧疚？

「林慶恩，講白一點，韓若瑩用她那雙腳去換取的是婚姻，並不是顧嘉楠的愛；

顧嘉楠愛的人並不是她，當然會跟她理想中的婚姻生活有很大的落差啊！但她不能將這一切的不滿都歸咎到她失去雙腳這件事上嘛！」杜之揚嘖了一聲，一針見血地又補了一句，「今天失去雙腳的如果是你，顧嘉楠對你的態度自然跟她不同啊！

「啊！呸呸呸！我說得太快了，這話多不吉利，不算不算！」要不是人還在大街上，杜之揚差點就要打自己的嘴巴了。

林慶恩不禁被杜之揚的反應逗笑了。不得不說，經由杜之揚這麼一說，他的心情好了不少。這不是代表他爲自己開脫，他仍覺得當年那場意外，自己也有責任；不過就像杜之揚說的，韓若瑩不開心的原因並不是失去雙腳，而是得不到顧嘉楠的愛。

至於顧嘉楠的愛……不只韓若瑩得不到，他也得不到，不是嗎？

林慶恩遲遲沒回應，杜之揚忍不住問：「林慶恩？你有在聽嗎？」

「有。」林慶恩悶聲回答。

「其實有個辦法可以救韓若瑩脫離苦海。」杜之揚沉吟了幾秒，壓抑著心裡的苦澀，佯裝輕鬆地說，「只要顧嘉楠離婚，你們就能有情人終成眷屬，然後你們一起用別的方式照顧或補償韓若瑩，這樣你們才都有可能幸福。」

林慶恩倏地站了起來，不敢置信地問：「你瘋了！你知道你在說什麼嗎？」

「我知道，但長痛不如短痛，跟一個不愛自己的人在一起，眞的不會幸福。換個方式補償韓若瑩，或許對她來說才是一種解脫。」杜之揚覺得顧嘉楠這種負責的方式才是眞的殘忍。

「不可能，我認識的顧嘉楠，不可能就這樣跟一個因他而半身不遂的人離婚；倘若他眞的這麼做了，別人會怎麼說他，會怎麼看待他？」林慶恩猛搖頭，杜之揚的想法太過瘋狂，他無法認同。

「別人怎麼說他、怎麼看待他重要嗎？別人的目光有比自己的人生重要嗎？」杜之揚反問，「那他當初娶韓若瑩的行爲到底是發自內心要負責，還是因爲普遍的旁人認爲他應該要這麼做，他才做的？」

聞言，林慶恩竟一句話都說不出口。這個問題歸根究柢很簡單：你是爲了自己還是爲了別人而活？

他可以確定杜之揚是爲了自己而活。他不願意去做的事，就算拿他的演藝事業來脅迫，他也不會去做。能讓他妥協的人事物並不多，而每一個都是他在乎的，好比說他媽媽。

那顧嘉楠呢？林慶恩心目中的他，幾乎是個完美的存在。他不像杜之揚那樣自在隨性，他有非常嚴格的自我要求，更是大家眼裡的好老師，認眞、正義，有分寸的人。這樣的他怎麼會容許自己做出讓自己也不認同的行爲？

「算了，繼續糾結下去也沒個結果，鹹酥雞好了，我過去載你吧！等等見。」說完，杜之揚就掛電話。

林慶恩將手機收進口袋裡後，查看了自己的傷處，確定無大礙之後，便去浴室換回自己的長褲，開始整理背包打算離開。

在林慶恩清理傷口的這段期間，顧嘉楠也沒閒著，在安置好韓若瑩後，便開始收拾方才的殘局。

韓若瑩坐在客廳，靜靜地看著在廚房忙進忙出的背影。這樣的事不是第一次發生，亦不會是最後一次。但這五年來，顧嘉楠從來沒有因此發過脾氣，總是無條件包容她的無理取鬧。

這個時候，韓若瑩心中總會湧起無限悔恨，眼前的這個男人都已經對她這麼好了，幾乎是無微不至的照顧，她還想怎樣？

要求他愛她嗎？他已心有所屬，她不是早就知道了嗎？韓若瑩複雜的目光不由得看向二樓。有一個猜測就在自己的心中，只是她不願多想，也不敢多想。

「若瑩，累了吧？先去洗澡吧，我去幫妳準備換洗衣物。」

韓若瑩拉住顧嘉楠的手，緊緊擁入懷裡。她雙肩不住抽動，小聲地說著什麼，顧嘉楠辨認了許久才發現，她說的是「對不起」。

顧嘉楠捧起韓若瑩的臉，輕輕地抹去她臉上的淚痕，「沒事了，每個人都有不小心的時候，妳別想太多。」

「嘉楠，你能不能抱抱我？」韓若瑩的眼角滑落一滴透明的淚珠，仰頭問著顧嘉楠。她真的好愛好愛這個男人。

韓若瑩的眼裡飽含著太多複雜的情緒，顧嘉楠撇開目光，彎下身來給她一個擁抱，「真的沒事，妳不要再哭了。」

這個溫暖的懷抱使得韓若瑩的眼淚掉得更凶。她幾乎無法控制自己滿溢的情感，雙手鬆開顧嘉楠的腰後，轉而攀上他的脖子，隨即獻上自己的吻，忘情地親著顧嘉楠微涼的嘴唇。

顧嘉楠的身體猛地緊繃，必須非常克制自己才能忍住推開韓若瑩的衝動。

「嘉楠，吻我。」韓若瑩面色潮紅，捧著顧嘉楠的臉頰嬌羞地說。

顧嘉楠輕嘆了一口氣，「若瑩——」

韓若瑩不給顧嘉楠拒絕的機會，雙唇便又覆了上去，白皙的雙手更在顧嘉楠的身上游移，急著想要脫掉顧嘉楠的上衣。她語帶顫抖地渴求，「求你，要我，我們生個孩子好嗎？」

顧嘉楠倏地抓住韓若瑩的手，耐心地說：

「若瑩，孩子的事不急，妳先把身體養好——」韓若瑩聞言大叫一聲，徹底地崩潰了，「這個藉口你已經用了五年了！我的身體哪裡有問題？還是你根本就是嫌棄我是個殘障?!」

「我沒有，我從來就沒有嫌棄過妳！」顧嘉楠語氣眞誠地回答。

「那你爲什麼就是不肯碰我？」韓若瑩的淚如雨下，羞恥又委屈地質問。

沒錯，這五年來，顧嘉楠從未碰過她！無論韓若瑩有多主動，顧嘉楠總是以身體因素爲由拒絕她的求歡，外人眼裡的模範夫妻，根本有名無實。

顧嘉楠跟以往一樣，每次問到這個問題，他便是一陣沉默，然後等韓若瑩發洩完再好好安撫她。

可韓若瑩今日卻與往常不同，不再只是哭，而是接著用控訴的口吻逼問：「你是對我沒興趣，還是對所有女人都沒興趣？」

顧嘉楠的瞳孔緊縮。他不曉得爲什麼韓若瑩會問出這樣的問題，也不知道該怎麼回答她。

韓若瑩遲遲等不到顧嘉楠的回答，然而顧嘉楠的沉默卻已經告訴了她答案。她深吸了一口氣後問：「你喜歡的人——是慶恩吧？」

咯——樓梯的轉角傳來細微的物品掉落聲，兩人同時轉頭過去，卻看見掉在地上的手機，以及一臉呆滯的林慶恩。

林慶恩不是故意偷聽的。而是他剛走下來便看見韓若瑩求歡的畫面，本想走回客房避一避，但是兩人接下來的對話卻讓他無法動彈，就連剛接起來的電話也還來不及聽，便手滑摔落在地。

「慶恩，我說得沒錯吧？你就是他當年要告白的那個人，我的腳就是因你而廢的吧！」韓若瑩的唇角勾起一抹冷笑，緊握著雙拳忍著極大的憤怒。

顧嘉楠的臉瞬間黑了下來，嚴肅地說：「若瑩，妳在說什麼？當年是我拜託妳幫我送東西來學校，才讓妳遇上不幸的意外，妳的腳與慶恩無關！」

「呵，我才講他兩句，你就心疼了？這麼著急著要替他澄清？事實上，我這雙腳會變成這樣，你們一個個都跑不掉！」韓若瑩的臉滿是怒意，怨恨的目光在顧嘉楠和林慶恩身上遊走，「噁心的賤人！還在我面前上演老師與學生久違重逢的戲碼，其實你們已經暗地裡聯絡好一段時間了吧？林慶恩，你根本就是要來搶走嘉楠，想要舊情復燃吧！」

林慶恩直搖頭，他真的已經跟顧嘉楠沒有聯絡了，更絲毫沒有要跟顧嘉楠在一起的意思，他只是緬懷過去那些美好的回憶而已。

「若瑩，夠了！不要再口出惡言傷人了！沒錯，我是喜歡慶恩，以前是，現在也是。可是慶恩他從來就不知道！畢業典禮那天我確實是打算用那三隻熊跟他告白，但得知妳出了意外後，我便一直守在醫院、等妳清醒，根本沒有跟他聯絡，甚至連句抱歉都來不及說。」顧嘉楠心疼地看著林慶恩，「我已經欠他很多很多了，請妳不要再傷害他。」

林慶恩望著顧嘉楠的眼睛，瞬間紅了眼眶。五年前的那個約定對他來說，何嘗不是一個心結？而今天顧嘉楠親口對他解釋，竟讓他心中的那個疙瘩突然釋懷。

忽地，大門傳來啪啪啪的巨大聲響，有人急促地拍著門，顧嘉楠只好先去開門。門一打開，一顆拳頭便直接往顧嘉楠的臉上招呼過來，毫無準備的顧嘉楠頃刻倒地！

「顧嘉楠你個混蛋！」杜之揚氣急敗壞衝上前扯著顧嘉楠的衣領，粗暴地將他從地上拉起來，大手一抬又要給他一拳。

「嘉楠！」

「杜之揚！」

韓若瑩和林慶恩下意識地大喊，林慶恩更跑過去拉住杜之揚的拳頭，「杜之揚你瘋了嗎？幹嘛一進來就亂打人？」

「瘋的人是這對夫妻吧！我在電話裡頭都聽到了，你是笨蛋嗎？我剛才跟你講那麼久，你沒聽進去嗎？那個女人這樣莫名其妙罵你，你怎麼不反駁？」杜之揚簡直氣炸了，看著林慶恩的眼裡滿是不捨。

原來林慶恩接通電話後，手機就掉在地上，所以杜之揚才將三人的對話聽得一清二楚。

「我——」

「你別說話，你一說話我會更生氣！」杜之揚立刻制止林慶恩，轉而面對顧嘉楠大罵，「你是不是男人？我不管你當初是因爲什麼原因娶這個女人，但既然娶了，就麻煩你管好她！你們夫妻之間的事扯林慶恩做什麼？

「還有妳！」杜之揚瞪著挪動輪椅來到顧嘉楠身邊的韓若瑩，「別總把自己失去雙腳這件事掛在嘴邊，世界上比妳可憐的人多得是，連妳自己都看輕妳自己，還指望誰看得起妳？分明就是妳三番兩次把林慶恩叫來妳家，結果現在卻說他想跟妳老公舊情復燃，妳說妳是不是有病？」

「你是誰？憑什麼闖進我家、打我的丈夫，還說這些話？」韓若瑩惱羞成怒地反問。

「因爲妳丈夫欠打，妳該慶幸妳是女人，否則我連妳一起打！」杜之揚氣呼呼地怒視著顧嘉楠繼續罵，「你要有種就跟這女人離婚，重新追求林慶恩；若是你的責任感讓你做不出來這樣的事，那就拜託你行行好，請你們夫妻再也不要出現在林慶恩面前！」

「你怎麼可以要嘉楠跟我離婚？你有什麼資格這麼做?!」韓若瑩幾乎是用吼的，離婚這兩個字就是她的禁忌，她愛顧嘉楠勝過自己，她不可能跟他離婚！「嘉楠，你爲什麼不說話？難道你眞的要爲了林慶恩跟我離婚，要丟下我一個人嗎？」

顧嘉楠想說點什麼反駁杜之揚，但他發現自己竟無話可說。杜之揚說得沒錯，這是他們夫妻之間存在的問題，不該將無辜的林慶恩牽扯進來，林慶恩沒有必要忍受韓若瑩的冷嘲熱諷。

可是要顧嘉楠離婚、重新追求林慶恩，這種念頭他只敢放在內心深處，若要他做，他做不出來。

「林慶恩，東西都收拾好了嗎？」杜之揚懶得再理會韓若瑩，邊瞪著顧嘉楠邊問著林慶恩，卻等不到林慶恩回答的聲音。

「林慶恩？」杜之揚疑惑地轉過頭去，看見林慶恩早就拾起地上的手機，站在一旁看著他，「我在跟你說話，你幹嘛不回答？」

「不是你叫我別說話的嗎？」林慶恩微微嘟起嘴巴，委屈地說。這人一來就發這麼大的火，他哪敢出聲啊？

「你——」杜之揚一見到林慶恩這模樣，滿腹怒火霎時消散，完全拿他沒轍，「算了，走吧，回家！」

語音未落，杜之揚便拉著林慶恩的手走出大門，邊走邊碎唸：「以後不准再跟那女人見面！他們家的熊要斷幾顆頭或幾隻手腳都不關你的事，有本事剪就要有本事縫啊，簡直莫名其妙！」

杜之揚的聲音並不小，屋內的韓若瑩聽見這番話，心臟陡然一緊；因林慶恩修補的技術極佳，再加上小熊的脖子上有衣服遮掩，所以韓若瑩並未跟顧嘉楠說她將小熊的頭剪下的事。

韓若瑩看著顧嘉楠瞬間冷下來的臉色，急忙拉住他的手，「嘉楠，你聽我解釋——」

「既然妳還不想洗澡，那我就先去了。」語畢，顧嘉楠便推開韓若瑩的手，頭也不回地走向二樓。

大雨漸歇，路上的車潮和行人逐漸多了起來，沿街的攤販也陸陸續續將小攤子擺好，原來今天有夜市。

林慶恩拉著走在他前方的杜之揚，總有一種今天的杜之揚特別高大的錯覺。只不過這個男人似乎怒氣未消，除了在韓若瑩家門口那些刻意講的話，到現在還不肯跟他多說一句。

「肚子癢。」林慶恩試著叫喚。林慶恩後來之所以會叫「肚子癢」，並不是爲了要跟杜之揚拌嘴，而是杜之揚的身分太容易被人認出，他才習慣在家裡以外的地方叫他「肚子癢」。

「你肚子才癢。」杜之揚沒有回頭，悶聲回答。

林慶恩認眞地說：「我不是肚子癢，我是肚子痛。」

「肚子痛？哪裡痛？」杜之揚立刻回頭，神色緊張地問。但一見林慶恩那掛著淺笑的臉，就知道自己被耍了，「痛死你活該！」

杜之揚又回過頭去繼續走著，但即使再生氣，始終都沒有放開林慶恩的手。

林慶恩微微施力，將杜之揚拉了回來，語氣難得輕快地說：「肚子癢，我們逛逛夜市再回家好不好？」

「逛夜市？你沒搞錯吧？我才剛買完鹹酥雞欸！」杜之揚傻眼，不知道林慶恩今天是哪根筋不對勁。

林慶恩用力地點頭，「鹹酥雞如果冷掉用氣炸鍋再炸一下就好，但我們已經很久很久沒有一起逛夜市了！」

林慶恩本身不喜歡人多的場合，而杜之揚則是因身分不便，所以兩人極少同遊。印象中，上一次逛夜市還是他們在咖啡廳重逢，杜之揚住進來之後不久，溫雨溏邀他們一起去逛夜市。

「雨溏阿姨不喜歡吃炸的，我們買她最喜歡的糖葫蘆回去給她吃。」林慶恩不曉得爲什麼自己突然有了逛夜市的興致，但他此刻就是很想跟杜之揚一起逛逛走走，或許是想讓杜之揚消消氣吧！

杜之揚了然地點頭，「原來是這樣，我還以爲你被附身了，正想帶你去廟裡一趟。」

「王八蛋，你才被附身啦！」林慶恩捶了杜之揚一下，這人根本故意的！

杜之揚樂得一陣大笑，他就喜歡看林慶恩生氣的模樣。其實他早就不氣了，只是心疼大過於生氣而已，之所以沉默地牽著林慶恩走，只是想給他一點時間靜一靜罷了。

看到杜之揚笑了，林慶恩的嘴角也不自覺勾起淺笑。他很謝謝這個男人，總是在他身陷泥沼的時候伸手拉他一把，緊緊地不放手，如同此刻。

第8章　活著的意義

每次要去育幼院舉辦活動，杜之揚總會提前把工作排開，將一整天的時間都空下來，對他而言，這不僅是一件有意義的事，跟天真無邪的孩子們一起玩耍，更是一種紓壓的方式。

杜之揚和林慶恩兩人起了個大早，早早就到店裡去準備，將昨日來不及搬過去育幼院的道具和禮物都搬去杜之揚車上，再一同出發。

出乎意料的是，溫雨溏出現了，雖然不若以往的朝氣蓬勃，但至少她的氣色看起來不錯，顯然是已經從那段青春往事中走了出來。

人似乎總是如此，會在某個時刻特別懷念過去失去的美好，甚至沉溺其中，不斷地想著若是那個重要的人還在就好了，若是自己當初勇敢一點做出不同的選擇，是否就能改寫結果？

但逝者已矣，再怎麼沉浸過去也無法改變現況。況且，那些美好並沒有失去，永遠都存在記憶深處，我們能做的只有收藏好那些珍貴的回憶，抬頭挺胸地往前走，才能體驗人生不同的風景。

溫雨溏算是想明白了，無論她再怎麼愛林亮偉，再怎麼悔恨當初出國的決定，都不能改變她和林亮偉的結局。那麼她就該帶著對生活的熱忱繼續前進，替林亮偉品嘗人生百態，以及他來不及觀看的美景。

這樣才是對生命充滿熱情的他，最好的懷念。

「對不起，這段時間讓你們辛苦了。」溫雨溏笑著說，更拍了拍林慶恩的肩膀，「特別是我們小恩寶貝，都瘦了，雨溏阿姨今晚再煮薑母鴨給你補補身體。」

「雨溏阿姨，妳老花加深了嗎？他哪裡瘦了，昨天在夜市吃那麼多，回家還吃了一堆鹹酥雞耶！」杜之揚有時候都懷疑林慶恩到底是吃哪去了？林慶恩不是特別能吃，但他喜歡高熱量的食物，也不見他長肉，這種吃不胖的體質真的是令人羨慕忌妒恨。

「肚子癢，你找打是不是？」林慶恩翻了個大白眼，昨天他那是心情好才多吃了一點，哪有杜之揚說的那麼誇張。

「好了好了，你們兩人一天不吵就渾身不舒服啊？我來顧店就好，你們趕快出發吧，小朋友在等你們了！」溫雨溏穿上工作圍裙，笑著朝兩人揮了揮手。

兩人甫將車駛進育幼院，就聽見孩子們熱情的歡呼聲。他們相視而笑，停好車後，合力將車上的物品一一卸下。

「你等著，我去找老師借推車吧，不然要跑好多趟。」杜之揚一說完就快步跑進教室裡，教室裡立刻傳來此起彼落的叫喚聲。

林慶恩聽著孩子們不停地喊著「小熊哥哥」，不禁莞爾。他在想，杜之揚在兒童界這麼受歡迎，走幼兒台那些水果哥哥的路線會不會更好？

驀地，林慶恩的眼角餘光瞥見圍牆邊站著一個人影，頭戴一頂毛帽，身穿羽絨外套，看那身形應該是一個女人。早在杜之揚將車子開進庭院時，林慶恩就注意到她了。

北部的秋天雖然比較涼，但不至於現在就開始戴毛帽，甚至穿上羽絨外套，只不過那時林慶恩以爲只是個經過的路人，沒想到那個女人到現在還站在圍牆邊望著育幼院，而她看的方向似乎就是教室。

林慶恩的視力很好，從他這個距離看過去，大約可以看見女人的輪廓和五官。那是一個皮膚蠟黃、眼眶深陷，臉龐消瘦的女人，看上去彷彿風一吹就會倒。

「怎麼了？在看什麼？」杜之揚推著推車回來，卻發現林慶恩正皺著眉頭看著遠方。

「圍牆邊站著一個女人。」林慶恩想了一下才問，「你不覺得她有點面熟嗎？」

「你別又說是我的鐵粉。我有臉盲症，那些粉絲的臉我能記住的沒幾個。」杜之揚順著林慶恩的目光望去，的確看見圍牆邊站著一個戴黑色帽子的女人。

「不是粉絲，我總覺得好像在哪裡看過她。」這個女人給林慶恩一種很熟悉的感覺，但他就是想不起來在哪見過。

「你初戀情人？」杜之揚滿臉疑惑，而後又喃喃自語，「不對啊，你又不喜歡女人。」

林慶恩先是賞了杜之揚一記白眼，才肯定地說：「我一定認識她。」

語落，林慶恩不自覺地邁開腳步，朝圍牆走去。以他的性格，他是絕對不會主動上前的。可是能讓他深刻地記進腦子裡的並沒有幾人，他想知道那個女人到底是誰？又為什麼要在育幼院外駐足？

好奇心的驅使下，杜之揚立刻跟上林慶恩，「喂！等我啊！」

似乎是發現林慶恩的靠近，女人驚慌地轉身想跑，才剛跨出一步，腳步一個踉蹌，眼看著就要跌倒。

好在林慶恩已經來到她身後，眼明手快地扶住女人，「妳沒事吧？」

女人想推開林慶恩，可是她真的使不上力，僅能虛弱地回答：「沒、沒事，我身體不太舒服，靠著牆休息一下就好。」

「可是妳已經靠牆很久了。」林慶恩將女人扶到牆邊，皺眉說，「若是妳眞的很不舒服，我們可以先送妳去醫院，或者幫妳叫計程車。」

女人雖然低著頭，林慶恩看不清她的五官，但她額上的冷汗卻是看得清清楚楚，而且正是這麼近的距離，林慶恩才發現女人身上有著濃厚的藥水味。

「不！不用！」女人驚恐地抬頭看著林慶恩，下意識地開口，「不要把我送去醫院，我不要再進醫院了！」

「妳剛從醫院出來吧？」林慶恩仔細地看著女人的面容，近看這張滿臉的雀斑，讓他想起了記憶深處的一個人，「……柯宥菁？」

女人一驚，疑惑地反問：「你怎麼知道我的名字？」

「柯宥菁？」杜之揚忽然覺得這名字格外耳熟，「哦～～我想起來了，就是一開始跟你很好，後來四處拉同學孤立你那個女的嘛！」

杜之揚這麼一說，柯宥菁彷彿也想起了什麼，驚訝地看著眼前的兩個男人，「你是林慶恩？你是杜之揚？」

杜之揚撇了撇嘴，「早知道是妳，我才不會過來。」

杜之揚可沒忘記當初柯宥菁是怎麼欺負林慶恩的，至今想起，他還是覺得一肚子火哩！

「妳怎麼會在這裡？我發現妳站在這裡好一段時間了，是要找育幼院的人嗎？我們常來這裡辦活動，或許會認識妳想找的人。」林慶恩平靜地開口。

再次見到柯宥菁，林慶恩說不出來是什麼感覺。他印象中的柯宥菁或許長得不是最漂亮的那個，但至少會把自己打理得整齊乾淨，臉上更不可能出現這種畏畏縮縮的神情。

他不知道柯宥菁身上發生了什麼事，但感覺得出來她需要幫助，而小時候的那些事情，對林慶恩來說已經過去了，他不會再去計較什麼。

柯宥菁用力地搖頭，「沒有，謝謝你，我先走了。」

她扶著圍牆就要離開，但走沒幾步便停了下來，背對著兩人，聲音顫抖地問：「你們很常來這裡辦活動，知不知道一個叫作柯書妤的小女孩？她……過得好嗎？」

「書妤？」林慶恩和杜之揚異口同聲，兩人還對視了一眼。杜之揚率先問，「妳認識書妤？妳是她的誰？」

「我是她媽媽，你們真的知道書妤？」柯宥菁回過身來，一張憔悴的臉上滿是淚痕，「她好嗎？開心嗎？有沒有被人欺負？」

「妳也會怕她被人欺負哦？妳以前欺負林慶恩的時候，怎麼沒想過報應這回事？」

杜之揚冷哼了一聲，他不像林慶恩那麼大度，他只知道小時候的柯宥菁可是無所不用其極地欺負林慶恩，甚至還聯合學長姊孤立林慶恩。

林慶恩不禁用手肘頂了下杜之揚，「好了，都多少年前的事了，再提出來講有意思嗎？」

「不，他說得沒錯。」柯宥菁羞愧地低下頭，「慶恩，對不起，當年是我幼稚，見不得你人緣好，老師對你寵愛有加，同學也沒有人不喜歡你，才會在你發生了那樣傷心的事之後落井下石。長大之後，我才知道自己錯得有多離譜。」

「沒事，都過去了，我已經記不太清楚小時候的事了。」林慶恩將話題帶了回來，「我們還是說說書好吧？妳眞的是書妤的媽媽？」

柯宥菁輕點了下頭。

「進去裡面說吧，反正距離活動開始也還有一段時間。」杜之揚提議。

林慶恩向園長借了一間空教室，讓柯宥菁休息，順便聽她說書妤的故事。

原來柯宥菁在大二打工的時候遇見了一個男人，是她工作的店長，兩人有共同的興趣，便迅速墜入了愛河；那個男人對她極好，好到她覺得這輩子就非他莫屬了，更在大四的時候懷了孕。

那個男人非常開心，希望柯宥菁能將孩子生下，承諾只要她一畢業，他們就馬上結婚。柯宥菁本就將他視爲未來的另一半，自然願意將兩人愛的結晶生下。

只不過在她即將臨盆之際，有一個自稱是那個男人的太太找來學校，在大庭廣眾之下說柯宥菁趁她懷孕的時候誘拐她的丈夫，還要告她妨礙家庭。這件事給柯宥菁很大的打擊，情緒起伏太大，更引起她劇烈宮縮，緊急將孩子生下。

那個孩子就是書妤。但在柯宥菁生下書妤後，男人卻明確地說他不會跟他的太太離婚，並且要求分手。

或許是爲母則強吧，柯宥菁選擇了休學，一個人撫養孩子。無奈那個男人的太太是某家企業的千金，四處散播柯宥菁破壞別人家庭的消息，使得她找工作四處碰壁。不僅如此，那個男人的太太甚至煽動男人來爭奪書妤的撫養權，柯宥菁根本不敢想像書妤若是落在那個女人的手中會變成什麼樣子。

柯宥菁被逼得連夜搬家，來到這個陌生的城市，只是她的手頭上並沒有什麼錢，連房子都租不起，只能露宿街頭，這樣的她根本無法照顧書妤。無奈之下，她只好把孩子送來這間育幼院，想找份穩定的工作，等到自己有能力時，再將書妤接回去照顧。

孰料，當她的生活逐漸步上正軌，遠在家鄉的母親竟生了一場大病，龐大的醫藥費落在她的身上，她的所得幾乎都成了母親的醫藥費。不過她並不灰心，努力兼了好幾份工作，幾乎沒有一天休息，她想著只要能盡快將書妤接回來，這些苦咬牙撐過去就好。

但命運卻好像總在跟她開玩笑。就在前陣子，當她存夠錢、可以將書妤接回來身邊時，長期累積在體內的疲勞以及不正常的飲食習慣，竟讓她得了膽管癌。

待她因全身肌膚變黃再加上反覆高燒不退去醫院檢查時，才知道癌細胞已經擴散，就算接受手術或化療，成效亦微乎其微。醫生告訴她，她的生命最多只剩一個月。

柯宥菁彷彿瞬間沒了目標，出了醫院的她越來越虛弱，強忍著身體的不適，仍堅持每天都來育幼院門口站著，只要遠遠地看書妤一眼就好。

「我已經跟園長說好了，這些年我存到的錢會全數捐給育幼院，希望她能好好地照顧書妤長大，或者幫書妤找個待她好的養父母，別像我這樣不負責任，非但沒讓她過上一天好日子，還讓她從小就活在沒有媽媽的環境裡。」

柯宥菁嗚咽地說著：「我常常想，我是不是錯了，當初就不該將書妤生下來，她長大後會不會恨我？可是你們知道嗎？當她在我的身體裡紮根，經歷九個月血脈相連的孕育，直到她呱呱墜地那一刻，我都無比感謝她願意選擇我當她的媽媽。我愛她勝過一切，可是我卻不能陪她長大……我是不是很自私？」

柯宥菁哭到不能自己，並不是爲了自己即將逝去的生命，而是爲了她的心肝寶貝。沒有一個媽媽不愛自己的孩子，她卻連親口告訴書妤「媽媽愛妳」的機會和資格都沒有。

林慶恩和杜之揚兩人皆一陣唏噓，萬萬沒想到柯宥菁身上的故事竟如此悲傷。

柯宥菁最後的那一番話，更在林慶恩的心中掀起一陣波瀾。他的母親也是這樣嗎？是否也曾感謝自己來當她的小孩？是否也曾爲了當初將他留給雨溏阿姨這個決定而哭泣過？

驀地，林慶恩想起數年前母親車禍躺在加護病房，閉上雙眼叫他走的畫面，自嘲地笑了笑。不會，她那麼恨我，又怎麼會因爲不能陪我成長而難過呢？

林慶恩不願再多想，輕聲問：「宥菁，妳想不想跟書妤獨處？」

「沒用的，她這死腦筋，我勸她好一陣子了，她卻寧願遠遠地看著書妤，也不願意再見書妤一面。」園長的聲音響起，她從外頭走了進來，顯然對柯宥菁和書妤的事知之甚詳，「宥菁，妳知道書妤三不五時就會問起妳嗎？她總問我宥菁阿姨最近很忙嗎？怎麼都不來看她了？」

「我現在變成這樣，書妤見了說不定還會害怕，不如不見。」柯宥菁摸著自己消瘦的臉頰，苦笑著說，「我希望能在書妤的心中留下一個美好的樣子，而且不要說再見，她就不會再有期待，隨著她慢慢長大，久了就會忘記我了。」

「不會忘記的。」林慶恩篤定地說，眼裡有著一閃而逝的落寞，「宥菁，妳也知道我的事，當年我媽帶著我弟離開，也是趁我不在的時候走的。或許她跟妳的想法一樣，但我要告訴妳的是，就算再也不能見面，我還是希望能看她最後一眼，能好好地道別……我相信，書妤也是這麼想的。」

柯宥菁的瞳孔陡然緊縮，這是林慶恩第一次在她面前提起自己的過去，也是第一次讓她知道他內心眞正的想法。

「我以前會這麼針對你，其實不光是忌妒你，很大部分是不諒解你，既然我們是好朋友，爲什麼當年你家火災之後，不管我怎麼問你，你什麼話都不說？當時我覺得你根本沒有把我當朋友，所以才會這麼偏激。」柯宥菁擦乾眼淚，對著林慶恩笑了笑，「現在我終於聽見了你的眞心話，慶恩。謝謝你，也對不起。」

柯宥菁想，林慶恩是眞的把她當作朋友的吧？那場火災之後，林慶恩已經將自己的心封閉了起來，如今爲了勸她見書妤，不惜剖白自己沉重的親身經歷，就是不希望她留下遺憾。

能在生命的盡頭，跟曾經的好朋友重逢，並且解開當年的誤會，眞的很幸運。

林慶恩搖頭，「我說了，小時候那些事情我已經忘記了。我只希望妳能考慮清楚，給妳自己和書妤一個機會。」

「胖丁，五分鐘內載妳女朋友過來育幼院，記得帶梳化工具。」杜之揚說完便掛了電話，撇嘴看了柯宥菁一眼，「我經紀人胖丁的女朋友是化妝師，她可以把妳打扮得美美的，妳等一下就參加我們的活動，跟書妤一起玩吧！別感謝我，這是看在林慶恩的面子上。妳也不能拒絕，畢竟妳耽誤了我們這麼多時間，總要做點事來補償吧！」

林慶恩看著杜之揚笑了。這個男人標準的刀子嘴豆腐心，明明是自己的想法，偏偏要牽扯到他身上，但他卻覺得今天的杜之揚那股彆扭勁特別可愛。

不多時，胖丁已經帶著他的女友來到育幼院，在他女友一雙巧手下，柯宥菁的臉色看起來終於與常人無異，甚至還帶了點寧靜的美。

園長欣喜地將書妤帶過來，書妤一見到柯宥菁便揚起大大的笑容，下一秒便撲進她的懷裡，親暱地說：「宥菁阿姨，妳怎麼這麼久都沒來看我？我好想妳哦！」

眾人見狀，無不鼻酸，只有柯宥菁強忍下淚水，緊緊抱著書妤，「宥菁阿姨也好想妳，只是宥菁阿姨最近比較忙，才抽不出時間來看妳，妳有沒有乖乖聽園長的話啊？」

書妤點頭，接著將拿在手上的卡片交給柯宥菁，「前天是我的生日，每次有小朋友過生日的時候，園長就會說每個小孩都是媽媽千辛萬苦生下來的寶貝，要我們寫一張卡片給媽媽。可是我沒看過我的媽媽，我覺得我認識的人裡面，只有宥菁阿姨最像我的媽媽，所以我就自己畫了一張卡片給妳。」

柯宥菁打開卡片，看著上頭繽紛的色彩以及稚嫩的圖案，忍不住落下眼淚，「書好，謝謝妳，我很喜歡。」

書妤懂事地抽起一旁的面紙，小心地擦著柯宥菁的眼淚，怯生生地問：「那宥菁阿姨可以當一天書妤的媽媽嗎？今天小熊哥哥和慶恩哥哥他們來辦活動，宥菁阿姨可以留下來陪我玩嗎？」

「好，好！宥菁阿姨當書妤的媽媽，只要妳願意，宥菁阿姨永遠都是妳的媽媽。」柯宥菁抱著書妤，下巴輕靠在她頭上，「書妤，今天過後，媽媽要去外縣市工作，可能有一段時間不能來看妳了，妳要乖乖的，知道嗎？」

「媽媽要去哪裡？」或許是母女連心，書妤突然哭了起來，「可不可以也帶我一起去？」

柯宥菁搖了搖頭，捧著書妤的臉頰，溫柔地笑著，「媽媽要去的地方很遠，暫時還不能帶書妤一起去，可是媽媽會買很多禮物寄回來給妳，好不好？」

「不好，不要！我不要禮物，我只要在媽媽身邊！媽媽，妳帶我去好不好？」書好大哭，無論柯宥菁怎麼哄都停不下來。

園長看不下去，扳起臉來說：「書妤，妳不可以這個樣子，媽媽是去工作，不是去玩。妳要乖乖的，媽媽才能安心工作，就可以早點回來看妳，對不對？」

書妤懂事地點了點頭，淚眼汪汪地看著柯宥菁，「書妤會乖乖的，那媽媽要早點回來看我哦！」

「好，我的書妤最乖了。」柯宥菁摸著書妤的小腦袋，噙著眼淚笑說。

書妤伸出小指頭，「打勾勾！」

柯宥菁勾住書妤的小指頭，哽咽地說：「書妤，媽媽愛妳，好愛好愛妳。」

聞言，書妤滿足地揚起大大的笑靨，再次撲進柯宥菁的懷裡，「媽媽我也愛妳，我最愛媽媽了！」

忽地，杜之揚的指腹滑過林慶恩的眼角，林慶恩回過神來，才發現自己竟然哭了。他想起了爸爸還在的時候，媽媽也曾這樣抱著他，笑著說愛他。

「唉！」杜之揚重重地嘆了一口氣，指著自己嘲笑，「別人家的媽媽總是不會讓人失望，看看我家的，好在我打死沒透漏今天的活動，不然又要來一堆媒體了。」

林慶恩揚起一抹淺笑。他知道杜之揚是在安慰他，但他也知道杜之揚心中同樣五味雜陳，並不像外表這樣滿不在乎。

杜之揚本就是帶活動的高手，今天又有胖丁和他的女朋友加入，兩人也是人來瘋的個性，不一會兒就跟小朋友們全混熟了。林慶恩和柯宥菁則變成協助的角色，除非需要拿道具，否則兩人都只是坐在教室角落觀看。

柯宥菁臉上的笑容沒有停過，因爲書妤常常都會對著她笑，休息時間也會過來黏著她討抱抱。

林慶恩的嘴角也微微笑著，他想今天對於柯宥菁和書妤來說，將會是很珍貴的回憶。

書妤走後，柯宥菁突然附在林慶恩的耳邊，小聲地問：「慶恩，你跟杜之揚在交往嗎？」

「蛤？」林慶恩愣了下，爲什麼最近他常聽到這個問題？上一次顧嘉楠也這麼問過他。

「別騙我，我小時候就發現了，杜之揚看你的眼神與眾不同。」柯宥菁賊笑幾聲，那模樣像極了以前那個活潑愛鬧的她，「其實我小時候喜歡杜之揚，還記得我跟嘉婕學姊在走廊故意將你攔下嗎？那個時候，杜之揚還跳出來幫你解圍耶！」

林慶恩不記得什麼學姊了，但他猜想柯宥菁說的應該就是他找到杜之揚的那天，

「那是碰巧，妳想太多了。」

「才不是！看來你完全不知道。」柯宥菁嘖了兩聲，才接著說，「那天過後，杜之揚還把我找出去，帶到嘉婕學姊的班級鬧了一場，警告我們不准再找你的麻煩，否則他就要把嘉婕學姊的祕密說出去。」

「什麼祕密？」林慶恩睜著大眼問。

柯宥菁聳了聳肩，「我怎麼知道，我也很好奇啊！只不過根本沒機會知道，因爲嘉婕學姊似乎很害怕那個祕密被大家知道，當然就不准我再針對你。你沒發現後來大家頂多就把你當透明人，也沒有再嘲笑你了嗎？」

原來是這樣。林慶恩看向正在台上說故事的杜之揚，心中頓時淌過一道暖流。他還以爲是當時有了杜之揚和小熊先生的陪伴，所以自己才沒注意同學們的嘲諷，沒想到是因爲杜之揚默默做了這些。

柯宥菁拍了拍林慶恩的肩膀，視線同樣落在杜之揚身上，「慶恩，杜之揚是個很好的對象，處處爲你出頭、爲你著想，你可要好好把握！」

林慶恩回想起杜之揚看成人片，還跟當紅女明星貝拉鬥嘴的畫面，隨即輕笑，「妳眞的想太多了。杜之揚喜歡的是女人，我們之間純粹就是知己而已。」

「是嗎？可是……」柯宥菁突然看向門口，疑惑地問，「慶恩，門口那個男人是來找你的嗎？他一直在看你耶。」

林慶恩側頭望去，一對上顧嘉楠的目光，倏地怔愣了一瞬，而後起身，「我去看看。」

在台上繪聲繪影說著故事的杜之揚，一直都有注意林慶恩的狀況，自然發現顧嘉楠來了。只不過他尊重林慶恩的意願，林慶恩要見顧嘉楠就見，如果林慶恩不願見顧嘉楠，那麼就算要他中斷活動，他也會把顧嘉楠趕走。

林慶恩走出教室，才發現韓若瑩也來了韓若瑩率先開口：「我們剛才去『Dear Bear』找你，溫小姐說你們在這裡辦活動。」

林慶恩點頭，逕自往前走，「換個地方說話吧！」

不多時，林慶恩走到育幼院後方的草原，園長將這裡規畫成一個小型的遊樂區，有溜滑梯、翹翹板、盪鞦韆等設施，一旁還有長椅可供休憩。

「坐吧。」林慶恩在長椅右側坐下。

「慶恩，我們今天來是要捐禮物給育幼院的小朋友。」韓若瑩將紙袋遞給林慶恩，微笑地說，「我原本要丟掉，但嘉楠說這樣浪費，不如把它們捐出來做善事。」

林慶恩將紙袋接過，裡頭放著三隻小熊。

顧嘉楠突然說：「若瑩，可以給我一些時間，單獨跟慶恩說話嗎？」

韓若瑩點頭，握著顧嘉楠放在輪椅上的手，大方地說：「當然可以，你們師生都這麼久沒見了,應該有不少話要說。去吧,我就在這裡等你。」

林慶恩不知道韓若瑩爲什麼會突然變成這樣,跟昨天判若兩人,但有些話他還是得說:「我想,我欠您一句抱歉。」

語音未落,林慶恩鄭重地對著韓若瑩鞠躬,抬頭後平靜地看著她的眼睛,「當年您的那場意外,我是造成這件事發生的原因之一,我很遺憾也很抱歉。這句對不起無論您接不接受,我都必須要說。希望您能盡快解開心結,早日找回照片裡的燦爛笑容,那樣的您,很美。」

說完,林慶恩轉身走到鞦韆上坐下。

顧嘉楠望著坐在鞦韆上的林慶恩,嘴角泛起一絲苦笑,「妳擔心的事情並不會發生,慶恩他已經從我們曾經的過去走出來了。」

這是與林慶恩重逢以來,顧嘉楠眞正第一次感覺到他是眞的失去林慶恩了。林慶恩看著他的目光裡頭不再有任何留戀、不捨、失望等情緒,那雙清澈的眸子裡僅剩下淡然。

「那你呢?你什麼時候才願意走出來?」韓若瑩反問,眼裡盡是期盼。

顧嘉楠不忍直視韓若瑩的雙眼,要忘記林慶恩,或許需要用好幾年、好幾十年,甚至是一輩子,「若瑩,妳說過會給我時間。」

韓若瑩深吸了一口氣，強迫自己掛著得體的微笑，「好，我會給你時間。去吧，慶恩在等你。」哪怕他們要永遠維持這樣有名無實的婚姻，哪怕顧嘉楠永遠都不可能愛她，她也不願意放手。往後餘生，她只想和他一起度過。

「慶恩。」顧嘉楠走到林慶恩的面前，輕聲喚道。

林慶恩抬頭看著背光的顧嘉楠，有些看不清他臉上的表情，「顧老師。」

「原本那三隻小熊該問你如何處置才對，如果不是當年那場意外，你早就是那三隻小熊的主人了……既然若瑩有心捐給育幼院，我想著你應該也願意這麼做。」顧嘉楠的鼻間一陣酸澀，這是昨晚他跟韓若瑩談判的結果。

韓若瑩給他兩個選擇：離婚或者繼續在一起。如果他選擇離婚，那麼她會放他自由，兩人老死不相往來；如果他選擇繼續婚姻關係，她將不再逼迫他做任何他不願做的事，但他必須處理好那三隻小熊，並且徹底忘掉林慶恩。

顯然，顧嘉楠選擇了這段婚姻。

林慶恩搖了搖頭，坦然地一笑，「當年，即使我很喜歡你，我也不見得會收下那三隻小熊，所以這三隻小熊該怎麼處置，還是你們說了算。但是我很感謝你們選擇把它們捐出來，這樣對小朋友們好，對師母也好。」

熊，一直都是林慶恩的心結。他每天都在接觸各式各樣的熊，聆聽每個發生在玩偶身上的故事，重複著自我療癒的過程。

即便如此，他至今都還不願擁有一隻屬於他的熊；就連陪伴他多年的小熊先生，對他而言，也只是他幫杜之揚保管的。

顧嘉楠的拳頭緊了又鬆，鬆了又緊，掙扎了好一陣子才說：「慶恩，對不起，我終究是辜負了你。當年，沒能告訴你我的心意，現在依舊……不能。我放不下若瑩。」

「我知道，若你爲了我跟師母離婚，就不是我認識的你了。」林慶恩笑了笑，他了解顧嘉楠，深知顧嘉楠不會允許自己成爲那種不負責任的人。

顧嘉楠怔愣了一瞬，挫敗地說：「今天換作是杜之揚，他絕對會不顧一切地離婚，也要跟你在一起吧？」或許這就是他跟杜之揚的差別，這樣的自己有什麼資格說愛林慶恩？像杜之揚那樣無所畏懼的保護，才是最適合林慶恩的人吧？

林慶恩皺著眉頭回答：「我不知道爲什麼你要拿杜之揚來比喻。但如果杜之揚遇到跟你一樣的事，我想他會傾盡所有來補償韓若瑩，除了婚姻。」

沒錯，這就是杜之揚。他是親眼目睹父母那段在愛情中不對等的婚姻，如何走到兩敗俱傷。因此對他來說婚姻是神聖不可侵犯的，只能承諾給自己所愛之人。

林慶恩看著沉默的顧嘉楠，從口袋裡拿出一隻小熊吊飾，放進他的手裡輕聲說：

「顧老師，我抗拒過你、喜歡過你、責怪過你、留戀過你、心疼過你，但最後我的心中只剩下感謝。謝謝你在我小時候以及我母親出車禍時，給予過我的溫暖和幫助；我很感謝在我這樣破碎的人生中，能遇見你這麼好的人。」

林慶恩認眞地看著顧嘉楠，釋然地笑著，「我希望這麼好的你能快樂，能像小時候那樣，揹著你的羽球袋，臉上揚著自信的笑容。」

顧嘉楠看著手心裡的小熊吊飾，那是父母離婚時，他留給林慶恩的，如今林慶恩還給自己，是不是代表著他心裡已經不再有自己？

「慶恩，你在這裡啊！快快快，告訴我儲藏室在哪裡？小朋友喊著要玩什麼超級大富翁，之揚說那些大型道具都放在儲藏室，但老師們要顧小朋友，園長也要陪在柯宥菁身邊隨時注意她的狀況，杜之揚就叫我來問你。」胖丁火急火燎地跑來，說完目的之後才對顧嘉楠點頭致歉。

林慶恩站了起來，「我帶你去，順便幫你搬吧，那些道具滿大的。」

胖丁連忙揮手，「不用啦，之揚交代我不能打擾你，你告訴我儲藏室在哪就好。」

聞言，林慶恩看向顧嘉楠，「我跟顧老師談得差不多了，顧老師若是願意，也歡迎你跟師母一起留下來參加活動，我先去忙了。」

「我們待會兒還有事，就不多留了。」顧嘉楠勉強地笑著。

「去忙吧！再見了，慶恩。」

再見，便是陌生人了吧？顧嘉楠緊握著手心裡的小熊吊飾，忍耐想拉住林慶恩的衝動，就這麼看著他與自己擦身而過。

林慶恩抬頭挺胸地走著，經過韓若瑩身邊的時候，也坦蕩地迎上她審視的目光，點了下頭後才離開。

結束了。林慶恩對著湛藍的天空微笑，他是真的放下，並且真心地祝福。

林慶恩帶領胖丁來到儲藏室。儲藏室位在草地的另一側，園長辦公室的隔壁，他指著地上和牆角的大型道具說著：「就是這些還有那兩疊大卡片。」

「哇！這麼多！一趟可能搬不完。」胖丁嘿嘿笑了兩聲，有些不好意思地說，「慶恩，你先回去教室幫忙吧，我肚子有點痛，先去趟廁所，等等就回來搬。」

林慶恩點頭，「快去啊，我先整理一下，你等一下比較好搬。」

「好哦！你等一下回去順便幫我跟之揚說一聲嘿，不然他一定又要說我去摸魚了！」胖丁快速地說完後，順手將門關上，朝廁所狂奔而去。

林慶恩頭也不回地嗯了一聲，手上的動作沒停過，只想著趕緊弄一弄，才能快點回去找杜之揚。

按照胖丁的說法，杜之揚知道顧嘉楠來找自己，以他瞎操心的個性，肯定會很心急吧？說不定還以為自己會很難過。

林慶恩笑著搖頭，其實多虧了杜之揚昨天那一番開導，以及為了維護他，那一言不合就開打的個性，他才能徹底想開，然後放下。

林慶恩彎腰將所需的道具都找出來後，抹了一把臉上的汗，喃喃地說著：「好悶熱，改天要建議園長在儲藏室加裝窗戶，這樣應該比較通風。」

正當林慶恩放下道具，想要推開門使空氣流通時，卻發現怎麼推都推不開，頓時一陣懊惱，「對了！這個門故障了，從裡面開會卡住，剛剛忘了叫胖丁不要關門！」

林慶恩身上早已被汗水浸溼，他用力地呼吸，卻覺得空氣彷彿越來越稀薄，「不對啊，之前夏天來這間儲藏室也沒這麼悶熱……而且，怎麼會有燒焦味？」

隨著林慶恩心中的警鐘響起，門縫處突然湧進陣陣白煙，嗆人的煙味立刻充斥整間儲藏室，這種既熟悉又陌生的景象，令林慶恩忍不住打了個寒顫。

火災！

林慶恩恐懼地後退，痛苦的回憶一幕幕地在腦中浮現。他知道他該求救，可是他卻沒有力氣，跌坐在地上，被濃煙嗆得猛烈咳嗽……

另一邊，遠在儲藏室對角線的教室，率先發現異樣的正是在台上帶動唱的杜之揚。一聞到燒焦味的他，立刻停了下來，朝教室外面看，「什麼味道？」

除了小朋友，其他人也紛紛往外看。園長一看到正被熊熊火光包圍的園長室和儲藏室，不禁驚呼：「不好，失火了！」

聞言，杜之揚即刻往外衝，甫衝出教室門口便看見推著韓若瑩、神色匆匆走來的顧嘉楠。杜之揚攔住顧嘉楠問：「慶恩呢？」

「你找我們要慶恩幹嘛？他早就跟一個胖胖的男人走了。」韓若瑩語氣不善，顯然是對於杜之揚打傷顧嘉楠的事還耿耿於懷。

「他還沒回來嗎？」顧嘉楠的臉色瞬間沉了下來，「我們是看到那邊突然燒起來，才來關心一下狀況。」

杜之揚不禁暗罵了一聲，旋即看見奔跑而來的胖丁，趕緊抓住他的肩膀問，「慶恩呢？怎麼只有你回來？」

「他沒有回來嗎？我要去廁所前叫他先回來的啊！」胖丁來回踱步，「我剛走回去儲藏室就發現燒起來了，門還打不開，拍門也沒人回應，現在怎麼辦？」

「什麼怎麼辦？快點報警啊！」杜之揚霎時氣急敗壞地問：「為什麼會關門？林慶恩明明就知道那個門故障了，只能從外面開，怎麼還會關門？」

胖丁說他從外面也打不開，不就代表那個門已經遇熱變形了？林慶恩不見人影，是不是人就被困在裡面？

「呃，是我關的……我要去廁所的時候順手關的。」胖丁誠實地說。

杜之揚抓住胖丁的衣領，掄起拳頭，差點就要往胖丁的臉上招呼過去，「你——」

「慶恩沒跟我說門壞了啊！」胖丁哭喪著臉說。

驀地，胖丁的女友拉住杜之揚的拳頭，「現在不是追究責任的時候，我已經通知消防隊了，先確定慶恩是否在儲藏室裡吧！」

杜之揚果斷地放開胖丁，轉身朝儲藏室跑去。一見儲藏室的門已經嚴重變形，他也不管濃煙及高溫，一邊撞門，一邊吼著：「林慶恩！你在裡面嗎？慶恩，聽到回答我！」

此時，蜷曲在地上的林慶恩，正拉高自己被汗水濡溼的衣服，將口鼻摀住。濃煙之下，視線所見的是一片漆黑模糊，腦海中不停回放過往的記憶，時刻折磨著他，他甚至感覺得到生命一點一滴地流逝，雖然他不畏懼死亡，卻覺得有些遺憾。

他想起了他的母親，不知道她的人工關節手術是否成功？他總以爲自己早已經適應了沒有母親的生活，到了現在才發現，他好想再叫她一聲媽媽。哪怕她不能原諒自己，哪怕她還厭惡著自己，他都想告訴她，他好愛她。

他想起了雨溏阿姨，在他心中，早就將她視爲另一個母親。她鼓勵他、支持他、養育他長大，如果可以，他想問問她願不願意當他的媽媽？換他來照顧她。

他想起了杜之揚，自己就這樣死掉的話，那個男人一定會氣炸吧？林慶恩慘然一笑，他到此時此刻才明白，自己竟是那麼的想念杜之揚那張生動的臉，以後再也看不到了呢……他由衷地希望杜之揚能夠遇到一個好女孩，徹底驅散他心中的黑暗……爲什麼……心有點痛呢？

忽地，砰砰聲連環響起，緊接著傳來一陣叫喊，「林慶恩！林慶恩！你是不是在裡面？我拜託你給我一點回應好嗎？」

是杜之揚的聲音，他發現我在這裡了！林慶恩渙散的意識逐漸清晰，但身體沉重得爬不起來，只能胡亂抓著周遭的東西，用力地往聲音的方向砸去。他不知道這樣做有沒有用，也不知道自己還能堅持多久，但這是他現在唯一能做的。

「會不會慶恩根本不在裡面？要不然我們四處去找找？」園長和幾位老師輪流拿著水桶提水來救火，著急地問。

好在火源貌似是從園長室傳出來的，儲藏室的火勢並不大，但大家都知道這只是暫時的，儲藏室裡頭多的是易燃物，一旦火勢蔓延開去，燒光儲藏室也只是轉眼間的事。

杜之揚搖頭，「不可能！如果他不在裡面，這個時候早就出現了，他一定就在裡面！」

叩——門上傳出極其細微的聲響。

聞聲，杜之揚拚命地瘋狂撞門，欣喜若狂地喊著，「林慶恩，你等我！我這就把門撞開，救你出來！」

「之揚，等消防隊來吧！火勢越來越大了！」胖丁衝進火圈，拉住杜之揚的手就要往外拖，「門已經變形了，需要特殊工具才橇得開，你硬撞要撞到什麼時候？這個火都蔓延了，裡面應該都變成火海了，就算你撞開要怎麼救慶恩？」

「你放手！這間儲藏室沒有窗戶，現在裡面根本就是一個高溫的蒸氣鍋，林慶恩在裡面一定很難受，先把門撞開他才有機會活啊！」杜之揚甩開胖丁的手，繼續用力地撞門。

「消防隊已經在趕來的路上，沒差這一、兩分鐘，你先後退好嗎？你要是出事了我要怎麼跟公司交代？你別忘了你是明星，要是你因此被火燒傷毀容了怎麼辦？」胖丁強硬地說。在他看來這火太大了，林慶恩在裡面是死是活都不知道，於公於私，他都不可能放任杜之揚冒險。

孰料，杜之揚睜著滿是血絲的雙眼激動地說：「明星又怎麼樣？若沒有林慶恩，我根本不可能去當明星！就算毀容也無所謂，我只要他活著！小時候的那場火災一直是他的陰影，你知道他現在有多害怕嗎？林慶恩現在會被鎖在裡面你和我都有責任，要是你再說出那種要犧牲林慶恩的話，我們的兄弟情分到此爲止！」

他無法接受林慶恩臉上再次出現那種絕望到毫無情緒起伏的表情，更不能讓林慶恩出事，他根本沒辦法想像沒有林慶恩的日子！

見狀，顧嘉楠也邁開腳步，打算跟著杜之揚一起撞門，但韓若瑩似乎知道他的想法，立即伸手握住他，「別去！」

韓若瑩他們就站在園長隔壁，以他們的角度望去，大火像是即將吞噬門前的那道巨大陰影，這就是胖丁堅持要將杜之揚帶離的原因。

再不走，杜之揚會死的！

「若瑩，有些事我可以答應妳，但有些事沒去做，我會懊悔一輩子。」顧嘉楠表情凝重，轉身就要去幫杜之揚。

「好！你可以去幫他撞門，但門一撞開就回來好嗎？我求求你了。」韓若瑩哭著對顧嘉楠的背影喊著。她知道在顧嘉楠的心中，林慶恩非常重要，可是她不知道顧嘉楠爲了林慶恩，可以連命都不要。

顧嘉楠的腳步微頓，接著快速地點了下頭，便上前去幫忙撞門。

他知道韓若瑩是他的責任，但要他眼睜睜地看著林慶恩就困在火場裡，他做不到。

杜之揚僅僅是看了顧嘉楠一眼就沒理他了，但兩人配合得相當有默契，胖丁硬著頭皮欲上前再勸說一番，卻被柯宥菁拉住。

「別再勸他了。」柯宥菁一臉擔憂，心中同樣祈禱著林慶恩平安無事。

「我怎麼可能不勸他？我跟慶恩也是朋友，我也擔心慶恩。可是妳看火勢越來越大，我就怕他們把門撞開了，之揚就衝進火海救慶恩，萬一人出不來怎麼辦?!我真的不懂，消防隊很快就要到了，等個幾分鐘後交給專業的來不好嗎？」胖丁又氣又急地說。杜之揚就沒有想過萬一連他也陷在裡面，不是增加救援的難度嗎？

「你說的我都明白，但今天換作是你，若你愛的人被困在火場裡面，你等得下去嗎？」柯宥菁直接了當地問。

「當然等不下去啊，問題是，慶恩不是啊！」胖丁想也沒想就回答，瞬間又像是明白了什麼，呆滯地望著那個正奮力撞門的男人，「他……喜歡慶恩?!不可能吧！」

「這麼明顯，你還感覺不出來嗎？」柯宥菁搖了搖頭，目光深邃地看著杜之揚的身影，「他呀，很喜歡很喜歡慶恩呢。大概是從小就喜歡了吧。」

「這怎麼可以！如果他的粉絲知道他是同性戀怎麼辦？如果公司知道就完蛋了！」胖丁頭皮發麻，根本不敢再想下去。

柯宥菁翻了個白眼，「你想太多了，現在是性別平等的時代，粉絲若是真的喜歡杜之揚，就不會因爲他的性向而抗拒他。現在光明正大宣佈出櫃的藝人也不少，大部分的粉絲還是都給予祝福的，不是嗎？」

「妳才太天眞，那只是表象而已，性別平等有時候就像口號一樣，喊給社會大眾看的，眞正落實到社會每個角落的少之又少。事實就是，公開出櫃會影響觀感，公司是不可能同意的！」胖丁的話一針見血，竟讓柯宥菁無法反駁什麼。

不過，柯宥菁仍肯定地說：「依照杜之揚的個性，他根本不管公司同不同意吧！」

小時候就是這樣，不管會不會被學長姊欺壓，他就是要保護林慶恩。

「我就是怕他這樣！」胖丁嚴肅地低聲說，「公司一直都有提醒他，若是交女朋友一定要第一時間告知，並且不能對外公開，這就是爲什麼之揚連緋聞都沒有的原因。異性都這麼嚴格，更不用說是同性了。如果之揚執意要公開他喜歡慶恩，到時候公司一定會跟他解約，說不定他還要賠一筆違約金。」

「有這麼嚴重嗎？杜之揚那麼紅，這間公司不要他，總有別間公司要他吧？」柯宥菁皺著眉頭，藝人也是人啊，至於這麼強硬嗎？

「或許眞有不在乎的公司，但這些經紀公司裡頭的水有多深，我們並不知道，萬一公司上頭決定得不到就毀了他呢？我不敢賭啊。」胖丁神色複雜，他不會因爲杜之揚喜歡同性就排斥他，但他實在無法眼睜睜看著杜之揚自掘墳墓。

兩人的對話的時間不到一分鐘，杜之揚跟顧嘉楠便把門撞開了。迎面而來的高溫令兩人同時側頭閃避，裡頭濃煙密布，火舌捲上易燃物，正迅速蔓延開來，根本看不到林慶恩在哪裡。

「慶恩！林慶恩！你再堅持一下，我馬上就來救你！」杜之揚將手機的手電筒打開，脫下自己的襯衫摀住口鼻，毫不猶豫地衝進了火海。

「杜之揚！」

「顧嘉楠！」

兩聲怒吼分別從胖丁和韓若瑩的口中發出。胖丁是根本來不及阻止杜之揚，而韓若瑩則是成功地讓顧嘉楠停下腳步。

「嘉楠，你答應我的，希望你別食言！」韓若瑩對著顧嘉楠的背影大喊。

顧嘉楠神色複雜地看著眼前的火海，掙扎了幾秒還是走回韓若瑩身邊，只是他的內心不斷地默唸著：杜之揚，你一定要將慶恩帶出來！一定，一定！

「林慶恩，你在哪？回答我？或者給我一點聲音！」杜之揚趴在地上摸索著，邊咳邊問，心中湧起強烈的不安。

林慶恩無力地躺在地上，意識越來越模糊，覺得自己似乎睡了過去，又似乎還醒著。他好像聽到杜之揚叫他，可是他連回答的力氣都沒了。

另一邊搜索中的杜之揚，突然摸到了一個溫熱有彈性的東西，仔細摸索才發現是林慶恩的腳。杜之揚立刻抱起林慶恩，用力地拍著他的臉，「慶恩？醒醒，不要嚇我，沒事了，我找到你了，我馬上帶你出去！」

喚醒林慶恩理智的是杜之揚強而有力的心跳聲，他已經睜不開眼睛，只能勉強抬手推開杜之揚。

林慶恩知道火已經燒起來了，杜之揚不應該進來，萬一杜之揚跟他爸爸一樣，爲了救他出不去怎麼辦？

像是知道林慶恩的想法似的，杜之揚不僅沒放開，反而加重力道抱得更緊，「別想叫我走，我不會走，我會帶你一起出去。你要相信我，我會一直陪在你身邊，不會死掉。」

杜之揚明白林慶恩怕什麼，他感受著林慶恩微弱的鼻息，忍不住哽咽地說：「有你的世界，我才捨不得死，所以你要給我活著知道嗎？你死了我一定活不了。」

聞言，林慶恩亦紅了眼眶，杜之揚這是在喚起他的求生意志。

「林慶恩，我是說眞的。還記得我差點被打死的時候，你跟雨溏阿姨出現在那個男人的家門口嗎？我是眞的快被打死了，但我想到你，我想著要把小熊先生交給你，我才又多吸了兩口氣，否則我早就死了！」杜之揚用襯衫搗住林慶恩的口鼻後，便抱著他往門口走去。

只是大火籠罩下四處都是火光，他根本看不見出口，只能憑印象辨別方向。沒有襯衫遮掩的杜之揚不僅被煙霧嗆得直咳嗽，眼睛也快要睜不開，甚至有零星火舌捲上他的褲管，令他腳步踉蹌，但他始終都沒放開林慶恩。

忽地，杜之揚爲了閃躲右側突然垮下來的書架，只能抱著林慶恩往前撲；林慶恩被杜之揚護在懷中，沒什麼損傷，但杜之揚的右腳卻被著火的書架壓個正著，喉間忍不住溢出痛哼聲。

「看來，我們眞的要另外一個世界見了。」杜之揚嗓音沙啞，用指腹輕輕地拂去林慶恩的眼淚，「慶恩，有一件事我一直沒告訴你，再不講就來不及了。其實……你爸跟我爸是同事，當年火災那天，你爸爸本來休假，後來又銷假去上班，就是因爲我爸臨時請假，如果不是這樣，或許你們家的火災不會那麼嚴重，你爸爸也不會……對不起，眞的……對不起。」

杜之揚吃力地睜開眼睛看著林慶恩，他心底還有一個祕密沒說，那個祕密僅有三個字，但哪怕到了這一刻，他還是說不出口。

林慶恩用力地搖頭，他早就知道了。杜之揚跟溫雨溏聊起他爸爸的那一晚，林慶恩就都聽到了，他下來倒水的時候，正好聽到杜之揚提起這件事，那個時候他只是微微吃驚，但他一點也不怪杜之揚，不管是那場火災，還是爸爸過世，都跟杜之揚無關。

只是爲了避免尷尬，林慶恩才告訴杜之揚他只聽到雨溏阿姨跟他爸爸的那段過去。

「慶恩，你別哭，我聽到消防車的聲音了。」杜之揚的雙眼已經睜不開了，有氣無力地說，「答應我，如果能活下來，不要再去想過去那段往事，爲了自己，快樂地活下去好嗎？」

語畢，杜之揚徹底昏厥了過去。

「嗯！啊啊啊！」林慶恩不只看不見還發不出聲音，他哭著想喊杜之揚，想叫醒他，可是一個字都說不出來，聲帶已嚴重受損。

林慶恩的五臟六腑像火燒似地痛。他心裡很清楚這樣的狀況極糟，撐不了多久。他終究還是害了杜之揚，又一個他愛的人因他而死。

林慶恩癱在杜之揚的胸膛上，緊緊地抱住他，不自覺回想起兩人一起走過的點點滴滴。到了此刻他才發現，跟杜之揚相處的時光幾乎都是恬淡安寧的，自己的臉上總是笑著的，原來這個男人早在無形中塡滿了自己的人生和青春，一轉身，他便在。

林慶恩笑了笑，伸手撫摸著杜之揚的臉頰。他好想告訴杜之揚，不知道從什麼時候開始，當他抱起小熊先生，想起的不再是小白熊，而是他杜之揚。

杜之揚，就當作是我欠你的吧，如果下輩子還能遇到你，我會用全部的愛來還你……

在林慶恩即將昏迷之際，消防隊員衝了進來，找到了他們，迅速給兩人戴上氧氣罩，單架接著進入，將兩人放置上頭推了出去，另一撥人馬則開始滅火。

林慶恩模糊之中知道他們得救了，他努力地強迫自己清醒，只想要確認杜之揚是否平安，無奈他一句話都問不出來，也無法睜眼看杜之揚。

不多時，他聽見耳邊傳來驚呼聲，還有叫喚他們兩個人的聲音。他正想從聲音裡頭去了解杜之揚的狀況時，身體卻猛然被抱住。

耳邊先是傳來粗重的喘息聲，隨即響起顫抖的聲音，「還好你沒事，謝謝你活著，慶恩，謝謝你活著！」

顧嘉楠像是在安慰自己似地反覆呢喃著這句話。林慶恩緊閉的雙眼再度流出汨汨淚水，這句話猶如有千斤重，狠狠砸進內心的高牆，將困在裡面的自己解救出來。

無形的枷鎖彷彿瞬間消失，林慶恩痛哭失聲，自從他的母親對他說：爲什麼死的人不是你！

他就反覆地問著自己，他活著是一件對的事嗎？他活著到底是爲了什麼？

如今有個人告訴他，謝謝他活著。那麼，自己是不是有資格活著了呢？
他可以爲了自己而活著了嗎？

第9章　小熊先生

林慶恩不曉得自己睡了多久，意識矇矓時，濃濃的藥水味充斥著鼻間，耳邊除了儀器的滴滴聲響外，還有人在交談的聲音。

「佩琳，小恩他沒有一刻忘記過妳，不管是在妳五年前出車禍、以及凱恩要娶老婆，還有妳這次動人工關節的手術，他都毫不猶豫就將身上所有積蓄拿出來。妳知道那些是他存了好久，打算去開刀的錢嗎？」溫雨溏壓低聲量說著，就怕吵到床上的人休息。

「我知道，就是因爲知道，我才不敢再跟他聯絡。」張佩琳看著病床上孱弱的林慶恩，不停地拭淚，「否則爲什麼他五年前到加護病房去看我，我要狠心地叫他走？我多麼想要抱抱他，想好好地看看他……」

溫雨溏驚喜地問：「妳原諒小恩了？」

「我早就原諒他了。當年他還是一個孩子，父母就是他的一切，他只是想要守護爸爸給他的愛，而亮偉也只是想要救兒子罷了。我失去亮偉太痛苦了，才會將一切都遷怒到他身上，讓他受了這麼多委屈。只是我太慢想通，對小恩的傷害卻已經造成了。」張佩琳嘆了一口氣，臉上滿是愧疚和自責。

「既然妳已經想開了，為什麼不回來找小恩？」溫雨溏不解地問。雖然林慶恩從沒說過，但溫雨溏知道他等這一天已經等很久了。

「我找過，不管是妳以前住的地方，還在現在住的地方，我都去找過，卻只敢遠遠地看著。我看到妳將慶恩照顧得很好，看著他越來越大，卻不知道該怎麼面對他，也覺得不打擾或許是我能為他做的最後一件事。身為媽媽，我只會造成他的負擔。」張佩琳流著眼淚說。

溫雨溏輕嘆了一口氣，「看來今天若不是我告訴妳小恩被困在火場裡、受了很嚴重的傷，妳也不會出現在他面前吧？」

張佩琳沉默地點頭，如果不是想親眼確認林慶恩的狀況，她的確不會出現在他面前。

「佩琳，逃避不是辦法。當年那個心結還是要解開，妳相信我，小恩他絕對不會覺得妳是負擔，若是他知道妳已經原諒他了，他一定會很開心的！」溫雨溏緊緊地摟著張佩琳的肩膀。

張佩琳搖了搖頭，伸出枯瘦的手摩娑著林慶恩的膝蓋，「如果不是我造成小恩經濟上的負擔，小恩的腳早就開完刀、跟一般人一樣了。我欠這個孩子太多太多了，沒資格當他的媽媽，我只希望他能早日康復，開心自在地過他的人生。」

「妳怎麼這麼死腦筋呢？」溫雨溏實在是受不了這對彆扭的母子，個性都一個樣！

「雨溏，慶恩就麻煩妳多費心了，別告訴他我來過。」張佩琳抹掉自己臉上的淚，戀戀不捨地看了好幾眼後才離開。

溫雨溏趕緊追了出去，她今天一定要說服張佩琳，「等等！佩琳——」

兩人一走，林慶恩才緩緩地睜開雙眼，視線早已一片模糊。

溫雨溏一回來，看見林慶恩雙眼放空，只盯著天花板流淚，便勾唇一笑，「你都聽見了吧？你媽媽他其實很在乎你，我一通知她你出事了，她馬上就衝了過來。只可惜我說不動她，她不想變成你的負擔，你呢？覺得她是負擔嗎？」

林慶恩猛搖頭，他怎麼可能覺得他的媽媽是負擔呢？只要媽媽能原諒他，就算他的腳再也好不起來也沒關係。

「這就是了嘛！」溫雨溏拿起一旁的棉花棒沾了些開水，抹在林慶恩乾燥的嘴唇上，「聽阿姨的，等你的傷養好了之後，親自去找你媽媽，把當年的事說開好嗎？你爸爸走後，她也過得很辛苦。人生苦短，我們應該要把握能相處的時光，過去的事就讓它過去，不要再耿耿於懷了，嗯？」

林慶恩點頭，親眼看著柯宥菁拖著羸弱的病體，就爲了要再看書好一眼，又經歷了這場火災，親耳聽見媽媽說的肺腑之言，現在的他猶如浴火重生，對於人生有了不一樣的體悟。

他不想再得過且過地活著。因爲他身邊有值得他守護和在乎的人。他想把握每一天，想認眞傾聽自己內心的聲音，眞正地生活，而不只是生存。

驀地，林慶恩想起了杜之揚，急著開口要問溫雨溏，但喉嚨一用力，一陣灼燒的痛感便立刻襲來，令他痛苦地抓著自己的脖子。

溫雨溏立刻拉住他的手，急忙說：「忘了告訴你，你的喉嚨還有肺部都被濃煙嗆傷了，要休養好一陣子才會好，這段時間就別再開口說話了。你是不是想問之揚的狀況？」

林慶恩著急地點頭。

「他沒事，只是右腳的燒燙傷還有被重物壓傷比較嚴重而已，喉嚨的狀況比你好一點，但說出來的聲音跟唐老鴨沒兩樣。」溫雨溏笑著說，「他比你早一天清醒，人就住在樓上的VIP單人病房，你身體好一點就可以去看他了。」

聞言，林慶恩一顆懸著的心終於落下。

「小恩，既然你醒了，那我就先回去店裡處理一些帳務，廠商今天要來收款，不過我有拜託護士幫忙照顧你，有問題你就傳訊息給我，我下午會再過來。」溫雨溏握了握林慶恩的手，替他將被子蓋好，叮嚀他一些注意事項之後便離開了。

溫雨溏走後，林慶恩一刻都躺不下去。他打算去樓上找杜之揚，不親眼看看杜之揚的狀況他不放心，好在他的身體被杜之揚保護得很好，沒有太大的傷口。

他邊走邊想著在火場裡頭，杜之揚說的那些話，心跳竟不由自主地加快，迫不及待地想要看見那個人的模樣。

可是，當他走到樓上，靠近杜之揚的病房時，卻倏地皺起眉頭。爲什麼病房外會有這麼多媒體？難道又是他繼父叫來的嗎？

很快地，林慶恩知道了原因。病房的門口輕輕地開啓，胖丁走了出來，後面緊跟著一位戴著口罩，身材纖細高䠷的女人——是貝拉。

原來是貝拉來看杜之揚了，怪不得有這麼多媒體。

一見到貝拉走出來，媒體一窩蜂地湧上前，七嘴八舌地問著：

「貝拉，有消息指出妳跟杜之揚交往好一陣子了是眞的嗎？」

「貝拉，你們是假戲眞作嗎？還是在合作這檔戲之前就交往了？」

「貝拉，經紀公司會反對你們的戀情嗎？」

一位戴著黑框眼鏡的女人擋在貝拉前面，「好了好了，各位記者朋友們，貝拉只是來探望之揚，畢竟同一個劇組，大家就像家人一樣，貝拉和之揚就只是朋友而已，請大家筆下留情呀！」

林慶恩的眼神一暗，心裡有些酸澀。杜之揚跟貝拉真的在交往嗎？他沒聽杜之揚說過，但他也從沒聽過杜之揚跟別人交往過，或許杜之揚不會跟他分享感情的事吧！

「慶恩，你醒啦？」胖丁忽然出現在他身邊，看著那一大票媒體，「這裡都是媒體，我們換個地方說話。」

胖丁將林慶恩帶到樓梯口旁，撓了撓頭後說：「慶恩，不好意思啊，這兩天太忙了都抽不出時間去看你，你身體還好嗎？我聽雨溏阿姨說你傷到喉嚨，有一陣子不能說話了。」

林慶恩微笑地點頭。

「沒事就好，你要有什麼三長兩短，我眞的會一輩子都良心不安。抱歉，我不知道儲藏室的門故障了，還把你困在裡面。」胖丁搓了搓雙手，語氣相當無奈，「都怪園長啦，接那麼多延長線，還每個都插好插滿，好在這次失火沒有人傷亡，算是不幸中的大幸。」

稍早前，林慶恩就聽溫雨溏說過了，此次火災的起因是延長線短路，再加上其中幾個插頭鬆脫引起的。不過育幼院本身就已經有二十多年的歷史，老式的建築裡並沒有那麼多插座，使用延長線自然是無法避免的事。

林慶恩搖了搖頭表示他並不怪胖丁，旋即伸出食指比著杜之揚的病房，想問問杜之揚現在好不好。

「你放心，他很好。」胖丁的臉上閃過複雜的神情，猶豫了一會兒，才咬牙說，「有愛情的滋潤，相信他的傷很快就好了！我也是看到貝拉來了才知道，他們兩個人——」

「慶恩，你果然在這裡！」柯宥菁從斜對面的電梯緩緩走了過來，一見到林慶恩，臉上浮現出一絲笑意，「我聽你阿姨說你醒了，結果去你的病房沒看見你，就想說你應該是來找杜之揚了。」

林慶恩勉強地笑了笑，腦中不斷地盤旋著胖丁方才未說完的話：杜之揚跟貝拉真的在交往。

也是，杜之揚一直都是喜歡異性的，是他自作多情了。

「妳怎麼會在這裡？」胖丁疑惑地問著同樣穿病患服的柯宥菁，他記得那場火災她沒受傷啊！

「我來接受治療的啊！」柯宥菁虛弱的臉上充滿著鬥志，「我想為了書妤努力一次，雖然已經癌末了，但還在呼吸就代表我還有機會，只要我能戰勝病魔，就能好好地陪書妤長大了。」柯宥菁清瘦的臉上有著嚮往和渴望。抗癌這條路是很艱辛的，每一天都要忍受著身心的折磨，以及未知的明天，但林慶恩相信柯宥菁做得到，她一定可以打敗病魔！

林慶恩拍了拍她的肩膀以示鼓勵，柯宥菁當然明白林慶恩的意思，回以一抹笑容，看著杜之揚病房前那一大群媒體問，「怎麼回事？圍了這麼多人？」

「貝拉來看之揚了，媒體不知道從哪邊接收到訊息，就將病房包圍了。我先去趕他們回去好了，不然等一下護士要來罵人囉！」說完，胖丁便往回走進媒體堆裡，一一勸退眾人。

「貝拉？那個很紅的演員？」柯宥菁望著人群中那位氣質出眾的女人，同時用手肘頂了下林慶恩，「欸，慶恩，你不覺得貝拉長得很像嘉婕學姊嗎？我從以前看她演的戲就一直有這種感覺了。」

林慶恩哪還記得與他只有一面之緣的嘉婕學姊長什麼樣子，不過此刻他也沒有心情回想。既然杜之揚有女朋友照顧著，他就不去湊熱鬧了，於是林慶恩比手畫腳地跟柯宥菁表示他要回自己的病房休息。

柯宥菁陪他回去，聊了幾句後也回去她自己的病房了。

林慶恩躺臥在病床上，靜靜地看著窗外的藍天，暫時不去想任何人事物，就單純地放空，竟連杜之揚傳來的訊息都沒注意到。

直到有個不速之客打破了這般平靜，「你看起來沒事了。」

林慶恩回神轉頭，來人竟是韓若瑩。林慶恩下意識地往她身後看去，顧嘉楠並不在。

「嘉楠去樓上探望杜之揚了。」韓若瑩解答了林慶恩的疑惑，接著說，「我來是有些事想問你。」

林慶恩不解地偏了偏頭。

韓若瑩握緊拳頭，深吸了一口氣後問：「你老實說，你還喜歡嘉楠嗎？」

若是幾天前問林慶恩這個問題，或許他會迷茫，會不知道該怎麼回答，因爲連他自己也不太清楚對顧嘉楠究竟是什麼感覺？到底還有沒有喜歡？

可是，現在他直視韓若瑩，毫不猶豫地搖了搖頭。

因爲杜之揚，因爲那場大火，他總算看清了自己的心。誠如他對顧嘉楠說的那樣，他曾經深深地喜歡過，但都是曾經了。

他不清楚是從什麼時候開始對杜之揚的感覺產生了變化，但他可以確定的是，他的生命中不能沒有杜之揚，只是太晚才明白。

「眞的？」韓若瑩嘴上的笑容溢滿了苦澀，「其實，我已經打算跟嘉楠離婚了。」

林慶恩微微吃驚地看著韓若瑩。她這麼愛顧嘉楠，怎麼會選擇離婚？

「是眞的，那天我看見嘉楠不顧自己的安危，跟著杜之揚一起撞門，若我沒有及時開口叫住他，他甚至都要衝進火場裡找你了。」韓若瑩的眼裡噙著淚水，卻倔強的不讓眼淚滑落，「把一個不愛自己的男人綁在身邊，眞的好累。因爲愛他，我根本無法忍受他心中還有別人，只是一再自欺欺人、強迫自己接受而已。」

韓若瑩仰頭，揚起了一抹堅強的微笑，「所以我決定放他自由，也放過我自己。其實，杜之揚說得對也罵得好，我的雙腳是意外造成的，與你們兩個人無關。是我自己看不開，還用這個理由將嘉楠強留在我身邊，這五年來更不停情緒勒索，這樣的我，眞的好可怕，也不再是我。

「慶恩，抱歉了，之前那樣針對你，一切都是我的不甘在作祟，你能原諒我嗎？」韓若瑩語氣眞誠，緊接著又說，「若你不能原諒我也沒關係，這是我應得的。我希望你能接受嘉楠，這些年來他過得很壓抑，但他心裡至始至終只有你一個。」

林慶恩搖了搖頭，他跟顧嘉楠之間眞的已經結束了。或許是他們注定有緣無分，總是在錯的時間遇見對的人，五年前是，小時候亦是。

「慶恩，你還在生我的氣嗎？也是，換作是我，我或許會更生氣。」韓若瑩自責地垂下頭，「這樣吧，身體要緊，你先休息，之後再好好考慮一下。」

林慶恩頭一次覺得不能說話竟是這麼痛苦，他想跟韓若瑩徹底地說清楚。當然他有別種方式可以跟韓若瑩溝通，比如說在手機上打字，或寫在紙上，只不過他的手指頭纏滿紗布和繃帶，實在不方便。

林慶恩嘆了一口氣，索性閉眼假睡，韓若瑩看見林慶恩這樣也不想打擾，操作著輪椅緩緩離開房間。

躺在病床上的杜之揚死死地盯著手機看，那目光簡直快把手機盯出一個洞來了。一看見胖丁開門，他立馬就問：「你有看到林慶恩嗎？他眞的沒事嗎？爲什麼都不回我訊息？」

不等胖丁回答，下一秒，杜之揚就要起身下床，「不行，我還是親自去看一下比較放心。」

「欸欸欸！醫生說你要盡量躺床不要動！」胖丁趕緊衝上前去阻止杜之揚，「你放心，慶恩沒事，我在電梯口遇到他，都可以下床了是要有什麼事？」

「電梯口？」杜之揚狐疑地問，而後揚起一抹笑容，「他是要來看我嗎？」

「呃，原本是，但外面不是圍了一大圈媒體嗎？他就又回去他的病房了。」胖丁擺了擺手，將杜之揚推回床上去，「哎唷，反正他沒事就對了，你就躺在床上安心休養吧！」

「那他為什麼不回我訊息？」杜之揚越想越不對，便又想起身下床，「那群媒體真的有夠煩，也不知道是誰叫來的，該不會是貝拉那個女人吧？我就知道她專程來看我肯定不安好心。我還是去看看林慶恩好了！」

「你為什麼要這麼堅持啦？外面那些媒體表現上看起來已經散了，但是肯定還有狗仔留著偷拍，你這樣去看慶恩，萬一被拍到怎麼辦？」胖丁氣急敗壞地吼著，「等一下把你跟慶恩同居的事情挖出來，然後把你寫成同性戀怎麼辦？」

杜之揚怔愣了一瞬，看著胖丁漲紅的臉片刻，眉眼間浮起從未有過的堅定，「寫就寫，我喜歡林慶恩是事實。」

「你——」

「你是火災的時候發現的？」杜之揚無比認真地說，「抱歉，我本來就沒打算隱瞞你。之前我不說是因為我只想默默地喜歡林慶恩，守在他身邊就好，可是這場火災讓我差一點就永遠失去他了，不管他接不接受，都不會改變我對他的心意。我喜歡林慶恩，從小就喜歡了。」

或許從見到林慶恩的第一眼，他的模樣就烙上心田，揮之不去。

「寫就寫？你說的倒是輕鬆，你有想過狗仔寫出來會對你和慶恩造成什麼後果嗎?!」胖丁揉著自己的太陽穴疲憊地說，「先不提慶恩會被肉搜，他的那些往事全部都有可能被翻出來。就說你，你覺得公司有可能讓你公開嗎？你那個把你當作搖錢樹的吸血鬼繼父有可能放過你嗎？

「不會！老實告訴你吧，爲什麼貝拉會來探望你，媒體又爲什麼會知道？這都是公司的安排！公司跟貝拉所屬的經紀公司達成協議，希望你們能用你們的緋聞炒作假新聞，藉機宣傳新戲！」胖丁無力地垂坐在椅子上，這幾天他幾乎沒睡，就是在處理這些事。

「貝拉那女人會同意？」杜之揚不可思議地反問。

胖丁翻了個白眼，「不然你以爲她今天出現在這裡幹嘛？看病噢？」

「等等！你說林慶恩看到媒體和貝拉，那他知道這一切是假的嗎？」杜之揚心急地問，「不行！我要去跟他解釋清楚！」

「解釋什麼？」胖丁趕緊按住杜之揚的肩膀，不讓他下床，「之揚，我剛剛講得還不夠清楚嗎？因爲你的身分，你可以喜歡慶恩，但你不能說出口懂嗎？你唯一的選擇就是配合公司的安排，佯裝你跟貝拉假戲眞作，這樣對你和慶恩才是最有利的！」

「我不要！爲什麼我要跟那女人演這齣戲？爲了明星這個身分，我犧牲了很多東西和原則，這是我的選擇所以我認了，但我唯一不能犧牲的就是我的心。我無法假裝喜歡別人，特別是在林慶恩面前。」杜之揚的態度很強硬，不管林慶恩對他的感覺是什麼，他就是不想林慶恩誤會。

胖丁皺著眉頭喊著：「你可以私下跟他說這是假的啊！」

「胖丁，我想光明正大地跟他並肩而行。如果我照著公司的安排，我們兩個之間就再也沒有坦蕩和自由，走在路上，我連牽他手的資格也被剝奪了。我一個人演戲已經夠累了，我不希望將這些帶給他。」杜之揚勾著一抹苦笑，他是想爲林慶恩撐起一片小天地，而這片小天地不該有這些是是非非。

「那你想怎樣？難道你要爲了慶恩跟公司解約、退出演藝圈嗎？我告訴你，我去探過上頭的口風了，上頭根本不能接受旗下藝人出櫃！你也不要以爲跟這間公司解約，再跳到另一間公司就好。前陣子那個不跟公司續約的歌手，你知道吧？他一離開公司就莫名其妙被告侵權了，現在官司打得沒完沒了，你以爲公司會甘心地放過你這隻金雞母嗎？不會！公司得不到你就只會毀掉你！」最後，胖丁重重地嘆了一口氣，語重心長地說：「一旦你承認喜歡慶恩，你的演藝生涯等同於完蛋你知道嗎？」

杜之揚思考了幾秒，旋即雲淡風輕地笑了笑，「頂多就不當明星吧，演藝生涯跟林慶恩比起來，當然是林慶恩最重要。」

「我不同意！你不准這麼做！」男人憤怒的嗓音響起，胖丁來不及關好的門猛然被推開，顧秉元氣呼呼地衝了進來，「杜之揚，我不准你跟公司解約！」

杜之揚冷冷地瞪著他，勾起一抹鄙夷的笑容，「你憑什麼不准？如果我不同意，你是不是還要像小時候那樣暴打我？」

面對杜之揚冰冷的眼神，顧秉元暗暗心驚，但那張老臉仍保持笑意，「之揚，那都是以前的事了，我也很後悔當初那樣對你。但你能不能看在你媽的面子上繼續當明星，你媽很以你的身分為榮啊！」

「看在我媽的面子上？是看在錢的面子上吧！我如果不當明星，你就再也無法用媒體威脅到我，也就從我身上撈不到錢了。」

杜之揚不屑地冷笑，「顧秉元，這些年我是看在你陪在我媽的身邊，我才願意掏錢出來。我自認沒有欠你什麼，簡單來說，我願意給錢，你要感謝，我不願意給錢，也是應該的。就憑你小時候那樣不分日夜地狠揍我、差點把我給打死的暴行，我寧願把錢全部捐出去，也不想給你一分一毫！」

顧秉元被杜之揚一針見血的話說得惱羞成怒，臉色一陣青一陣白，狠狠地開口：

「杜之揚!我可是你繼父,再怎麼樣也養你長大,你就有責任照顧我到老!別以爲我拿你沒辦法,若是你執意要放棄演藝事業,我就將林慶恩的過去爆料給媒體,再照三餐揍你媽,不信你走著瞧!」

「你威脅我?」杜之揚臉上的笑意全無,咬牙切齒地說,「你還有一個女兒也是搖錢樹,你想要錢幹嘛不去找顧嘉婕拿?難道還要我提醒你顧嘉婕的藝名叫貝拉嗎?噢!她剛才才來過,要不要叫我經紀人去把她找回來?你們父女應該也很久沒見面了吧?」

「你怎麼會知道?!」一提到顧嘉婕,顧秉元的臉色忽地複雜了起來。他當然知道顧嘉婕也當了明星,還是現在當紅的女演員,藝名叫作貝拉。

但親生的跟養的還是有差的。他可以無所不用其極地壓榨杜之揚,不代表他能這麼對待他的女兒。當年他爲了要跟杜之揚的媽媽范欣妍在一起,不惜拋妻棄子,近二十年來不聞不問,現在他哪有那個顏面去找親生女兒要錢?甚至不希望自己成爲女兒演藝事業的汙點。

杜之揚嘲諷地說:「我怎麼知道貝拉就是顧嘉婕?你是不是忘了小時候你曾經帶著顧嘉楠和顧嘉婕跟我和我媽一起吃飯的事了?顧嘉婕大我一屆,在學校可沒少找過我麻煩。一開始我還眞的是很頭痛,不過後來我發現她似乎很怕父母離婚的事被同學知道，大概是怕會毀了她那小公主的完美形象吧！」

而後，杜之揚話鋒一轉，瞪著顧秉元，「你聽清楚了，只要你敢對媒體爆料慶恩的過去，我就敢對媒體公開你跟顧嘉婕之間的關係。」

「你敢？你就不怕我打你媽？你媽這麼愛我，就算被我當作狗在打，也絕對不會離開我！」顧秉元憤怒地說。

杜之揚緊握著拳頭，他雖然對他的母親感到失望，但畢竟是自己的媽，他總不能當作沒有這回事。他不是她，可以選擇漠視。

「若你眞的敢動手，或者對慶恩不利，我跟嘉婕會跟杜之揚一起開一場記者會，將這一切攤在社會大眾眼前，這樣你就威脅不到任何人了吧！」顧嘉楠突然走了進來，冷漠地說。

顧嘉楠來的時候，正好看見胖丁來不及關門就衝了進去，本來他是想敲門，但聽到他們談論起林慶恩跟顧嘉婕，便靠著牆壁默默地聽著。他不是有意要偷聽，只是事關兩個他最在乎的人，他想知道杜之揚會怎麼選擇。

顧秉元比他還晚來，只不過他一聽到杜之揚爲了林慶恩打算放棄演藝事業，就怒氣沖沖地走進去阻止，壓根兒沒發現顧嘉楠。

「嘉楠？你怎麼會在這裡？」顧秉元大驚失色，激動地問。同樣是近二十年沒見，但自己的兒子他怎麼會認不出來？

「收手吧，不要再為難杜之揚了，他不欠你什麼。既然你當初為了他的母親而放棄媽和我們兄妹，你就該對他母親好，否則所有人的人生都因你而遍體鱗傷，你就沒有一點愧疚嗎？」顧嘉楠無視顧秉元眼中的驚喜，淡淡地說著。

「嘉楠，我是你爸爸，你怎麼可以為了杜之揚這樣對我？」顧秉元想生氣，可是在這麼多年未見的兒子面前，他又不敢發脾氣。

顧嘉楠不禁氣笑了，「爸爸？我從十二歲開始就沒有爸爸了。只有一個離婚後重度憂鬱症、動不動就想輕生的媽媽，還有一個差點誤入歧途的妹妹。你說我該怎麼對你？」

聞言，顧秉元瞳孔緊縮，他沒想到當年離婚後，他們三人會過得那麼辛苦。

顧秉元慚愧地看著顧嘉楠，「對不起……是我對不起你們。」

顧嘉楠無視他的道歉，像對陌生人那般冷淡地說：「如果你還有一點良知，覺得對我們抱歉，就不要再攪和我們每個人的人生，安靜地過你自己的日子吧！你可以走了，我有事想跟杜之揚說。」

顧秉元似乎還想說些什麼，想了想還是作罷，便黯然地離開。

房間忽然靜了下來，胖丁早就坐在一旁的沙發上，決定不干涉杜之揚的私事，但顧嘉楠和杜之揚彷彿都在等著對方先開口似的，現場一陣沉默。

好一陣子，顧嘉楠才開口：「謝謝，也對不起。」

「什麼？」杜之揚滿頭問號。謝謝什麼？又對不起什麼？

「謝謝你保護慶恩，在這麼多人威脅你的情況下，還能堅守本心，將慶恩放在第一位。對不起的是之前對你說話，總是處處在針對你。我不知道原來你跟你媽……這些年來是過著這樣的生活，還以爲你們就像在媒體面前那樣相處融洽。」顧嘉楠的語氣中帶著滿滿苦澀的歉意。

「保護林慶恩是我原本就應該做的事，與你無關；你爸對我跟我媽家暴，這是他個人的行爲，也與你無關。」杜之揚面無表情地說。他跟顧嘉楠連朋友都算不上，再加上兩家人不可能共存的關係，說話就不需要拐彎抹角了。

顧嘉楠不以爲意地笑了笑，「我來，是要告訴你，我跟若瑩達成協議，決定要離婚了。」

「哦？」杜之揚皺起眉頭，緊接著問，「你想追回林慶恩？」

杜之揚的心裡隱隱作痛，如果顧嘉楠想跟林慶恩重新開始，林慶恩會接受他吧？畢竟他們當初差一點就在一起了，而且林慶恩那麼喜歡顧嘉楠。

「如果是，你會怎麼做？」顧嘉楠反問。

「林慶恩選擇跟你在一起的話，就祝福你們啊！」杜之揚忍著心痛回答。事實上他的確也會這麼做，儘管自己都快要痛死掉了，他還是只要林慶恩好。

「那如果慶恩喜歡的人是你呢？你是否可以像你剛才說的那樣，不顧一切也要保護他？」顧嘉楠又問。

「如果林慶恩喜歡的是我，我什麼都不要，就只要他一個人。」杜之揚想也不想就答。但這個可能性他想都不敢想，就怕會絕望。

顧嘉楠滿意地點頭，「這樣我就放心了。你比我更適合慶恩，慶恩跟你在一起才能擁有最純粹的幸福。」

或許是因爲旁觀者清，其實顧嘉楠早就看得清清楚楚，只是心中不願意承認，也不想放下罷了。林慶恩和杜之揚之間，沒有牽扯進其他人，他們一心只爲了對方好，這樣的感情才能細水長流。

「我不會追回慶恩，因爲就算我想，他也不會答應。育幼院失火的那天，他已經很清楚地告訴我，他放下了對我的感情，我們之間是徹底過去了。」顧嘉楠像是將心中的大石頭放下，鬆了一口氣地說，「這才是我來找你眞正想說的。你可以放心地去追求慶恩了，而且我也看得出來，慶恩的心中，有你。」

他愛林慶恩，但他更希望看見林慶恩幸福，所以他選擇祝福。

杜之揚愣了幾秒後，不敢置信地問：「你是說眞的？」

林慶恩不會說謊，既然他親口說出他放下顧嘉楠了，就代表他眞的不喜歡顧嘉楠了。這叫杜之揚怎麼不開心，嘴角止不住上揚，笑得都快要抽筋了！

始終沒說話的胖丁，忽然臉色鐵青地說了一句：「來不及了……」

「什麼來不及了？」杜之揚蹙眉問。

「我不知道你對慶恩的感情這麼深，身爲你的兄弟兼經紀人，實在無法看著你爲了慶恩斷送大好前程，所以我剛剛遇到慶恩的時候，不但沒有跟他解釋貝拉來找你是爲了炒作新聞，而且還撒了謊，跟他說你們假戲眞作……眞的在交往。」胖丁瞥見杜之揚越發難看的臉色，聲量不由自主地越來越小聲。

「你這個王八蛋！難怪林慶恩不回我的訊息！」杜之揚簡直氣炸了，不顧自己的腳傷，就要下床去找林慶恩。

胖丁趕緊上前制止，「之揚，醫生說你不能下床——」

「滾開！我告訴你，林慶恩要是不理我了，老子就跟你絕交！」杜之揚拿起一旁的拐杖，就算強行走路會留下什麼後遺症，他也不在乎。他只想親口解釋誤會，並且告訴林慶恩自己對他的感情。

可惜，杜之揚還是來晚了，林慶恩的病房早已空空如也，反倒是韓若瑩還在林慶恩的病房外。

跟著杜之揚一起下來的顧嘉楠開口問了韓若瑩：「慶恩人呢？」

「出院了。」韓若瑩嘆了一口氣，「他傳訊說他有事想去做，就出院了。」

「醫生沒攔？」顧嘉楠緊皺著眉頭。

「醫生是建議他可以多住一、兩天，不過同時也說他沒有大礙了，好好調養身體和保護喉嚨，定時回診就好。」韓若瑩的反應跟顧嘉楠一樣，覺得林慶恩應該還不能出院，當然也就問過醫生了。

杜之揚趕緊衝回自己的病房，拿起手機看，果然看見林慶恩傳了一則訊息過來：

謝謝你救了我，好好照顧自己的身體，我沒事，也很好，只是特別想去找一個人，將心中的話全部說出來。

杜之揚急得像熱鍋上的螞蟻，立刻打電話給溫雨溏。孰料，溫雨溏一聽反而笑了，欣慰地說：「這小子終於想通了！」

「什麼想通了？到底發生什麼事了？」杜之揚迫不及待地問。

「他去找他媽媽了。之揚，你給他一點時間和空間吧。有些路他必須自己一個人去走，有些事也只能他獨自去面對，讓他跟他媽媽好好處理他們的心結。這段時間，你就別煩他了，安心休養吧！」溫雨溏笑著叮嚀。

她相信再次經歷過一場火災的林慶恩，對人生肯定有更深刻的體會，也會有足夠的勇氣和智慧去撫平過去的傷疤。

林慶恩的確是來找他的媽媽。他沒有帶任何行李，只帶著手機和錢包，搭著火車獨自前往媽媽所居住的縣市。

這些年來，儘管他表面上看起來很平靜淡定，甚至有些不在乎，但還是默默地將媽媽的地址背了下來，並且牢記於心。

下計程車後，他仔細地打量眼前三樓半的透天厝，這是他第一次來到媽媽住的地方，就連五年前媽媽出車禍，他也沒來過。

「哥！你怎麼會來？」林凱恩遠遠看著站在他家門口的男人，一眼就認出是林慶恩。

林慶恩側首望去，看見林凱恩手上抱著一個小孩，左側還跟著一個嬌小的女人，而他媽媽就站在林凱恩的右方，一家人看起來很是溫馨。

若是以前，林慶恩一定會覺得難受。可是現在，他微微地笑著，幸好當年那場火災，沒有將所有的不幸都帶給他最愛的家人，幸好他們還能重拾幸福。

張佩琳遙望著臉上掛著淺笑的男孩，立刻溼了眼眶。那是她的慶恩，她的寶貝兒子！無數念頭自她的腦海中飛掠而過，或逃避、或把林慶恩趕走、或轉身就跑、或罵林慶恩爲什麼不待在醫院休養。但她發現她最想做的竟是上前去抱抱他，問他過得好不好？

就在張佩琳愣在原地的時候，林慶恩率先動了。他緩步而來在她面前站定，下一秒，伸出雙手緊緊地抱住媽媽，在她耳邊發出微弱的氣音：「媽，我回來了。」

林慶恩已經打定主意，這次不管他媽媽說出再難聽的話，或者堅持要他走，他都不會離開。

兩行淚水自張佩琳的眼角驟然落下，她知道如果不要造成兒子的困擾，就應該狠下心將慶恩推開。可是……這麼多年過去了，當年的憤怒全都轉換成心疼，她怎麼還能夠再次傷害慶恩？

「回來就好，回來就好！」張佩琳哭了起來，用盡全力回抱住林慶恩，「對不起，是媽媽傷透了你的心……」

林慶恩用力地搖了搖頭，將臉埋在母親的肩上無聲哭泣，像是要將這些年來的委屈和壓抑全都發洩出來，更用著氣音斷斷續續地說：「可……可不可以……不要，再趕我走了？我、我知道錯了，是我害死爸爸……對不起，可、可是我想代替爸爸……

照顧妳……」

「不會了，媽再也捨不得趕你走了！」張佩琳將林慶恩拉開，雙手捧住他的臉，小心翼翼地擦著他臉上的眼淚，「那場火災不是你的錯，爸爸也不是你害死的。嚴格來說他不只是爲了救你，也是爲了救其他的居民和他的同僚；既然他選擇了這個職業，就伴隨著這些風險，媽媽應該早就要有心理準備才是，但我卻將所有的錯都推到你身上，讓你小小年紀就一個人承擔這些痛苦，是媽對不起你！」

兩人抱頭痛哭起來。

「哎唷！事情都過去了，媽、哥，你們就別再追究是誰的錯。我們人啊，就是要向前看嘛！雖然我們失去了爸爸，可是至少我們還有彼此啊！」林凱恩在一旁吸吸鼻子，開懷大笑，將懷中的小女孩舉到林慶恩面前，「介紹一下，這我的前世情人。」然後又看了下身邊嬌小的女人，「再介紹一下，這位是我此生摯愛。」

女人害羞地捶了林凱恩一下，兩人逗趣的舉動使得林慶恩忍不住破涕而笑。

此時，林凱恩突然看向林慶恩，嘴角揚著一抹大大的笑容，語氣卻是無比認眞，「哥，歡迎回家。」

聞言，林慶恩噙著眼淚笑了，倘若他能開口說話，他想告訴林凱恩：謝謝你，還認我這個哥哥；也謝謝你，照顧了我們這個家。

時光匆匆，林慶恩已經在這裡住了一個月。

這一個月以來，張佩琳無微不至地照顧著林慶恩，燉了各種補湯給他補身子；而林凱恩夫婦也很關心林慶恩的傷勢，就連林慶恩的小姪女也很喜歡黏著他。因爲林慶恩那一雙巧手幫她修補了好多她心愛的玩具，在她純眞的心裡，林慶恩簡直就是她的偶像！

這段期間，林慶恩感受到了屬於家的溫暖，跟住在溫雨溏家不太一樣，但他同樣珍惜。

一切安好，然而他的心中卻一直想著一個人。腦海裡時不時就浮現他的輪廓和表情，只不過這個人也整整一個月沒有傳訊息給自己，而自己也沒有主動找他。

導致他想知道杜之揚過得好不好？身體恢復得怎樣了？都得想辦法從雨溏阿姨那邊套話。林慶恩告訴自己，或許是相處太久，久到忘了離別的滋味，才會在分隔兩地時，格外思念。

他沒有想過自己會那麼想杜之揚，很想很想。可是只要想起胖丁說過的話，想起他跟貝拉在交往，他的心總是會不由自主地痛著。

林慶恩苦澀地想著，難怪一個月都沒消沒息，戀愛中的男人，忘記朋友很正常，對吧？

這天，家裡來了個客人。

「顧老師？好久不見！你怎麼來了？」林凱恩開門驚呼，「趕快進來坐，你是來找我哥的吧！」

「對，慶恩在嗎？」顧嘉楠甫進門，就看見林慶恩坐在沙發上正抬頭看著他，「看起來氣色不錯，方便聊聊嗎？」

林凱恩給杜之揚泡了杯茶之後，就將客廳留給兩人，而顧嘉楠先是關心林慶恩的傷勢，確定他的外傷已經好得差不多了，才徹底放心。

「你要一直住在這裡嗎？」顧嘉楠終於切入正題。

林慶恩搖頭。

「那打算住到什麼時候？」顧嘉楠又問。

林慶恩眼底閃過一絲迷茫，隨後聳聳肩。他是該回去雨溏阿姨那邊了，他的工作也在那邊，可是再一次見到杜之揚，他能再像以前那樣只把杜之揚當作知己或是家人嗎？

「慶恩，你喜歡之揚吧。」顧嘉楠肯定地說，「既然喜歡，就趕快去阻止他吧！」

向來有耐心的顧嘉楠已經懶得再試探了，他真是受夠這兩人了，真能忍。明明內心已經將對方裝好裝滿，居然能忍著一個月都不聯絡。

林慶恩不解地看著顧嘉楠，阻止杜之揚，什麼意思？

顧嘉楠直接了當地說：「他跟貝拉的緋聞是假的，是雙方經紀公司的策略，炒作假緋聞藉機宣傳即將上檔的新戲。」

林慶恩皺眉，怎麼跟胖丁說得不一樣？勉強開口，聲音卻是沙啞無比，「可是，胖丁說他們假戲眞作——」

「那是胖丁不了解狀況。」顧嘉楠沒打算將胖丁擅作主張騙了林慶恩的事說出來，這樣只會造成不必要的矛盾，「不過，據我所知胖丁說得也沒錯，貝拉似乎假戲眞作喜歡上杜之揚了。聽說她想倒追杜之揚，今天中午還買通媒體要營造成她跟杜之揚私下約會的樣子，想藉機坐實這個緋聞。」

「爲什麼你會知道？杜之揚答應了？」林慶恩突然覺得這一個月來的煩悶，瞬間煙消雲散，原來杜之揚沒有跟貝拉交往。

「因爲貝拉是我的親妹妹，但杜之揚他不知道。是貝拉想串通胖丁將杜之揚騙去餐廳，這是公司的政策，胖丁沒得選擇只能照做。」顧嘉楠坦白地說，「慶恩，我是貝拉的哥哥，不方便出面，可是你不一樣，你可以將杜之揚帶走，阻止這一切。」

林慶恩愣了愣，垂下眼眸輕聲說：「他們兩個人滿登對的，我爲什麼要去阻止？」

「因爲你喜歡他，他也喜歡你呀！」顧嘉楠急著說，「育幼院失火的那天，杜之揚無畏火海，一心只想要救你，甚至想也沒想地衝進儲藏室找你。慶恩，他的心裡有你，你的心思細膩敏銳，別告訴我你沒感覺。」

林慶恩當然有感覺。就是有感覺，當初聽到胖丁說得那些話才會這麼難過。那時他以爲杜之揚對他是家人或朋友間的喜歡，而杜之揚眞正喜歡的人是貝拉。

只是他雖然很開心跟杜之揚有一樣的心情，對彼此也是一樣的喜歡，但同時他也擔心，自己的性別會給他帶來很大的困擾。杜之揚是個明星，所要承受的目光已經比一般人來得多，他不希望杜之揚爲了他，又要忍受社會大眾批判或審視。

顧嘉楠一眼便看穿林慶恩的心思，輕嘆了一口氣，「他爲了你，在這一個月以來不停地跟公司周旋，就爲了能光明正大地承認他喜歡你。不管有多少人阻撓，他都不管，不管上頭給他多少壓力，他都願意扛，只因他不想讓你受任何委屈。

「他爲了你都已經做成這樣，你是最了解他，也知道他最想要什麼的人，是否也該爲了他勇敢一次呢？」顧嘉楠揚起一抹苦笑，「他一路走來都很辛苦，不管是親情還是愛情，而這是我唯一能幫他的。你好好想想，我就在外面等你，只要你想清楚了，我立刻載你過去。」

語畢，顧嘉楠開門離開，留給林慶恩思考的空間。

林慶恩無奈地扯了扯嘴角，杜之揚要什麼？他怎麼會不知道杜之揚要什麼。他所擔心的那些事情，以及想退縮的念頭，都不是杜之揚想要的。杜之揚想要的是他，是他們在一起。

可是，他真的能這麼自私地無視杜之揚承受的壓力，義無反顧地跟杜之揚在一起嗎？這條路只會更辛苦呀！

「慶恩。」張佩琳喚了聲失神的兒子。

「媽。」林慶恩抬頭看著媽媽，「怎麼了？」

張佩琳在林慶恩身邊坐下，將一個紙盒放在林慶恩的腿上，微笑著說：「這給你。」

「這什麼？神祕禮物嗎？」林慶恩笑了笑，打開紙盒的剎那，表情定格，不敢置信地看著躺在禮盒裡的東西。

是他的小白熊！斷掉的四肢已經被縫補回去，毛色看起來雖然灰灰的，但已經比當時剛從火場出來時好多了，顯然被用心地清洗、縫補過。

「媽沒什麼縫補玩偶的經驗，這些年來拆了又縫，縫了又拆，好不容易像點樣子，但跟你的手法比起來還是差多了，早知道就留著給你自己縫了。」張佩琳輕嘆了一口氣，語帶歉意地說，「慶恩，對不起，當時毀了這隻小白熊。這是你爸爸送你的禮物，你那麼珍惜，我卻把它弄得四分五裂，你的心一定很痛吧！」

林慶恩直搖頭，緊抱住小白熊，失而復得的感覺眞的很好，「我以為妳把它丟掉了。」

「的確差點就丟了！」張佩琳的唇角微揚，神神祕祕地靠近林慶恩，「不過，我想起你爸爸打算送你這隻小白熊時說的一句話，我就想說還是留下來好了。好在將它留了下來，這些年我想你的時候就會拿出來看一看，算是一個念想吧！」

「什麼話？」林慶恩眨了眨眼睛，一臉好奇。

「你知道這隻熊是限量的，而且還是一對的吧？」

林慶恩點頭，他之前無意間聽到杜之揚對雨溏阿姨提起過。

「那你知道這一對熊的名字叫什麼嗎？」張佩琳噙著笑意問。她見林慶恩搖頭，便接著說，「這對熊叫作『唯一熊』。你爸爸希望你能順利地遇見你生命中的那個唯一。」

林慶恩怔愣了一瞬，想起了爸爸和雨溏阿姨有始無終的愛情，腦海中彷彿浮現了爸爸說這句話時，臉上的感慨和期許。

「慶恩，去吧！爸爸也會在天上幫你加油的，之揚那孩子我覺得不錯，趕緊帶回來給我當『媳婦』！」張佩琳摟著林慶恩的肩，想給寶貝兒子一點力量。

林慶恩似乎想通了什麼，忽地綻放一抹笑靨，只是那清澈的眼睛裡閃爍著水光，「妳怎麼知道不是妳兒子去給人家當媳婦？」

「那也好啊！帶個『女婿』回來，我也是可以接受。」張佩琳表情誇張地說，「就是怕你婆家會欺負你。沒關係，以後你婆家要是敢欺負我的寶貝兒子，媽立刻殺去他們家！」

林慶恩噗哧一笑，被自己的媽逗樂了。

「是啊，我看之揚哥那模樣，你當『媳婦』的可能性比較大一點。」林凱恩坐在樓梯口吃著爆米花，隨即對著張佩琳說，「媽，妳放心，之揚哥很疼哥的，哪捨得給哥受一點委屈啊！」

林慶恩霎時反應過來，「好啊！你們都偷聽我跟顧老師說話！」

「不偷聽行嗎？我之揚哥已經等你很久了，你大學那時候跟顧老師走得近，我都替之揚哥捏了把冷汗，擔心得要命！」林凱恩絲毫不覺得偷聽是一件不道德的事，還理直氣壯地說，「好啦，你趕快去吧，要不然媽的『女婿』要飛了！」

林慶恩想通了之後，便即刻整理了隨身物品，打算跟顧嘉楠回去了。只不過他隨後有些無奈地看著自己的雙手，本來他是兩手空空地來，現在卻掛著大包小包要回去，全是張佩琳準備的名產和補品。

「媽，太多了！」林慶恩抗議著。

「怎麼會？又不是全部都要給你的。要記得哦，紅色袋子幫我帶給雨溏，藍色袋子給我未來的女婿，黃色袋子給那位顧老師，人家大老遠地來載你，多不好意思啊！」張佩琳不給林慶恩反應的時間，便把林慶恩推出門口。

「那個顧老師……」林慶恩尷尬地看著倚著車門站立的顧嘉楠，搞得他像是搬家工人似的。

顧嘉楠僅是一笑，「上車吧！」

顧嘉楠開車雖然穩當，不過車速並不慢，途中還載林慶恩回溫雨溏家拿東西，但也僅用了一個多小時就抵達那間知名餐廳。

林慶恩急急忙忙地下車，看著對面那家餐廳外頭圍著的人，大多都拿著單眼相機和紙筆，一看就知道那是記者，他的心瞬間涼了一半。

顧嘉楠皺眉說：「我們快過去吧，希望來得及！」

林慶恩忍受著腳痛，奔跑了起來。一直以來，他只是走路看起來與常人無異，但他的腳畢竟還沒開刀，跑起來還是會給身體造成很大的負擔。

見狀，顧嘉楠的眼底閃過一絲心疼，趕緊喊：「慶恩，慢點！」

林慶恩根本沒聽見，一心一意只想趕快跑進去餐廳，他要阻止杜之揚，他要告訴杜之揚，他的心意。

或許他們選擇在一起會很辛苦，會面對很多不友善的目光，他無法阻止這些發生，但他會陪著杜之揚一起面對。就像小時候那樣，他們的世界有彼此，就什麼都不怕了！

懷抱著這樣的心情，林慶恩氣喘呼呼地跑進餐廳裡，環視了一周卻沒看見杜之揚，連貝拉的身影也沒看到。

此時，身邊的男聲傳進林慶恩的耳裡，「嘿嘿！搶到這個獨家新聞，我這個月的獎金有著落了！」

聞言，林慶恩的心咯噔一聲沉了下來，無力地蹲下，將頭埋進自己的膝蓋裡。結束了，他還是晚了一步……

林慶恩的眼淚簌簌地流下，突然有一種被全世界遺棄的感覺，自己是那麼的渺小無助。原來失去杜之揚這麼痛，原來自己已經這麼喜歡杜之揚了，爲什麼他偏偏這麼晚才發現？

驀地，沙啞又溫柔的叫喚聲在林慶恩面前響起，「林小恩。」

林慶恩頓時止住眼淚，愣愣地抬頭望著身前修長的身影。時隔一個月，再次看到這個人，他竟忍不住哇的一聲哭了出來，那模樣既無助又可憐。

杜之揚瞬間慌了，立刻將他扶起來，用手心不停地抹去他的眼淚，「怎麼了？怎麼哭成這樣？誰欺負你了？林慶恩，你別嚇我，回答我的問題！」

「你！你欺負我！」林慶恩邊哭邊說。

「我？我哪裡欺負你了？」杜之揚一臉不解，他哪敢欺負林慶恩？又怎麼捨得欺負林慶恩？

「你爲什麼一個月都不找我？你是不是忙著談戀愛，忘記我了？」林慶恩稍微平復了心情，忍不住問道。

「我哪有談戀愛，你不在，我要跟誰談戀愛？我告訴你，你別相信胖丁那死胖子說的話，我跟貝拉根本不可能交往！我繼父就是顧嘉楠的親生爸爸，貝拉是顧嘉楠的妹妹，所以在法律上來說，我們算是沒有血緣的姊弟。」

杜之揚捧著林慶恩的臉，認眞地解釋著：「我不找你，是因爲雨溏阿姨說你去找你媽媽了，她要我給你一點時間和空間。我以爲你處理好了就會找我，結果我等了一個月還是沒消沒息，我本來打算你今天沒來，我就要去你家找你了！」

林慶恩忽然覺得不對勁，「什麼意思？你知道我會來？」

「不這樣刺激你，你這隻鴕鳥怎麼會出現呢？」

驀地，身邊那群揹著單眼相機的其中一個女人說話了，林慶恩仔細一看，才認出那個女人是貝拉。

不只是貝拉，林慶恩仔細地望去，雨溏阿姨、柯宥菁、韓若瑩、胖丁、胖丁的女朋友……人人都在，有些打扮成記者，有些打扮成客人，但臉上都掛著莫名的笑容。

「你們串通好的！」林慶恩瞪大雙眼，而後想起剛才自己的失態，不禁漲紅了臉，「那我剛剛還……」

杜之揚突然明白了過來，牽起林慶恩的手放在自己的臉頰上，「你剛剛會哭，是因爲找不到我吧！」

看著杜之揚嘴角得意的笑容，林慶恩應該要生氣地揍他一拳才是，誰叫他要這樣設計自己！可是此刻的林慶恩卻好感謝這一切都是假的，他並沒有失去杜之揚。

不過，這不代表他這麼輕易就不追究了。

林慶恩佯裝生氣，將手上的提袋拿給杜之揚，「我來，是要還你東西的。」

「這什麼？」杜之揚接過提袋，看見裡頭的小熊先生，臉上的笑意全無，恐慌取而代之，「爲什麼要把小熊先生還我？」

林慶恩見杜之揚這慌張無措的模樣，頓時有些不忍心，但他還是扳著一張臉，冷淡地說：「當然是不需要了才還你。」

「慶恩，你是不是生氣了？我不該爲了聽你的眞心話而騙你，還設計這一場戲，你別生氣，好嗎？」杜之揚是眞的害怕了。林慶恩將小熊先生還給他，是不是代表要跟自己斷得一乾二淨了？可是，林慶恩剛剛不是才爲了他哭嗎？

一定是林慶恩生氣了，只要讓林慶恩消氣，要他做什麼都可以！

「我沒生氣。」

「那你爲什麼不需要小熊先生了？」杜之揚不死心地又問。

「因爲……」林慶恩踮起腳尖，雙手攀住杜之揚的脖子，紅著臉微笑說，「因爲我已經找到屬於我的小熊先生了，當然就不需要了。」

周圍倏地爆出一陣尖叫歡呼聲，胖丁更唯恐天下不亂地吹著口哨。

幾秒後，杜之揚才緩了過來，既生氣又止不住笑意地看著林慶恩，「你整我？」

林慶恩俏皮地吐舌，心情大好，「是你先的，我只是回敬而已！」

語音未落，林慶恩就要放開雙手，杜之揚卻一把抱住他的腰，將他牢牢固定住，「這樣就想走？」

「不然你想——」

林慶恩未說完的話，全都被杜之揚吞進了口中。兩人的嘴唇緊緊相貼，從淺啄到深入，既輕柔卻又纏綿，誰也不願意先放開對方。

良久，林慶恩微微地用力推開杜之揚，一張小臉紅撲撲的，甚是可愛。

杜之揚啞著嗓子，在林慶恩的耳邊輕聲說：「這次雖然我沒有拍吻戲，但我有記得先洗嘴巴……林小恩，上一次，你是因爲吃醋才不讓我吻你的對吧？」

聞言，林慶恩的耳根子微微發燙，害羞地將頭埋進杜之揚的懷裡，忍不住揚起嘴角。原來，這就是幸福。

番外　遇幸福

寒冬甫過，初春將至，清晨的空氣中還夾帶著些許的涼意，乾枯的大樹上卻已冒出清新嫩綠的枝枒，站在窗前的人唇角微勾，或許這就是春天所帶來的生命力。

「慶恩，媽跟雨溏阿姨給你和小揚準備了禮物，這是你的行李箱吧？媽就幫你放進去了哦！」張佩琳噙著笑意，對著林慶恩的背影說。

林慶恩一轉頭就捕捉到張佩琳臉上來不及隱藏的姨母笑，笑著走了過去，「媽，妳跟阿姨買了什麼禮物？爲什麼要送我們禮物？」

張佩琳趕緊擋在林慶恩面前，「你們不是要回小揚老家度蜜月嗎？身爲媽媽當然要有所表示嘛！」

聞言，林慶恩的耳根子微微發燙，「我跟杜之揚才剛交往而已，哪來的度蜜月啦？而且杜之揚那是要去老家附近拍戲，阿姨又想在老家那邊開一間分店，派我去看一下環境和動線，所以我才會搭杜之揚的便車一起過去的！」

「那不重要啦。重要的是我聽小揚說，你們去到那邊要一起住在他老家一段時間不是嗎？雖然你不是女生，不用擔心未婚懷孕的問題，但正因爲你們兩個都是血氣方剛的男生，媽跟你阿姨才要幫你準備好啊！」張佩琳拿起小提袋，將裡頭的東西拿出來，「鏘鏘鏘鏘～～這罐是潤滑液，這盒是小雨衣，應該夠你們使用一個月了。」

林慶恩的臉瞬間漲紅，「媽！妳們準備這些做什麼，我不需要！」

「怎麼會不需要呢？你阿姨說她有去問什麼谷哥的，那個谷哥跟她說男生跟男生行房很痛，一定要用論滑液，不然太用力還有可能流血耶！小揚看起來雖然不是那種粗魯的男生，可是你還是帶著比較保險。」張佩琳將東西都放回提袋，再放進林慶恩的行李中，「也不知道那個谷哥是誰，這麼厲害，聽說什麼都懂呢！」

「谷哥是……哎，媽，妳不要放進去，我眞的不需要！」林慶恩還來不及阻止，就見張佩琳迅速地把小提袋塞進他的行李箱裡，再順手將拉鍊拉上，前後不超過三秒鐘。

「你剛才說谷哥是什麼？」張佩琳笑眯眯地回過頭來，旋即一拍腦門，「對了，差點忘了，媽還有給你們準備幾罐補腎的健康食品，放在我房間的斗櫃上，你等一下，我去拿。」

林慶恩眼明手快地攔住張佩琳，臉已經早已紅得不像話，「媽，不用了！」

驀地，門外傳來兩下敲門聲，緊接著林凱恩的頭探了進來，中氣十足地開口：「哥，之揚哥在樓下等你十幾分鐘了，你大概還要多久？自從你們在一起之後，我就沒再跟他交流AV女優了，我又沒鑽研過同志迷片，一時間好像少了──」

「好了，你別說了，我這就下去！」林慶恩眞的恨不得挖個洞將自己埋起來。林凱恩的嗓門這麼大，怕是樓下的杜之揚都聽得一清二楚吧，「媽、凱恩，再見！你們不用送了，我會將門關上的！」

語音未落，林慶恩拖著行李箱就往樓下衝。杜之揚一聽到動靜就站起身來，走到樓梯下伸出雙手，「林小恩，你走慢一點，我不趕時間，小心跌倒。」

「我趕時間！」林慶恩抓住杜之揚的手，二話不說就奪門而出。

一直到上了車，林慶恩才呼出一口長氣，坐在駕駛座上的杜之揚不禁笑了，輕捏他的臉頰，「怎麼了？是因爲凱恩的玩笑話嗎？臉紅成這樣。」

「不只他，是我媽──」林慶恩的聲音戛然而止，這麼尷尬的事情不提也罷，他總不能說是因爲他媽幫他們準備了潤滑液和保險套吧？

「啊！還沒跟阿姨打招呼，這樣會被扣分。你等我一下，我進去問候阿姨後再出發。」杜之揚邊說邊解安全帶，但林慶恩卻突然緊抓住他的手。

「不用，眞的不用，我媽對你超級無敵滿意，等我們回來，你再陪她好好聊聊吧？」林慶恩一想到他媽媽將補腎的健康食品塞給杜之揚的畫面，頭皮就止不住發麻。

林慶恩眼裡充滿哀求，語氣中帶著一絲若有似無的撒嬌。杜之揚忍不住在他的額上親了一口，「林小恩，我有沒有跟你說過，我很想你。」

「啊？」杜之揚炙熱的氣息噴灑在林慶恩的臉上，他的心跳陡然加速，腦子裡卻是一片空白。

「我們已經一個月又三天沒見面了，你就不想我嗎？」杜之揚佯裝委屈地反問。

在上次那場設計過的告白記者會之後，杜之揚讓林慶恩先回他媽媽家等消息，而自己則跟經紀公司坦白、並且取得諒解後，就共同對外發出出櫃的聲明稿。這個重磅消息雖砸得粉絲們措手不及，但大多數的粉絲還是選擇祝福偶像，只有少部分狂熱的粉絲採取極端的蹲點模式，一直守在溫雨溏家外，想找出關於林慶恩的蛛絲馬跡。

這也是爲什麼溫雨溏想在老家開一間分店的主因，讓林慶恩暫時離開他們現在居住的地方，給那些粉絲們一點時間接受事實，是現階段最好的方法。

林慶恩噙著一抹淘氣的微笑，「嗯……我想小熊先生了。」

杜之揚的嘴角抽搐，這下子是眞的覺得委屈了，一個大活人比不上一隻熊，還有沒有天理了？

見狀，林慶恩眼底的笑意更甚，雙手捧著杜之揚的臉，「吃醋了？我的小熊先生，你跟自己吃什麼醋？」

杜之揚這才恍然大悟，原來林慶恩說的小熊先生是他自己，「林小恩，你逗我玩啊！」

「是你自己笨。」林慶恩絲毫不掩飾臉上的得意笑容，可下一秒，他的笑聲盡數被杜之揚給吃進嘴裡。

杜之揚的吻來得猛烈，霸道地鑽進林慶恩的口腔，與他的舌頭緊緊纏綿，一直到兩人都快喘不過氣，才依依不捨地分開。

杜之揚用額頭抵著林慶恩的額頭，氣息不穩地開口，「你能跟阿姨解開心結眞好，現在的你越來越像小時候樂觀開朗的模樣，很吸引人。」

「意思是，以前的我就不吸引你囉？」林慶恩微喘著氣反問。

「林小恩，你確定要這樣誤解我？」杜之揚挑眉，指腹滑過林慶恩紅腫的嘴唇，「我不介意用行動讓你知道，以前的你到底吸不吸引我。」

林慶恩的腦子裡突然浮現了萬惡的潤滑液跟保險套，雙頰騰地一下更紅了，用力地搖了搖頭，「快開車吧，你傍晚不是有一場戲要拍嗎？」

杜之揚決定暫時放過林慶恩，倒不是怕遲到，而是林慶恩此時此刻害羞的模樣實在太誘人，他怕再這麼下去會引火自焚，便趕快繫好安全帶，將注意力放在駕駛上。

一路上，兩人如往常那樣互相鬥嘴，雖有說不完的話題，但杜之揚開車技術實在太好，不一會兒，林慶恩的眼皮就逐漸沉重，不知從何時開始，他的頭一歪竟睡著了，一路睡到片場，杜之揚才將他搖醒。

杜之揚揉著林慶恩的髮絲，語氣輕柔地說：「去休息室再睡一下，那邊有躺椅，比車上好睡。」

林慶恩搖頭，「我睡飽了，想看你拍戲。」

「沒什麼好看的，拍戲其實很無聊，有時候狀況不好還要重來無數次。」杜之揚牽起林慶恩的手走進片場，揚起招牌笑容，對著每個迎面而來的工作人員打招呼。

「平常可以不用看，但今天的一定要看。」林慶恩斜睨了他一眼，「胖丁說，你今天這場是床戲。」

「就因為是床戲，我怕你看了不舒服。」杜之揚嘆了一口氣，無奈地說，「接這齣劇的時候，本來沒床戲的安排，但編劇不知道哪根筋不對，突然就加了這場床戲。林小恩，對不起。」

林慶恩本想表達一下對男友要拍床戲的不滿，可是杜之揚這番話又讓他生不起氣來，「對不起什麼？這是你的職業不是嗎？我是介意，但不至於無理取鬧，你就放心地拍吧！」

杜之揚突然就不走了，定睛看著林慶恩，眼底燃燒著兩簇小火苗。

「怎麼了？」林慶恩的心一緊，這眼神好像不久前才在車上看過，他說錯什麼了嗎？

「我突然好想吻你。」杜之揚誠實地回答。他的男朋友怎麼連鬧個小彆扭也這麼可愛呢？明明臉上寫滿了千百個不願意，嘴上還要假裝大方同意。

「……」林慶恩面對這赤裸裸的撩，雙頰不爭氣地紅了，「我、我——」

驀地，有人喊了杜之揚的名字，打破兩人之間曖昧旖旎的氛圍。林慶恩悄然鬆了一口氣，看向朝他們小跑而來的兩人，其中一人正是胖丁。

「杜之揚，我打了幾百通電話給你，你怎麼不接啊？」胖丁拍了一下杜之揚的肩膀。

「在開車，藍芽耳機正好沒電了，有什麼事嗎？」這當然只是藉口，眞正的原因是林慶恩睡得正熟，他怎麼可能爲了胖丁而吵醒他的男朋友呢？

「就是要跟你對戲的女星小米，因通告延誤了時間，所以今天趕不過來，只能臨時取消拍攝了，本來想打電話跟你說，你就不用多跑一趟。」胖丁迅速地將來龍去脈說完，擺了擺手，「就這樣啦，你跟慶恩可以去約會了。」

「喔，好吧，那我們就先走了。」杜之揚自然地牽著林慶恩的手，對著站在胖丁身旁，戴著黑框眼鏡的女人點了下頭，「林導，明天見。」

「等等！這位是你男朋友吧？」林導以林慶恩爲中心繞圈，仔細地打量著，「嗯嗯，身形頗相似，再加上後製，觀眾分辨不出來。」

胖丁立刻反應過來，點頭如搗蒜，「眞的很像耶，小米在戲中也是短髮，而且頭髮長度就跟慶恩差不多！」

林導開心地拍手定案，「就這麼決定了，之揚，讓你男朋友當小米的替身，拍這場床戲吧！」

林慶恩下意識地皺眉，他不會演戲，更別說是演床戲。

胖丁精準地捕捉到林慶恩抗拒的表情，馬上跟著開口勸說：「是啊，都專程過來一趟了，就把這床戲給拍了，這樣之揚就不用跟小米滾床單了！」

「什麼滾床單，拍床戲跟滾床單一樣嗎？林小恩，你別聽他亂說，我們走，肚子快餓扁了，吃飯去。」杜之揚氣到想一巴掌搧走胖丁這個死胖子，到底會不會說話啊？

但是，林慶恩拉住杜之揚的胳膊，抬頭望著他，「我想試試看。」

林慶恩突然覺得胖丁說的非常有道理，只要他當替身，這樣就不用看著杜之揚跟別的女生拍床戲，一想及此，心情瞬間好了起來，簡直是通體舒暢！

「你要試試看？」杜之揚瞪圓了雙眼，不敢置信地重複問了一次，「你、你確定你要試試看？」

「不行嗎？還是你比較想跟小米拍床戲？」林慶恩瞇著眼睛問。

「怎麼可能？對象是你就不是單純拍戲了……」杜之揚湊到林慶恩的耳邊，輕聲呢喃，「是眞的滾床單。」

林慶恩的耳根子一紅，掄起拳頭就砸向杜之揚的胸膛，「你有完沒完？」

「咳咳！」林導適時地打斷這兩人無視旁人的虐單身狗行爲，「既然我們達成了共識，那就快點梳化吧！」

林慶恩被造型師打理完服裝儀容後，與穿著浴袍的杜之揚面對面站著，才開始感覺到緊張。

杜之揚輕輕拍著林慶恩的肩膀，微笑地說：「放鬆點，該緊張的人是我。」

林慶恩偏頭問：「爲什麼？」

「我怕我等一下太投入，忘記是在拍戲。」杜之揚光看著同樣只穿著單薄浴衣的林慶恩，下半身就蠢蠢欲動。

聞言，林慶恩低下頭來，不敢去看杜之揚那雙似乎能將他全身灼燒的眼神，心臟更撲通撲通地狂跳著，連杜之揚是怎麼抬起自己的下巴，什麼時候吻上自己的雙唇都不知道。

當他意識到已經開拍了，人就已經被杜之揚抵在床上，根本無從思考現在該有什麼樣的反應。

周圍嘈雜的聲音頓時消失了。林慶恩的耳邊只聽得見彼此的呼吸聲，以及從自己喉間溢出的零碎呻吟。

林慶恩覺得丟臉極了，正想將杜之揚推開時，杜之揚卻一邊抓住他的雙手，固定在他的頭頂上，一邊加深了這個吻，吻得林慶恩渾身酥軟，只能任由他擺布。

這頭的兩人忘情擁吻，鏡頭前的林導頻頻點頭，甚是滿意，效果比預期要來得更好啊！

一旁的胖丁則是摀住自己的眼睛，看過杜之揚拍過那麼多場床戲，也沒看過杜之揚化身成禽獸的樣子，未免太本色演出了吧！到底是有多飢渴？

然而，吻到渾然忘我的杜之揚，情不自禁地將大手探進林慶恩的浴衣裡，摩娑著他平滑柔嫩的肌膚，仔細感受著他的緊張與輕顫。

良久後，好不容易，杜之揚終於依依不捨地放開了林慶恩，一看到林慶恩那張紅透的臉蛋，又輕咬了下他的唇瓣，嗓音沙啞地說：「好想把你吃掉。」

霎時間，林慶恩聽見了周圍傳出細微的笑聲，這才想起了他們還在拍戲，而他身上的這個男人居然還當著這麼多人的面調戲他！一氣之下，林慶恩伸手往杜之揚的腹部擰了一把，「你不要太過分！」

「卡！很好，就這樣，大家辛苦了，收工吧！」林導拍到想要的畫面就立刻喊卡，她總覺得這兩人之間散發出來的賀爾蒙太強烈，如果她不趕快喊卡，說不定接下來拍到的就是兒童不宜的畫面。

林慶恩見工作人員都走得差不多了，而杜之揚還是壓著他，絲毫沒有要起身的樣子，輕輕地推著他的胸膛，「你還不起來？」

「讓我再緩緩。」杜之揚握緊雙拳，用力到手上的青筋都浮現出來。

「緩什麼？」林慶恩皺著眉頭，望著杜之揚閉上雙眼，像是在忍受什麼煎熬一樣。

杜之揚咬牙切齒地說：「緩你剛剛捏我的後遺症。」

「我不過就是輕輕捏一下，怎麼可能有後遺症？」林慶恩睜大雙眼，動手去扯杜之揚的浴衣，「在哪？我看看。」

「別動。」杜之揚抓住了林慶恩的雙手，擺腰往前頂了一下，「這就是後遺症，懂了嗎？你再動一下，我就真的忍不住了！」

林慶恩一下子感覺到堅硬滾燙的柱狀體，正蓄勢待發地頂著自己的下半身，瞬間不敢再亂動，就連大口呼吸都不敢，「你、你別衝動。」

「我正在努力。」杜之揚無奈地嘆了一口氣，「我的腦子裡有天使跟惡魔在說話，而我從來沒有那麼想當惡魔過。」

林慶恩好奇地問：「講什麼？」

「天使說：你不可以在這邊把林小恩吃掉，第一次應該是要尊重他的意願，給他一個永生難忘的浪漫體驗。」

杜之揚的表情認真且專注，林慶恩突然就沒那麼怕杜之揚會被精蟲衝腦了，他知道這個男人不會也不願。

林慶恩的嘴角漾起一抹淺笑，雙手摟著杜之揚的脖子，「那惡魔呢？」

「吃吧，吃吧，快吃吧！這麼欠吃還不吃嗎？」杜之揚不禁笑出聲來，覺得自己還挺像個色老頭，有必要好好解釋一下，「我之前不是這樣的，是因為——」

林慶恩不給杜之揚說完的機會，就將杜之揚的脖子往下拉，附在他的耳邊細語，「你再忍耐一下，我們先回家再說。」

杜之揚的雙眸一亮，驚喜地問：「回家就可以了嗎？」

「回家就可以……」林慶恩一看周遭的工作人員散得差不多了，便用力推開杜之揚，頭也不回地朝浴室跑去，「就可以整理房子了！這麼久沒住人灰塵一定不少，不打掃的話，晚上怎麼睡？」

杜之揚愣了一秒，聽懂林慶恩的暗示後，瞬間熱血沸騰，裹著棉被就往休息室裡衝，爭取用最快的速度回家！

不過這樣興奮的情緒再越接近老家時，逐漸沉靜了下來，或許是近鄉情怯，竟使得杜之揚放在排檔桿上的右手不自覺輕顫。那些深埋在心底的過去不停翻飛，原來自己從未遺忘。

「這裡變了不少，聽阿姨說我家那個社區近兩年被改建成飯店。」林慶恩望著車窗外，遠方那棟白色和綠色相間的高樓，「好像叫作『遇幸福』，很好聽的名字對吧？」

杜之揚心疼地握住林慶恩的手，柔聲地問：「要去看看嗎？」

「改天吧。」林慶恩回握杜之揚的手，與他十指相扣，「杜之揚，我很慶幸這世界改變了這麼多，而你始終還在，那我就不覺得那麼難受了。」

杜之揚的心中一暖，握緊林慶恩纖細的手，「我也不難過了。真的不現在過去看看？」

林慶恩搖了搖頭，即使媽媽已經原諒了他，要面對那些過去，他還需要一些心理準備。

「好，那我們先回家打掃，等你想去看看了，不管什麼時候我都會帶你去。」杜之揚將車駛進一條小路，在一座三合院前停下，深深地吸了一口氣後才下車，「這裡就是我的老家。」

「就是搬去阿姨家樓上之前住的地方嗎？」林慶恩走到杜之揚身邊，主動牽起他的手。

「嗯，可能蠻髒的，應該要打掃挺久的，還是要去住飯店？」杜之揚低頭問林慶恩。

林慶恩偏著頭反問，一雙清澈的眼睛骨碌碌地轉動著，「那……我先陪你打掃，掃完先住一陣子，之後你再陪我去住飯店如何？」

「好，打掃。」杜之揚心中的傷感登時消失，拉著林慶恩就往屋裡走。林慶恩這模樣不管說什麼，他都會答應。

當兩人一走進屋裡，眼前所見的竟是乾淨整潔的客廳，都一起怔在原地。

「你有事先請清潔人員來打掃嗎？」林慶恩只想到這個可能性，這屋子連一點潮溼的霉味都沒有，完全不像是很久沒住人的樣子。

杜之揚還沒回過神來，房間裡頭傳出了細微的腳步聲，走出來的人，竟是杜之揚的媽媽！

「小揚？慶恩？你們怎麼會在這裡？」范欣妍驚喜地問，「要回來怎麼不跟媽說一聲，媽好準備一些你愛吃的菜呀！」

杜之揚一時間說不出話來，在顧嘉楠罵醒他繼父後，連帶著影響了他媽媽對他的態度，母子之間也不再有過爭吵。只是諸多往事堆在他們面前，心中的裂縫怎麼可能說修補就能補得回來呢？以至於他根本沒跟他媽媽提起要在老家長住的事。

大概是看出杜之揚表情中的猶豫與複雜，范欣妍嘆了一口氣，「小揚，媽知道在你心中對我還有一些疙瘩，沒關係，這是媽自找的；媽不怪你，只要你還願意給媽機會彌補你就好。你爸當年走後，我就不定時地會來打掃這間屋子，你若是想住下就住下，很乾淨的，那媽就先走了。」

在范欣妍經過兩人身邊，即將走出大門時，杜之揚開口問：「爲什麼要來打掃？」

「小揚啊，我確實不是因爲愛才跟你爸結婚，但人跟人之間相處久了會有感情，更會產生羈絆和依賴，而這裡就是你爸留給我的念想。這麼說你能懂嗎？」話一說完，范欣妍就邁步離開。

良久，杜之揚才勾起一抹苦笑，「我爸如果能聽到她說的話，應該會很開心吧！」

「一定會的。」林慶恩抬起手中的提袋，「既然不用打掃了，那我去煮你愛吃的咖哩飯，我還有買果汁牛奶哦！」

說完，林慶恩就走進廚房，留給杜之揚獨處的空間。

杜之揚鼓起勇氣走進爸爸的房間，在椅子上坐了很久。他想起了很多父子之間相處的點滴，這才發現那些記憶居然如此鮮明，彷彿爸爸從未離開，就活在他心中。

直到濃郁的咖哩香氣傳進他的鼻間，他才噙著一抹淺笑，對著空氣說：「爸，跟你介紹一下，在煮咖哩飯的那位，以前是你最好的朋友的兒子，現在是我的男朋友。我們很幸福，你可以放心了。」

杜之揚一踏進廚房，就看到林慶恩忙碌的背影，心頭一軟，從身後抱住他，「我家的林小恩眞賢慧。」

「別鬧！」林慶恩笑著閃躲杜之揚吐在他耳邊的氣息，「你肚子不餓嗎？還想不想吃飯了？」

「餓，超級餓。」杜之揚邊說邊咬著林慶恩的耳垂，害林慶恩手上的湯匙差點沒掉在地上。他紅著臉將杜之揚推出廚房，「杜之揚！你別再亂了，看你是要去洗澡還是幹嘛，反正在我煮好晚餐前，不准踏進廚房！」

「好吧，那我先去洗澡好了，我順便幫你把衣服拿去浴室。」杜之揚笑著往房間走去，他知道林慶恩不喜歡流了一身汗後吃飯，所以煮完晚餐後都會先去洗澡。

「好。」林慶恩舀起一口咖哩醬，試完了味道，腦海裡突然就浮現了他媽媽早上塞進他行李箱的精美提袋。

潤滑液還有保險套！

林慶恩放下湯匙就往房間裡衝，打算阻止杜之揚打開他的行李箱。可當他一跑進房裡，看見杜之揚手上正提著那個精美透明的提袋，貌似認真地研究著裡頭的東西時，他想立刻挖個洞將自己埋進土裡的念頭都有了。

「那個不是我的！」林慶恩急著解釋，「不是你想的那樣，那是我媽硬塞進我行李箱的！」

「我想也是，你怎麼可能會買這些東西。」杜之揚點頭表示理解。

林慶恩鬆了一口氣，走上前來要將這袋物品拿去丟了，但杜之揚卻將這精美提袋舉高，另一隻手臂將林慶恩攔腰抱住，「早知道岳母大人有準備，我就不用買了。」

林慶恩瞪圓了雙眼，看著緩慢湊近的俊臉，心中大叫了一聲不妙，「我、我還在煮咖哩，瓦斯還沒關。」

「我剛剛去廚房時，看你已經煮得差不多也關了火。」杜之揚目光灼熱，滾燙的氣息噴灑在林慶恩臉上，「但我會等你準備好，絕對不會強迫你。我先去洗澡了。」

杜之揚緩緩鬆開林慶恩，拿起兩人的衣物往浴室走去。他得盡快沖個冷水澡，否則依照他現在一碰到林慶恩就沸騰的狀態，隨時都會失控。

孰料，當杜之揚將身上的衣物盡數脫下，皺眉望著腫脹的下身，正在思考到底要自己DIY滅火，還是用冷水沖散邪念時，身後竟傳來林慶恩細微的腳步聲。

「我流汗了，想跟你一起洗澡，行嗎？」林慶恩提著那個精美提袋站在門邊，雙頰緋紅，那一雙眼睛卻定定地直視著杜之揚的裸體，表明決心。

杜之揚怔愣一瞬，而後噗哧一聲笑了出來，「你知不知道你的表情超像要上斷頭台？」

「我是認眞的！」林慶恩又氣又急地走到杜之揚面前，將心中的話一鼓作氣地說出來，「雖然潤滑液和保險套是我媽準備的，但從早上我們在車上接吻，一直到拍床戲的時候，其實我都會不自覺想起那兩個物品，同時覺得這樣的自己很羞恥；我想那大概是因爲我對你也有同樣的喜歡，想跟你再進一步的心情是一樣的！」

驀地，林慶恩的腰間一緊，整個人被杜之揚抱緊處理，杜之揚輕柔地吻著他的額頭，「我明白了，可是我想給你一個永生難忘的夜晚，不想要隨隨便便就要了你，更不想要你爲了配合我而有任何一點勉強。所以聽話，先出去，我沖一下澡就沒事了。」

「你沒事，但我有事啊！」林慶恩氣得將杜之揚的手抓來放在自己胯下，「你怎麼就聽不懂我的意思呢？你撩完我就走，就不管我想不想要嗎？」

杜之揚一摸到林慶恩硬挺的部位，驚訝地說不出話來，「你——」

「你是覺得我是木頭不會有反應？還是你對你自己不夠自信？」林慶恩大膽地伸手摩娑著杜之揚的胸口，「你是不是還不相信我喜歡你？」

林慶恩一針見血地提問，正好戳中杜之揚內心的恐懼。自從跟林慶恩確定情侶關係後，他知道自己始終在逃避著這個疑惑，「我不是不相信你，而是害怕你眞正喜歡的人……並不是我。」

「不是你是誰？顧老師嗎？」林慶恩張嘴就咬在杜之揚的鎖骨上，「杜之揚，你聽好了，我以前的確是喜歡過顧老師，但那都過去了。我現在還有以後喜歡的人只會是你，只想讓你親、讓你抱、讓你——」

林慶恩臉頰一熱，差點就脫口而出毫無羞恥心的字眼了。

「讓我幹……嘛？」杜之揚附在林慶恩耳邊曖昧地反問。

低沉而沙啞的嗓音使得林慶恩的心頭微顫，立即縮回在人家胸前作亂的手，可下一秒，卻被杜之揚抓得正著，「你剛才說什麼來著？撩完了就走，嗯？」

「我、我只是想跟你說清楚，不希望你胡思亂想而已！」林慶恩挺起胸膛，嘴硬地說，「而且誰說我撩完了就走？我就不走，我來就是要洗澡的，怎麼樣！」

「了不起！負責！」杜之揚讚賞地點頭，要不是雙手忙著脫林慶恩的衣服，他一定會給他拍拍手。

林慶恩緊抓著自己的領口，笑著躲避著杜之揚的魔爪，「欸欸欸，你幹嘛？」

「洗澡啊，不脫衣服怎麼洗？」杜之揚嘿嘿笑了兩聲，輕而易舉就脫下了林慶恩的上衣。可當他一見到皮膚光滑白皙，乳尖還透著淡粉色的林慶恩，登時一陣口乾舌燥。

林慶恩雖緊張得手足無措，但既然已經做好準備，他就不會逃避。等不到杜之揚下一步的動作，乾脆先發制人地踮起腳尖，勾住他的脖子，挑釁地說：「你該不會想臨陣脫逃吧？」

回應林慶恩的是霸道而繾綣的深吻，杜之揚一手摟著林慶恩的腰，將兩人的下半身緊緊貼合，一手則用指腹逗弄撫摸著他胸前的挺立，不一會兒，林慶恩便已氣息不穩，渾身發軟，只能靠著杜之揚才能勉強站立。

杜之揚趁機褪去林慶恩下半身的衣物，低頭吻過他的耳垂和頸窩，最後一口含住了他的乳尖，感受著他身體最真實的反應。

「唔嗯……」林慶恩的喉間溢出一聲輕吟，腦子根本無法思考，只能順從本能地迎合杜之揚的撩撥，耳裡鑽進讓人臉紅心跳的吸吮聲，而胸前傳來的酥麻快感更讓他無法控制地顫抖。

杜之揚的手游移到林慶恩的雙腿之間時，林慶恩已經無力地靠著他的胸膛喘氣，杜之揚勾起一抹壞笑，「這樣就不行了嗎？」

「誰說我……嗯啊……等等……我……啊……」林慶恩的話都還沒說完，杜之揚的大手就準確地握住了林慶恩的下體，上下套弄了起來。林慶恩過往的人生都在自責與煎熬中度過，從來就沒有自己DIY過，哪受得了杜之揚這種突如其來的愛撫，銷魂的快感難以言喻，只能一口咬上杜之揚的胸膛。

杜之揚倒抽一口氣，忍住了想將林慶恩撲倒的衝動。他必須將前戲作足，才不會讓他的寶貝男友太難受，但這種非人的折磨簡直就在考驗他的理智線，偏偏在他懷裡的小男人還到處作亂，四處點火，一下子咬他的敏感處，一下子蹭他下半身高高舉起的腫脹，這叫他怎麼忍？

杜之揚不由得加快了手上的動作，惹得林慶恩放聲呻吟，「啊……唔啊……不……不行了……啊！」

林慶恩一個劇烈抖動，將灼熱的液體盡數射在杜之揚的手中，而人則順著他的身體滑落在地。

杜之揚把手心攤在林慶恩面前，嘴角揚起邪笑，「林小恩，平常是不是都沒在『清機』呀？」

林慶恩看了眼杜之揚手心那一灘濁白的精液，再對上杜之揚那雙寫滿得意兩個字的眼眸，腦海中突然閃過一個畫面，下一秒便張嘴含住面前的巨大。

杜之揚的肌肉瞬間緊繃，這種痛爽交加的感覺竟讓他不知該繼續還是該喊停，重點是他純潔的男友到底是從何處學來的？

杜之揚艱難地開口：「林小恩，別用牙齒，有點痛。」

聞言，林慶恩馬上鬆開，「對不起，我看女優都是這樣做的，是不是很痛？」

「別緊張，不至於到很痛。」杜之揚捧著林慶恩的臉，「男朋友，你什麼時候有看片子的嗜好，我怎麼都不知道？」

「我只是想知道你們說的三上悠亞有多厲害而已！」林慶恩想到這個就生氣，「你自己還不是看一堆，居然好意思問我？」

杜之揚笑了出來，林慶恩吃醋的樣子實在太可愛了，「笨蛋，我那是怕你發現我喜歡你，爲了騙過你，才刻意讓你誤以爲我在看片子。」

「那你有感覺嗎？」林慶恩疑惑地反問。

杜之揚的拇指輕輕地滑過林慶恩紅腫的嘴唇，「說實話，想到你才會有感覺。」

林慶恩的嘴角止不住上揚，又問：「那你從什麼時候喜歡我的？」

「不確定，好像從我第一次看見你開始。」杜之揚蹲了下來，將沾滿黏稠精液的食指沿著林慶恩的洞口開始繞圈，「之後眼裡就只看得見你了。」

突然侵入的異物感令林慶恩皺了下眉頭，就算杜之揚很溫柔，但林慶恩還是繃著身子，無法感到舒服。他終於知道爲什麼會用到潤滑液，並且會很痛了。

想到這裡，林慶恩開始有點害怕了。他把嘴巴張到最大才勉強含進杜之揚的那裡，那麼大的東西眞的進得來嗎？他會不會痛死？

「唔啊！」杜之揚的食指徹底沒入洞口，緩緩地來回抽送，疼痛又帶著說不清道不明的奇異快感，讓林慶恩叫了出來。

「不專心，在想什麼？」杜之揚一邊輕咬著林慶恩胸前的敏感，一邊再塞入一根手指。

「嗯……」林慶恩的眉頭緊蹙，差點就要喊停了，語帶害怕地問，「你那個……眞的進得來嗎？」

杜之揚心疼地吻著林慶恩，「我會盡量讓你不那麼痛，如果你眞的受不了就喊停，我一定會撤出來。」

林慶恩艱難地點頭，承受著三根手指在體內進出的疼痛，見狀，杜之揚更加地輕柔，手指小心地在裡頭旋轉，慢慢地鬆弛著通道，同時舌尖不斷地舔弄啃咬林慶恩的乳頭，勾起他體內深處的慾火。

漸漸地，林慶恩展開了眉心，已經釋放過一次的男根也開始變硬，微瞇的眼眸盡是醉人的情慾。杜之揚忍無可忍，用最快的速度戴好套子後，就將自己腫脹的碩大緩慢地放進林慶恩的洞裡。

結合的瞬間，兩人皆倒吸了一口氣，杜之揚忍著想肆意抽插的衝動，咬牙問：「還受得了嗎?痛就說出來，別忍著。」

林慶恩緊咬著下唇，「還好，沒有想像中……啊!嗯嗯……慢點……唔嗯……」

杜之揚沒來得及讓林慶恩說完，就開始在他的體內衝撞，窄小的通道緊緊包裹著那裡，極致的快感幾乎取代了理智，才抽送了一陣子，杜之揚就有想發洩的衝動，「林小恩，你吸得好緊!」

適應了最初的疼痛之後，林慶恩開始跟著杜之揚的節奏擺動著臀部，讓彼此在每一次撞擊中完美貼合，當硬挺刮過深處某一點時，林慶恩總會不自覺地夾緊下身，並且克制不住地低吟。

「是這裡嗎?」杜之揚發現了這點，慢下了速度，在深處淺抽深送，摩擦旋轉，酥麻的快感充斥著林慶恩的感官，他不禁緊抓住杜之揚的雙臂哽咽地求饒，「不、不要……嗚……不行了!」

「那我們換個姿勢。」杜之揚將林慶恩轉了過去，讓他的雙手扶著牆壁，低頭看著自己的硬挺一寸寸沒入林慶恩的小穴裡，視覺上的刺激竟讓他那裡又脹大了幾分。

「啊！好深！」林慶恩顫抖的雙手一滑，重心不穩地就要往地上摔，杜之揚眼明手快地從後面摟住林慶恩赤裸的胸膛，男根也因此徹底頂到了最深處，兩人同時發出一聲滿足地喟嘆。

可杜之揚卻突然不動了，就這麼埋在林慶恩的體內，一股空虛感從結合處蔓延，林慶恩雙腿打顫地擺動著臀部，他不確定自己要什麼，只知道他不想要杜之揚停下來。

已經在高潮邊緣徘徊的杜之揚，並不想這麼快就結束兩人美妙的第一次，才暫時停下來緩緩，懷裡的小男人竟主動扭動，這讓杜之揚所有的理智在一瞬間潰散，猶如受到鼓勵般，賣力地抽送起來，粗糙的大手一邊揉捏挑逗著林慶恩粉色乳尖，一邊套弄著他昂揚的慾望。

「唔……嗯……快……」快不行了啊！林慶恩在心裡尖叫吶喊著，身體各處帶來的歡愉，讓他倏地喪失了言語的功能，從喉間發出的聲音只剩下破碎的呻吟。

「好，我再快一點！」杜之揚握著林慶恩毫無贅肉的腰，快速地抽送，每一下都頂到深處，再迅速拔出，一聲聲響亮的肉體撞擊聲彷彿在呼應著林慶恩越來越急促的吟叫，當杜之揚結實精壯的腰猛然一抖，將所有的愛液都發洩在林慶恩體內時，也忍不住低吼了一聲。

「啊！」同時，林慶恩達到了雙重高潮，一道乳白色的液體以拋物線的軌跡落在了牆面上，空氣中充滿了濃烈的麝香味，四周滿是兩人歡愛過的痕跡。

發洩了兩次的林慶恩，微喘著氣，閉上雙眼，往後靠著杜之揚，呈現一種慵懶且昏昏欲睡的狀態，渾身上下都透露出一股從未見過的性感。

「累了？」杜之揚不急著從林慶恩體內撤出，摟緊懷中的寶貝，聽著兩人無比靠近，因爲對方而劇烈跳動的心跳聲。

「睏了。」林慶恩用後腦杓蹭著杜之揚的胸口，嗓音帶著些微的沙啞，誘人極了。

「你不餓嗎？」杜之揚柔聲反問。

林慶恩點頭，隨即又搖頭，「我現在比較想睡覺。咖哩已經煮好了，你餓的話可以去吃。」

「可是我比較想吃你。」杜之揚噙著一抹賊笑，一雙大手又不安分地在林慶恩的身上徘徊，「我還有點餓。」

林慶恩忽地張開雙眼，掙扎著要從杜之揚的身上離開。他眞的沒有力氣再來一次了，必須離這個男人遠遠的！

杜之揚原先只是想捉弄林慶恩，但林慶恩這麼一動，本就還在林慶恩體內意猶未盡的男根瞬間復甦，再次將通道撐得滿滿的。

林慶恩不禁打了個哆嗦，全身僵硬，不敢再亂動了，語帶哀求地商量：「下、下次好不好？」

「下次是什麼時候？」杜之揚沉吟了一會兒，一副我考慮考慮的模樣。

「下個月？」林慶恩試探地問。

「那還是現在吧！」說著，杜之揚就故意頂了一下讓林慶恩無法抵抗的敏感點。

「等等！下個禮拜好不好？」林慶恩的雙手往下壓著杜之揚的雙腿，慌亂地開口。

杜之揚緩慢抽插，用身體回答。

「明天！就明天行嗎？」林慶恩急得都快哭了，委屈地說，「我覺得好痛。」

聞言，杜之揚馬上退出林慶恩的身體，將人轉了過來，心疼地揉著他的頭，「怎麼不早說？還是你打算就不說了？」

杜之揚臉上的愧疚和不捨表露無遺，林慶恩不由得撲進杜之揚的懷裡，嘆了一口氣，「我就是怕你這樣才不說的，其實這是很正常的事情啊，過幾天就好了，你不用耿耿於懷。而且……過程中，我感覺到的不是痛呀！」

「若是我前戲有做足——」

「就你那個尺寸，前戲做得再足都還是會痛好嗎？」林慶恩翻了個大白眼，手指跟那裡能一樣嗎？

杜之揚直接將林慶恩的話歸類爲讚美，臉上掛上大大的笑容，「那你滿意嗎？」

林慶恩耳根子微微發燙，這男人怎麼正經不到三秒鐘呢？「還行吧。沒比較過，不知道到底好或不好。」

「林小恩，你是不是屁股癢了？」杜之揚的臉一黑，威脅意味濃厚，「還想比較？想都別想，我這輩子是不可能放開你的！」

林慶恩嘴角悄悄彎起，安心地閉上雙眼，乖巧地點頭，「嗯。」

杜之揚也心滿意足地笑了，將林慶恩扶起來，「來，我幫你洗澡，洗完吃個飯再睡。」

對嘗過歡愛的美好，又陷入熱戀的兩人來說，這個鴛鴦浴洗得可謂是痛與快樂並存著，一方面是肢體上的親密接觸總讓氣氛格外旖旎，好似隨時都會擦槍走火；另一方面則是杜之揚極力地忍耐，不允許自己因衝動再弄痛林慶恩。

這一番忙碌下來，當兩人相擁躺在床上已是深夜。林慶恩架不住沉重的眼皮，意識逐漸抽離，迷迷糊糊之際，杜之揚低沉富有磁性的嗓音在他的耳邊響起，「林小恩，你又是從什麼時候發現喜歡我的呢？嗯……還是不要說好了，我們睡覺，晚安。」

接下來這幾日，雙方只要在工作上有空檔，就會膩在一起，有時是在家裡，有時則是在小時候走過無數次的街頭巷弄上。

至於那棟「遇幸福」飯店，林慶恩目前還沒有準備好面對，杜之揚也沒有催促。林慶恩知道只要他轉頭，這個男人就會在，只要他願意，這個男人隨時都會陪他一起面對。

但有些回憶只能自己跨過去，而林慶恩相信，那一天總會來臨。屆時，他可以一定可以站在曾經深愛的家面前，笑著跟杜之揚說起過去生活的軌跡。

「林小恩！快來啊！」

杜之揚的呼喚從前方街口傳來，林慶恩回過神來看著左手邊的老舊文具店，以及等在前方路口朝他揮手的男人。

這一幕彷彿跟記憶中的畫面重疊在一起，當年的杜之揚停下腳步，就站在那個街口，轉過身來等著他。

一等，就等了二十年。

「來了！」

林慶恩綻放一朵燦笑，堅定地往前走去，他想告訴杜之揚：

或許就是從那個時候吧。從那個時候起，你就走進我的心底了，我的小熊先生。

（全書完）

國家圖書館出版品預行編目資料

親愛的，小熊先生 / DEAR作. -- 初版. -- 臺北市：春光出版, 城邦文化事業股份有限公司出版：英屬蓋曼群島商家庭傳媒股份有限公司城邦分公司發行, 民111.05
面； 公分. --
ISBN 978-986-5543-83-9（平裝）

863.57 111001983

南風系002

親愛的，小熊先生

作　　者／Dear
企劃選書人／王雪莉
責任編輯／王雪莉、張婉玲

版權行政暨數位業務專員／陳玉鈴
資深版權專員／許儀盈
行銷企劃／陳姿億
行銷業務經理／李振東
總　編　輯／王雪莉
發　行　人／何飛鵬
法律顧問／元禾法律事務所　王子文律師
出　　版／春光出版
臺北市104中山區民生東路二段 141 號 8 樓
電話：（02）2500-7008　傳真：（02）2502-7676
部落格：http://stareast.pixnet.net/blog　E-mail：stareast_service@cite.com.tw
發　　行／英屬蓋曼群島商家庭傳媒股份有限公司城邦分公司
臺北市中山區民生東路二段 141 號11 樓
書虫客服服務專線：（02）2500-7718 /（02）2500-7719
24小時傳真服務：（02）2500-1990 /（02）2500-1991
服務時間：週一至週五上午9:30～12:00，下午13:30～17:00
郵撥帳號：19863813　戶名：書虫股份有限公司
讀者服務信箱E-mail: service@readingclub.com.tw
歡迎光臨城邦讀書花園 網址：www.cite.com.tw
香港發行所／城邦（香港）出版集團有限公司
香港灣仔駱克道 193 號東超商業中心 1 樓
電話：（852）2508-6231　傳真：（852）2578-9337
E-mail : hkcite@biznetvigator.com
馬新發行所／城邦（馬新）出版集團　Cite（M）Sdn. Bhd
41, Jalan Radin Anum, Bandar Baru Sri Petaling,
57000 Kuala Lumpur, Malaysia.
Tel:（603）90578822 Fax:（603）90576622　E-mail:cite@cite.com.my

封面插畫／Kopako
封面設計／蔡佩紋
內頁排版／邵麗如
印　　刷／高典印刷有限公司

■ 2022年（民111）5月31日初版一刷　Printed in Taiwan

售價／380元

城邦讀書花園
www.cite.com.tw

ISBN　978-986-5543-83-9

廣 告 回 函
北區郵政管理登記證
臺北廣字第000791號
郵資已付，免貼郵票

104臺北市民生東路二段141號11樓

英屬蓋曼群島商家庭傳媒股份有限公司
城邦分公司

請沿虛線對折，謝謝！

愛情・生活・心靈
閱讀春光，生命從此神采飛揚

春光出版

書號：OW0002　　書名：親愛的，小熊先生

請於此處用膠水黏貼

讀者回函卡

謝謝您購買我們出版的書籍！請費心填寫此回函卡，我們將不定期寄上城邦集團最新的出版訊息。亦可掃描QR CODE，填寫電子版回函卡

姓名：________________

性別：□男　□女

生日：西元________年________月________日

地址：________________

聯絡電話：________________ 傳真：________________

E-mail：________________

職業：□1.學生 □2.軍公教 □3.服務 □4.金融 □5.製造 □6.資訊

□7.傳播 □8.自由業 □9.農漁牧 □10.家管 □11.退休

□12.其他 ________________

您從何種方式得知本書消息？

□1.書店 □2.網路 □3.報紙 □4.雜誌 □5.廣播 □6.電視

□7.親友推薦 □8.其他 ________________

您通常以何種方式購書？

□1.書店 □2.網路 □3.傳真訂購 □4.郵局劃撥 □5.其他 ________

您喜歡閱讀哪些類別的書籍？

□1.財經商業 □2.自然科學 □3.歷史 □4.法律 □5.文學

□6.休閒旅遊 □7.小說 □8.人物傳記 □9.生活、勵志

□10.其他 ________________

請於此處用膠水黏貼

情不知所起，一往而深。
尋著心之所向，乘著拂曉清風，
流往那剎那即永恆之境。

情不知所起，一往而深。
尋著心之所向，乘著拂曉清風，
流往那剎那即永恆之境。